Meddi Müller

Schweinebande

Meddi Müller

Schweinebande

Ein Frankfurt-Krimi mit Shaft und Grotte

edition krimi

Frankfurt-Krimi

Müller, Meddi: Schweinebande. Ein Frankfurt-Krimi mit Shaft und Grotte. Hamburg, edition krimi 2020

1. Auflage 2020
ISBN: 978-3-946734-65-9

Dieses Buch ist auch als eBook erhältlich und kann über den Handel oder den Verlag bezogen werden.
ePub-eBook: ISBN 978-3-946734-66-6

Lektorat: Birgit Rentz
Umschlaggestaltung: © Annelie Lamers, edition krimi
Umschlagmotiv: pixabay.com
Coverbild: © New Africa/stock.adobe; © DenisMArt/stock.adobe

Bibliografische Information der Deutschen Nationalbibliothek: Die Deutsche Nationalbibliothek verzeichnet diese Publikation in der Deutschen Nationalbibliografie; detaillierte bibliografische Daten sind im Internet über https://dnb.d-nb.de abrufbar.

Die edition krimi ist ein Imprint der Bedey Media GmbH,
Hermannstal 119k, 22119 Hamburg.

---

https://www.edition-krimi.de
Gedruckt in Deutschland

Der Sturz

Als Christian Köhler sein Handy aus der Wertsachentüte nahm, die während des Spiels vom Spielausschussvorsitzenden Holger bewacht wurde, stand auf dem Display, er habe sage und schreibe zwölf verpasste Anrufe. „Scheiße!“, war alles, was ihm dazu einfiel. „Das riecht stark nach Arbeit.“

„Heute ist Sonntag“, entgegnete Holger, der die Tüte immer noch in der Hand hielt, und zog geräuschvoll die Nase hoch.

„Das Verbrechen schläft nie“, phrasierte Christian Köhler und wählte die Rückrufoption des Handys. Bereits nach dem ersten Klingeln hörte er die Stimme seiner Partnerin bei der Kriminalpolizei Frankfurt, Sabine Grotewohl, die ihn anblaffte: „Aha! Ist der Herr jetzt auch erreichbar.“

Köhler rollte mit den Augen, woraufhin Grotewohl rief: „Und roll nicht mit den Augen, ich kann das durchs Telefon sehen!“

„Was ist denn so wichtig, dass du mich in meiner Freizeit zwölf Mal anrufst?“, wollte Köhler wissen. Er griff nach einer Flasche eiskaltem Bier, klemmte sich das Handy zwischen Schulter und Ohr und schlug die Flasche am Kasten auf. Durstig nahm er einen großen Schluck und unterdrückte einen Rülpser.

„Trinkst du etwa Bier?“, schlug es ihm im Telefon entgegen.

„Ich habe frei, Sabine“, wehrte er ab. „Da kann ich machen, was ich will.“

„Kannst du nicht, du bist Bulle."

„Boah, du nervst!" Köhler wurde lauter. „Heute haben Schmidt und Laußner Bereitschaft."

„Der Boss hat aber mich angerufen."

„Was soll denn das?"

„Schmidt und Laußner haben schon einen anderen Auftrag. Ein Aufgehängter am Roßmarkt." Grotewohl unterbrach sich kurz. Sie schien sich eine Zigarette anzuzünden. Kurz darauf hörte Köhler, wie sie den Rauch ausblies. Das war der Zeitpunkt für einen Konter.

„Seit wann rauchst du wieder?"

„Tu ich nicht."

„Willst du mich für dumm verkaufen? Ich bin Bulle."

Eine kurze Pause entstand. Köhler grinste in sich hinein.

„Geht dich einen Scheißdreck an, Köhler. Ich bin erwachsen."

„Mal sehen, was Leonie dazu sagt."

„Das wagst du nicht ..."

Köhler lachte laut. Er hatte ein kehliges Lachen, das ansteckend wirkte. „Also ...", sagte er schließlich. „Ich komme wohl aus der Nummer nicht mehr raus." Er trank einen weiteren Schluck von seinem Bier. „Was ist los?"

Seine Partnerin setzte ihn grob ins Bild und gab ihm die Adresse durch. Er versprach, sich zu beeilen, und legte auf.

„Und?", wollte Holger wissen. „Wer ist denn jetzt erschossen worden?"

Köhler griff sich eine Zigarette aus der Schachtel, die Holger ihm hinhielt, und steckte sie am dargebotenen Feuer an. Er nahm einen Zug, hustete und sagte: „Absturz in der Nordweststadt."

„Routine", entgegnete Holger. „Aber ich dachte, du hättest heute frei."

„Dachte ich auch."

„Super Spiel, Chris", bemerkte ein Passant und schlug dem Polizisten auf die breiten Schultern.

Der nickte zustimmend und stieß mit dem Mann an, der ebenfalls eine Flasche aus dem Kasten genommen hatte.

„Aber das 3:0 war Abseits", sagte dieser.

„Abseits ist, wenn der Schiri pfeift", gab Köhler zurück und grinste.

„Fünf Euro ins Phrasenschwein." Der Mann grinste ebenfalls. „Hauptsache gewonnen", fügte er noch hinzu.

Holger stieß mit Köhler an. „Ohne unseren Bomber wären wir längst abgestiegen. Ob A- oder B-Klasse, macht ja wohl kaum einen Unterschied. Ich versteh zwar nicht, warum du dir die Hackerei in der A-Klasse antust, Christian, aber ich bin froh, dass du bei uns bleibst." Er nahm einen tiefen Schluck aus seiner Flasche. „Du könntest locker in der Regionalliga kicken."

„Da müsste ich aber trainieren." Köhler leerte seine Flasche in einem Zug. „Außerdem könnte ich dann keine bösen Buben fangen." Er griff nach Holgers linkem Arm und sah auf dessen Uhr. „So, jetzt muss ich schnell duschen und dann los!"

Holger zeigte sich enttäuscht. „Schade. Ich dachte, wir nehmen noch einen."

„Dienst ist Dienst und Schnaps ist Schnaps", erwiderte Köhler und hob die Schultern. „Augen auf bei der Berufswahl. Ich hätte ja auch was Anständiges lernen können." Damit ließ er Holger zurück und ging in die Kabine, um sich zu duschen.

Kommissar Köhler war knapp eins neunzig groß, athletisch und elegant. Seine krausen Haare trug er sehr kurz, fast stoppelig; ebenso wie seinen Dreitagebart, der stets akkurat gestutzt war. Wenn er sprach, glich es einem Dröhnen. Jeder Chor wäre stolz auf einen solchen Bass. Seine Garderobe war kostspielig und größtenteils maßgeschneidert. Er konnte sich das leisten, denn sein viel zu jung verstorbener Vater hatte ihm und seiner Mutter ein beträchtliches Vermögen hinterlassen, das Köhler vermutlich in diesem Leben nicht mehr aufbrauchen würde. Wenn er nicht lebte wie ein Renaissance-Fürst, hätten auch nachfolgende Generationen ein Leben in Luxus zu erwarten. Er war Bulle aus Leidenschaft. Ihm machte es Spaß, Fälle zu lösen und für das Gute zu arbeiten. Sein schwebender Gang machte ihn zu einer Erscheinung, sein Charme und seine von Gott gegebene Präsenz erleichterten ihm das Leben nach seinen Spielregeln. Er war ein Mann Ende dreißig, hatte feine Gesichtszüge, braune Augen, schwarzen Humor und eine Haut wie dunkles Karamell, die ihm seine Mutter Yaruda vererbt hatte.

Jetzt fuhr er mit seinem Mercedes DB 300 SL W 198, Baujahr 1957, über die dorfähnlichen Stadtteile des Frankfurter Nordens. Viele Besucher, die zum ersten Mal in diese Gegend kamen, zweifelten daran, dass sie überhaupt noch in Frankfurt waren. Zwischen Nieder-Erlenbach, Harheim und Bonames lag die Kornkammer der Stadt. Mehr Feld und Acker als Häuser. Doch die Zahl der Neubaugebiete nahm zu, was das Erscheinungsbild hier und da sehr veränderte und die Einheimischen die Neubürger mit Argwohn begrüßen ließ. In Anspielung auf die verbohrten Einheimischen sagte Köhler stets: „Frisches Blut tut dem Norden gut."

Womit er auch auf seine im Stadtteil immer noch exotisch anmutende Erscheinung anspielte.

Eine knappe Stunde nach Spielende bog der Hauptkommissar mit seinem Schmuckstück von Auto am kürzlich umgebauten Nordwestzentrum in die Ernst-Kahn-Straße ein und war wenig später an der Einsatzstelle. Es handelte sich um eine Wohnsiedlung in der Frankfurter Nordweststadt. Zwischen ausgedehnten Parkanlagen war hier in den 1970er Jahren eine Trabantenstadt gebaut worden. Eigentlich ganz nett, mit viel Grün, hin und wieder aber auch sozialer Brennpunkt. Es gab drei- bis viergeschossige Mehrfamilienhäuser, Hochhäuser mit über zwanzig Stockwerken und hier und da ein paar Parzellen mit Einfamilienhäusern. Köhler parkte seinen Mercedes in Sichtweite. Sein Herzstück würde er nicht aus den Augen lassen, und schon gar nicht in dieser Gegend. Das Fahrzeug zog alle Blicke auf sich. Auch diesmal waren die Kollegen, die seine Errungenschaft noch nicht kannten, beeindruckt. Schnell bildete sich eine kleine Gruppe um das Fahrzeug. Weil darunter etliche Uniformierte waren, machte sich der Kommissar keine Sorgen um sein Baby. Besser konnte es nicht bewacht werden. Die Polizisten bestaunten den Oldtimer und bedachten Köhler mit teils neidischen, teils anerkennenden Blicken.

„Hey, Sie!“, hörte er eine Männerstimme brüllen. „Fahren Sie mal Ihre Zuhälterkarre vom Acker, sonst lass ich sie abschleppen. Das hier ist ein Tatort!“

Köhler blickte auf. Etwa dreißig Meter von ihm entfernt kam ein uniformierter Kollege wild mit den Armen fuchtelnd auf ihn zugestapft. Er schob einen stattlichen Bierbauch vor sich her und seine Dienstmütze saß schief auf seinem Kopf.

Respektsperson geht anders, dachte Köhler. Er hätte ahnen müssen, dass so etwas passieren würde. Mit ausdrucksloser Miene griff er in die Innentasche seines Jacketts und suchte nach seiner Brieftasche, um sich auszuweisen. Wie immer war er äußerst elegant gekleidet. Das war ihm ein Bedürfnis. Seine Anzüge saßen wie eine zweite Haut und er trug nur Schuhe, die von einem Schuster eigens für ihn angefertigt wurden. Natürlich eckte er damit häufig an, aber das war ihm egal. Er hatte sich mit der Neidkultur arrangiert und ertrug sie stoisch. Mittlerweile machte er sich sogar einen Spaß daraus, andere mit seinem Erscheinungsbild zu provozieren.

„Schön langsam", rief der wichtigtuerische Kollege, als er sah, dass Köhler in die Innentasche griff. Tatsächlich legte er die rechte Hand auf seine Dienstwaffe, streckte die freie Hand nach vorn, um Köhler zu stoppen, und blieb in Habachtstellung stehen.

„Sie haben sich wohl zu viele amerikanische Filme angesehen", kommentierte Köhler unbeeindruckt. „Ich will doch nur meinen Ausweis rausholen."

„Aber schön langsam", beharrte der Kollege und behielt die Hand an der Waffe.

Köhler ersparte sich einen Kommentar. Er rollte mit den Augen und dachte sich seinen Teil, das war einfacher. Langsam holte er seine Brieftasche aus der Innentasche, zeigte sie dem Kollegen und zog seinen Ausweis heraus. Den hielt er dem Polizisten hin, der danach griff, ihn ausgiebig prüfte und wieder zurückgab.

Der Kollege entspannte sich. „Gut, Sie können durch." Er gab den Weg frei und tippte sich an die Mütze.

„Herzlichen Dank", sagte Köhler und ließ den Polizisten stehen.

„Schickes Auto“, kommentierte dieser im Vorbeigehen.

„Ich weiß.“

„Wo bleibst du denn, Mann?“, blaffte Grotewohl, als Köhler endlich am Tatort erschien. Hemdsärmelig stand sie vor einem Hochhaus und hatte die Hände in die Hüften gestützt. Ihren Kopf hatte sie leicht geneigt. Trotz ihrer zerzausten Haare war sie, wie immer, äußerst attraktiv. Köhler war gute dreißig Zentimeter größer als sie, was ein bizarres Bild abgab. Aber das war nicht ausschlaggebend. Sabine Grotewohl hatte Feuer. Manch einer behauptete, sie hätte sogar Haare auf den Haaren. Köhler kam mit ihr wunderbar klar. Er ertrug ihre grobe Natur und bildete mit seiner ruhigen Art und seiner Ausgeglichenheit den perfekten Gegenpart. Sie war um die eins sechzig groß und von zierlicher Statur. Man sollte sich davon aber nicht täuschen lassen, denn sie war austrainiert. In ihrer Freizeit betrieb sie Hapkido und hatte den 3. Dan in dieser Kampfsportart erreicht. Ihre Kleidung war im Gegensatz zu der ihres Partners als lässig zu bezeichnen. Jeans, Bluse und Blazer in wechselnden Farbkombinationen waren ihre beliebtesten Kleidungsstücke. Ihr Gesicht war schmal und von einer beinahe perfekten Symmetrie. Ihre Augen waren hellgrün und auf ihrer Nase tanzten einige Sommersprossen. Umrahmt wurde das angenehm anmutende Gesicht von einer blonden Bobfrisur. Man könnte auch sagen: Sie war ausgesprochen hübsch.

„Du hast doch bestimmt wieder eine halbe Stunde nur an deine Klamotten verschwendet. Kannst du dich nicht ein einziges Mal normal anziehen?“

„Das *ist* normal", entgegnete Köhler ohne den Hauch von Ironie. „Und ich brauche dafür auch nicht länger als du, wenn du dich in deine viel zu engen Jeans quälst."

Grotewohl öffnete den Mund, um ihrem Partner möglichst schlagfertig zu begegnen. Allerdings fiel ihr nichts Passendes ein, also schloss sie den Mund wieder und gab sich geschlagen. „Schwamm drüber", sagte sie und löste einen Kaugummi aus seiner Verpackung. Sie bog das flache Bändchen in der Mitte und schob es sich in den Mund. „Auch einen?", fragte sie kauend und hielt Köhler die Packung hin.

Der schüttelte den Kopf und sagte: „Ich darf rauchen."

Grotewohl hob drohend den Zeigefinger. „Ein Wort zu Leonie, und ich knall dich ab!"

Ergeben hob Köhler die Hände und versprach zu schweigen. „Setzt du mich jetzt endlich ins Bild?", fragte er schließlich.

Grotewohl führte ihn um das Hochhaus herum und berichtete, was sie bereits herausgefunden hatten. „Beim Spaziergang mit seinem Hund hat ein Mann die beiden heute Mittag in einem Gebüsch entdeckt. Es scheint sich um das Ehepaar Stein zu handeln. Dennis und Jennifer. Sie wohnten im zwölften Stock. Beide waren nicht mehr zu retten. Wie es aussieht, haben die da schon länger gelegen."

Sie erreichten die Fundstelle, wo es von Menschen in weißen Einmalanzügen nur so wimmelte.

„Warum sind die denn schon hier?", wollte Köhler wissen.

„Es ist ja wohl nicht normal, dass ein Ehepaar gemeinsam aus dem Fenster springt. Also sichern wir lieber alles." Grotewohl sah ihn provozierend an. „Aber du bist ja jetzt hier der Einsatzleiter und kannst sie alle wieder nach Hause schicken. Ist dein Ding."

Köhler schwieg kurz, dachte nach und sagte schließlich: „Nee, nee ... lass mal. Alles gut."

Grotewohl rollte mit den Augen, schüttelte genervt den Kopf und fuhr mit ihrem Bericht fort. „Viel wissen wir noch nicht. Die Kollegen befragen gerade die Nachbarn."

„War die SpuSi schon in der Wohnung?"

„Nee. Wir wollten erst mal hier unten alles sichern, bevor es regnet."

Köhlers Blick wanderte zum Himmel. Tatsächlich zogen ein paar Regenwolken auf. Er kniff die Augen zusammen und nickte zustimmend. „Ich geh mal hoch und schau mich in der Wohnung um", sagte er und wandte sich zum Gehen.

„Aber fass nichts an!", rief ihm Grotewohl hinterher.

Köhler drehte sich um und warf seiner Partnerin einen vernichtenden Blick zu.

Die merkte sofort, dass ihr Kommentar nicht gut angekommen war, und entschuldigte sich. „Sorry, war ein Reflex."

Die Wohnung

Köhler achtete darauf, im Haus möglichst wenig zu berühren. Das Gebäude war, typisch für einen Wohnblock in dieser Gegend, völlig verwahrlost. Bereits vom bloßen Durchgehen fühlte er sich schmutzig. Als er in den Aufzug stieg, flog ihm ein Geruch von Urin und Schweiß entgegen. Er rümpfte die Nase und zog ein Taschentuch aus seinem Jackett. Als er es sich um seinen Finger gewickelt hatte, drückte er damit auf die Zwölf.

„Ich kotz gleich", murmelte er und fuhr nach oben.

Der Aufzug klapperte und knirschte. Köhler überlegte, was er tun würde, wenn er jetzt stecken bliebe. Eine Gänsehaut rann über seinen Rücken und er schüttelte sich angewidert. Erleichtert stieg er wenig später im zwölften Stockwerk aus und sah sich kurz um. Die Wohnung der Steins war unschwer zu erkennen, da ein uniformierter Kollege vor ihrer Tür Wache hielt. Köhler kramte seinen Ausweis hervor, um sich eine Szene, wie er sie bei seiner Ankunft erlebt hatte, zu ersparen. Allerdings war das nicht notwendig, denn wie sich herausstellte, hatte der Kollege ihn bereits erkannt.

„Shaft!", rief er, als er Köhler sah. „Die schwarze Perle der Frankfurter Polizei." Er verließ seinen Posten, um Köhler in den Arm zu nehmen. Die beiden Männer herzten sich und klopften sich gegenseitig auf den Rücken. Der Uniformierte schob Köhler auf Armlänge von sich und musterte ihn. Dann nickte er mit anerkennender Miene und sagte: „Mein lieber Schieber, da ist aber einer in den Stiltopf gefallen. Respekt, mein Freund!“

„Danke“, erwiderte der Gelobte. „Dir steht die Uniform aber auch ausgezeichnet, Bernd.“

„Ich weiß.“ Der Kollege lachte. „Ich komme einfach nicht aus den blauen Klamotten raus.“

„Ich hab dir schon tausendmal gesagt: Bewirb dich bei der Kripo. Wir brauchen immer gute Leute.“

Bernd winkte ab. „Lass mal stecken. Ich bin gerne auf der Straße. Außerdem war ich nicht Klassenbester wie du.“ Er hob die Faust und rief: „Männer wie wir, vier Komma vier!“

Beide lachten.

Sie tauschten noch eine Weile die üblichen Floskeln aus, erkundigten sich nach dem Befinden des jeweils anderen und informierten einander über die aktuelle Familiensituation.

„So gerne ich noch mit dir plaudern würde, mein Lieber“, beendete schließlich Köhler den Small Talk und deutete auf die Wohnungstür, „aber ich muss mich ein wenig in der Wohnung umsehen, wenn du gestattest.“

„Klar!“ Bernd nickte und trat zur Seite.

Köhler betrat die Wohnung, schloss die Tür hinter sich und befand sich sofort in einer Art Trance. Er blendete alles aus, was nicht zu seinem Job gehörte, und richtete seine volle Konzentration auf das Aufspüren von Hinweisen. Es handelte sich um eine eng geschnittene Dreizimmerwohnung. Ein kleiner, schmaler Flur, links das Bad, rechts die Küche. Die Räume waren zweckmäßig eingerichtet. Es war unordentlich, aber nicht schmutzig. Man sah, dass die Bewohner mit dem Aufräumen nicht nachgekommen waren, was Köhler normal erschien. Geradeaus ging es ins Wohnzimmer. Die Möbel sahen aus, als wären sie jahrzehntealt. Neben der Küche befand sich ein kleines Zimmer, das allem Anschein nach als Kinderzimmer diente. Ein Doppelstockbett füllte den Raum zu einem guten Drittel. Der Einrichtung nach zu urteilen mussten die Kinder noch sehr jung sein. Überall lag Spielzeug herum. Legosteine, ein Spielzeugbagger, ein Kinderxylophon und etliche Kuscheltiere. Auf einem Spielteppich war eine kleine Stadt abgebildet mit Straßen, Feuerwache, Rathaus und Polizeistation. Köhler durchsuchte das Zimmer systematisch, wobei er penibel darauf achtete, nichts zu berühren oder zu verändern. Seine Augen erfassten jede Kleinigkeit. Er trat an den Kleiderschrank und öffnete ihn. Vorsichtig schob er ein paar Kleidungsstücke zur Seite, legte sie aber wieder exakt an die Position zurück, an der er sie vorgefunden hatte. Er schüttelte den Kopf. Dann kam ihm ein Gedanke. Er sah sich in jedem Raum gründlich um, ohne dabei nach Details zu schauen. Die Suche war erfolglos, sodass er zur Wohnungstür ging, sie öffnete und den Kollegen fragte: „Sachma, Bernd. Wo sind denn die Kinder?"

„Welche Kinder?"

„Da wohnen zwei Kinder. Die müssen doch irgendwo sein."

Bernd hob ratlos die Schultern. „Ich weiß von nichts. Warte … ich frag mal nach." Er griff sich an die Schulter, über der das Handsprechgerät seines Funkgeräts hing, und rief nach dem Einsatzleiter, der sich sofort meldete.

„Frage: Sind bei euch die Kinder der Opfer?"

„Welche Kinder?", kam es krächzend aus dem Funkgerät.

„Die Opfer hatten wohl Kinder, und die befinden sich nicht in der Wohnung."

„Seid ihr euch sicher?"

Bernd sah Köhler an, der ihm mit einer Kopfbewegung zu verstehen gab, dass er sich sicher war.

„Positiv", funkte Bernd zurück.

„Ich komm mal hoch."

„Verstanden." Bernd hängte sich das Funkgerät wieder über die Schulter und wandte sich an Köhler. „Das klären wir gleich."

Ein paar Minuten später meldete sich der Aufzug mit einem hellen Ton und die Tür öffnete sich. Ein uniformierter Kollege trat in den Flur. Köhler kannte den Mann nicht.

„Wer bist du denn?", blaffte der Kollege ihn an.

Köhler, der einen unbeteiligten Eindruck erweckte, wollte antworten, doch der Uniformierte sprach bereits weiter. „Du geh'n weg. Hier Polizeieinsatz. Du verstehen?" Er fuchtelte mit den Händen, als wollte er eine Fliege verscheuchen.

Derlei Dinge war Köhler mittlerweile gewohnt. Seine Hautfarbe war auch in diesem Jahrtausend für den ein oder anderen bildungsfernen Zeitgenossen ein Problem. „Ich sein der leitende Ermittler von Kriminalpolizei", sagte er in abgehacktem Deutsch und grinste debil. „Ich gerade von Afrika mit Gnu hergeritten, du nicht schimpfen."

Der Polizist wusste Köhlers Reaktion nicht richtig einzuordnen. Wie es schien, hatte er ihm auch nicht richtig zugehört. „Ich haben gesagt, du weggehen." Erneut fuchtelte er mit den Händen in der Luft herum.

„Und ich hab dir gerade gesagt, dass ich hier der Chef bin, du Hohlroller", gab Köhler nun in perfektem Deutsch zurück und hielt dem Gegenüber seinen Ausweis hin. „Kriminalhauptkommissar Christian Köhler. Ich hab hier das Sagen, deshalb darf ich bleiben."

Der Polizist betrachtete den Ausweis und wurde knallrot. „Ich … oh … Entschuldigung, ich wusste ja nicht … Also, das ist jetzt echt blöd. Normalerweise habe ich gar nichts gegen Ausländer."

„Da bin ich ja froh, dass ich keiner bin", erwiderte Köhler und steckte den Ausweis wieder ein.

„So war das nicht gemeint …"

„Schwamm drüber", sagte Köhler. „Das nächste Mal einfach eine Prise weniger Rassismus, und schon passt's."

„Es tut mir schrecklich leid …" Dem Polizisten war anzusehen, dass er am liebsten im Boden versunken wäre. „Bitte verstehen Sie mich nicht falsch …"

„Geschenkt", unterbrach ihn Köhler. Er las das Namensschild auf der Brust des Kollegen. „Wir haben keine Zeit für so was, Kollege Printer. Wo sind die Kinder?"

„Wir wissen nichts von irgendwelchen Kindern", erklärte der Uniformierte, der sich mittlerweile gefangen hatte.

„War denn vor mir niemand in der Wohnung?"

„Nein." Printer versuchte sich zu rechtfertigen. „Wir sind viel zu wenige vor Ort, und die SpuSi wollte erst unten die Spuren sichern, bevor der Regen alles wegspült."

„Ist ja gut", sagte Köhler ruhig. „Ich wollte es nur wissen."

Printer schien erleichtert. „Was machen wir denn jetzt?", fragte er.

„Wir suchen erst mal die Kinder."

„Gute Idee!"

Köhler ersparte sich einen Kommentar. Logisch war das eine gute Idee. Er widerstand dem Drang, mit den Augen zu rollen.

„Ich lasse sofort klären, ob es Verwandte gibt."

„Gut", sagte Köhler. „Sie reden mit der Zentrale, und wir zwei", er deutete auf Bernd und sich, „befragen die Nachbarn."

Rauchzeichen

Köhler und Bernd klingelten zunächst bei den direkten Nachbarn. Während der ersten drei Versuche öffnete ihnen niemand. Erst die vierte Tür wurde einen Spaltbreit geöffnet. Hinter der Sicherheitskette wurde ein Augenpaar sichtbar. Allem Anschein nach handelte es sich um eine alte Frau.

„Ja, bitte?", fragte sie mit brüchiger Stimme.

„Schönen guten Tag", sagte Bernd zur Begrüßung und lächelte das Augenpaar an. „Wir sind von der Polizei und würden Sie gerne zu Ihren Nachbarn, den Steins, befragen."

Die Alte lunzte durch den Spalt und erwiderte: „Des glaab isch nett."

„Warum?", fragte Bernd verwundert.

„Mer heert so viel. Mer soll nett alles glaabe. Sie könnte ja auch e paar Trickbetrüscher sein." Sie zögerte kurz und fügte dann hinzu: „Und seit wann hawwe mer denn Schwarze bei de Polizei? Un' üwwerhaupt, der träscht ja ga kei Uniform."

Das ging gegen Köhler. Der trat einen Schritt vor und zeigte der Alten seinen Ausweis.

„Gute Frau", begann er, wobei er sich bemühte, sauberes Hochdeutsch zu sprechen. „Ich bin Hauptkommissar Christian Köhler, wie Sie meinem Ausweis hier entnehmen können. Schauen Sie ihn sich ruhig an." Er steckte den Ausweis durch den Türspalt, wo er von knochigen Fingern entgegengenommen wurde.

„Scheint echt zu sein“, sagte die Alte schließlich. „Aber ich trau Ihne nett.“

„Warum, wenn ich fragen darf?“, wollte Köhler wissen.

„Sie sinn viel zu gut agezoche. Und Ausländer nemme die nett bei de Polizei.“

Köhler musste erneut ein Augenrollen unterdrücken. Dieses ewige Gezacker wegen seiner Hautfarbe nervte. Er wechselte die Taktik und verfiel ins Hessische. „Hawwe Sie am Sonntach die Eintracht spiele seh'n?“

„Ei logisch. Vier null gewonne, die Bube.“

„Und wer hat denn des entscheidende Tor geschosse?“

„Ei, de Haller.“

„Und welche Hautfarbe hat der?“

„Schwarz, des weiß doch jeder.“

„Sehen Sie. Und das ist auch ein Frankfurter.“

„Kokolores“, rief die Alte. „Des iss'n Franzoos.“

„Der für Frankfurt spielt.“

„Was wollen Se mir eischendtlisch dademit sache?“

„Dass die Hautfarbe keine Rolle spielt, Frau ...“ Köhler schaute auf das Türschild. „Kowalski“, vollendete er den Satz. „Sind Sie aus Polen?“

„Quatsch, isch bin e Frankforter Mädsche, dorsch und dorsch.“

„Sie haben aber einen polnischen Namen.“

Sie schwieg. Endlich schien sie zu begreifen.

„Also gut“, lenkte sie ein. „Komme Se enei. Des zieht uff'm Gang.“

Die Tür schloss sich. Einen Wimpernschlag später klapperte die Türkette und die Tür wurde geöffnet. Eine sehr kleine, bucklige Frau gab den Weg frei und watschelte vorweg in die Wohnung. „Komme Se ins Wohnzimmer", befahl sie und ging voran.

Wenig später saßen alle drei auf einem Sofa aus den 1960er Jahren – zumindest dem Muster nach. Ein riesiger Schrank nahm die Hälfte des ohnehin schon kleinen Raumes ein. Es roch nach ungelüftetem Zimmer und schlechtem Essen. Zudem war es stickig und viel zu warm.

„Was issen da üwwerhaupt los?", fragte die Alte.

„Das versuchen wir ja gerade herauszufinden. Wir bauen auf Ihre Hilfe, Frau Kowalski", erklärte Köhler.

„Sie spresche aber super Deutsch, junger Mann."

Köhler überlegte kurz, ob er erklären sollte, dass man auch als Schwarzer einen deutschen Pass und Deutsch als Muttersprache haben konnte, beließ es aber bei einem „Ich bin hier aufgewachsen".

„Ach so ..."

„Kennen Sie die Familie Stein?"

„Nur vom Sehen. Komische Leut'."

„Inwiefern?"

„Hawwe nie gegrüßt. Immer nur, wenn mer se agesproche hat." Sie griff sich ans Ohr, um ihr Hörgerät zu überprüfen. „Die hawwe immer gestritte. Grad heut Nacht hawwe se widder de ganze Flur zusammegekrische."

„Aha", machte Köhler und notierte sich etwas auf seinem Block. „Wann genau war das?"

„So gesche vier Uhr de Moint." Frau Kowalski hob den Zeigefinger. „Dadebei is der Typ schon vor Monate ausgezoche. Kimmt immer nur zum Stunk mache."

„Die Steins lebten also getrennt?", vergewisserte sich Köhler und notierte das gerade Erfahrene.

„Mit dem Typ hätt isch's aach nett ausgehalte. Immer besoffe oder bekifft."

„Er war also gewalttätig."

Frau Kowalski hob abwehrend die Hände. „Isch will kam was Beeses. Aber der hat die schon ab und zu emal gewamscht."

Mit hochgezogenen Brauen tippte Köhler auf seinen Block. „Und heute Nacht, was konnten Sie da hören?"

„Nix Genaues. Ich belausch mei Nachbarn nett, wisse Se. Des geheert sisch nett."

Köhler nickte. Wahrscheinlich hörte sie die Flöhe husten. „Also so gegen vier Uhr am Morgen kam es zum Streit bei den Steins", nahm er den Faden wieder auf.

„Sach isch doch. Hern Se mir üwwerhaupt zu?"

„Ich will nur sichergehen." Köhler räusperte sich. „Wie lange ging der Streit?"

„Maane Se, isch guck da uff die Uhr?"

Köhler stöhnte innerlich. Die Alte wurde langsam anstrengend. Er musste sich ermahnen, sie ernst zu nehmen. Derartig neugierige Nachbarn konnten bei ihren Ermittlungen sehr hilfreich sein. Er wechselte das Thema. „Das können wir ja auch noch später klären. Was uns interessiert, ist der Aufenthaltsort der Kinder."

„Sinn die nett in de Wohnung?"

„Sonst würden wir nicht fragen", warf Bernd ein, der offenbar eine Retourkutsche fahren wollte.

Frau Kowalski quittierte die Spitze mit einem bösen Blick. „Wenn die nett deham sinn, wer'n se bei de Oma sein."

„Sie wissen nicht zufällig den Namen der Oma und wo wir sie finden können?"

„Logisch weiß isch des. Die iss mei best Freundin."

Köhler war erleichtert. Hatte sich der Besuch bei Frau Kowalski also doch gelohnt.

Es dauerte nicht lange, da hatte man eine Streife zu Gudrun Fischer, der Großmutter der vermissten Kinder, geschickt. Sie war die Mutter von Jennifer Stein. Die Kinder waren bei ihr und wohlauf. Als Frau Fischer von dem Tod ihrer Tochter und deren Ex-Mann hörte, blieb sie erstaunlich gelassen, wie die Kollegen berichteten. Allem Anschein nach hatte sie so etwas in der Art bereits erwartet.

In der Zwischenzeit war Köhler in die Wohnung der Steins zurückgekehrt, um sich weiter umzusehen. Mittlerweile war die Spurensicherung im Außenbereich fertig und man konnte nun an die Sicherung der Beweise in der Wohnung gehen. Köhler durfte dabei sein, musste sich aber einen Einmalanzug überziehen.

Aufgrund seiner ersten Besichtigung hatte er sich ein Bild der Wohnung im Kopf gemalt, sozusagen eine imaginäre Landkarte. Anhand dieser Karte ging er nun aktiv durch die einzelnen Räume, um gezielt nach Hinweisen zu suchen. Die Annahme, dass sich die Eheleute nicht im Guten getrennt hatten, bestätigte sich, als er Familienbilder in einer Schublade fand, aus denen Dennis Stein offensichtlich mit einer Schere herausgeschnitten worden war. Ob in der Wohnung ein Kampf stattgefunden hatte, war nicht zu erkennen.

„Na", kommentierte Grotewohl grinsend, als sie Köhler in dem wenig kleidsamen Anzug sah, „das ist wohl nicht ganz deine Marke."

Er konterte den Seitenhieb auf seine erlesene Garderobe mit den Worten: „Hilf mir einfach beim Suchen, ich habe immer noch meinen freien Sonntag."

„Jawoll, Chef“, antwortete Grotewohl zackig und salutierte.

Köhler grinste. „Blödmann!“

„Selber!“

„Ich geh mal auf den Balkon und seh mich dort um“, beschloss Köhler und trat ins Freie. Der Balkon war als Abstellkammer missbraucht worden. Ein kleines Regal in der Ecke war überfüllt mit allerlei Dingen. Ein Kinderwagen nahm viel Raum ein und ein kleiner Tisch, auf dem ein Aschenbecher stand, füllte beinahe den Rest des Balkons. Köhler trat auf die verbliebene Freifläche und scannte den Balkon zunächst mit den Augen. Er warf einen Blick über die Brüstung und musterte die Stelle, an der die Leichen gefunden worden waren. Von hier oben war es schwierig, etwas zu erkennen. Kein Wunder, dass man die beiden erst Stunden später gefunden hatte.

Sein Blick fiel auf den Aschenbecher. Er zog einen Stift aus seiner Innentasche und durchwühlte den Rauchabfall. Es handelte sich um Kippen zweier verschiedener Zigarettenmarken. Doch etwas stimmte nicht. Köhler sah genauer hin. Er zählte insgesamt acht aufgerauchte Kippen. Sieben waren von der einen Marke und eine von der anderen.

„Grotte!“, rief er den Spitznamen seiner Kollegin, ohne seinen Blick von dem Aschenbecher zu wenden.

„Was gibt's, Shaft?“, antwortete Grotewohl von drinnen.

„Komm mal her!“

Sekunden später war sie auf dem Balkon. Sie kannte ihren Kollegen gut genug, um an seiner Körpersprache abzulesen, dass er etwas entdeckt hatte.

„Ich glaube, wir haben hier etwas, was wir uns genauer ansehen müssen.“

„So, was denn?", fragte Grotewohl. Neugierig trat sie näher an den kleinen Tisch heran und versuchte, etwas darauf zu erkennen.

Köhler schob seinen riesigen Körper zur Seite und gab den Blick frei. „Guck dir das mal an", sagte er und deutete auf den Aschenbecher. „Fällt dir was auf?"

„Was meinst du?", fragte Grotewohl nach einer Weile, in der sie auf den vollen Aschenbecher gestarrt hatte. „Ich sehe nur ein paar Kippen."

„Dachte ich mir", kommentierte Köhler.

„Jetzt komm schon mit der Sprache raus, Sherlock." Grotewohl war genervt von der Dramatik, mit der Köhler seine vermeintliche Entdeckung ins Licht rückte.

„Wir haben hier insgesamt acht Kippen. Sieben davon sind Giants. Das ist die Marke von Aldi." Er stocherte mit dem Stift im Aschenbecher herum und sortierte die Zigarettenstummel. „Und? Fällt dir jetzt was auf?"

Grotewohl kniff die Augen zusammen. Dann begriff sie. „Die vier hier haben Lippenstift am Filter, die drei da nicht, und diese hier ist eine Marlboro."

„Genau!", rief Köhler und klatschte Beifall. „Sehr gut beobachtet, Watson. Aber das ist noch nicht alles."

„Spar dir deinen Hochmut", blaffte die Kollegin. „Rück die Information raus!"

„Wenn die Steins die gleiche Marke geraucht haben – wovon ich jetzt mal ausgehe –, hat Frau Stein vier Kippen in den Aschenbecher geworfen und Herr Stein drei. Aber das ist noch nicht alles."

„Bevor du weiter philosophierst", unterbrach Grotewohl Köhlers Vortrag, „was sagt dir, dass die Steins beide die gleiche Marke rauchen?"

„Davon gehe ich aus, da beide zur sozialen Unterschicht gehören und sich teure Marken nicht leisten können."

„Das ist aber ziemlich arrogant, mein Lieber."

„Nee, das ist Fakt."

Grotewohl rollte mit den Augen. Ihr Kollege konnte ziemlich anstrengend sein.

„Außerdem haben die Kollegen eine Packung Giants in Dennis Steins Hosentasche gefunden."

„Manchmal bist du wirklich ein Arschloch, Shaft."

Er grinste breit.

„Weiter!", forderte Grotewohl genervt und wedelte mit der Hand.

Köhlers Tonfall glich dem eines Dozenten. „Die Giants wurden allesamt ausgedrückt. Dabei wurde der Filter geknickt und die Glut damit erstickt. Soweit verstanden?"

„Du fängst dir gleich eine, Köhler", war alles, was Grotewohl dazu einfiel. „Komm auf den Punkt."

Köhler ignorierte den Einwurf und fuhr ungerührt fort: „Die Giants wurden, wie gesagt, ausgedrückt, die Marlboro hingegen ausgedreht. Sie ist nahezu intakt."

„Was soll mir das jetzt sagen?"

„Du rauchst doch selbst."

„Ja, und?"

„Wie machst du deine Kippen aus?"

„Ich zerdrücke sie."

„Immer?"

„Eigentlich schon."

„Also haben wir es hier mit hoher Wahrscheinlichkeit mit einer dritten Person zu tun."

Puzzlespiele

Am nächsten Morgen betrat Köhler früh das Polizeipräsidium an der Adickesallee. Er liebte es, einen neuen Fall aufzurollen. Das hatte etwas von einem Aufbruch zu neuen Ufern, und das war der Grund, weshalb er den Job machte. Die neue Herausforderung, die ihn zu Spitzenleistungen zwang. Voller Elan trat er in sein Büro und trällerte „Morsche zusammen!" in die Runde. Er zog seinen Mantel aus und hängte ihn an die Garderobe neben der Tür. Dann blickte er sich um.

Das Büro bestand aus zwei Räumen. Der eine war groß genug, um drei Schreibtische zu beherbergen. Die Tische standen in einer kleinen Gruppe zusammen. Darauf hatte Köhler als Chef der Truppe bestanden, um den Inseleffekt zu erhöhen. Seine Ermittler sollten sich fühlen, als befänden sie sich alle im selben Boot. Rund um die Schreibtischinsel waren Aktenschränke in unterschiedlichen Größen aufgestellt. Direkt neben der Tür stand der wichtigste Schrank, denn darauf war die Kaffeemaschine platziert, an der sich Köhler erst einmal bediente. Das Mahlwerk des Kaffeevollautomaten machte für Sekunden jegliche Konversation unmöglich. Der Nachbarraum, den man durch eine Wand mit einer Fensterscheibe vom Büro abgetrennt hatte, diente als Besprechungszimmer. Er war mit einem dunkelgrauen Teppich ausgelegt. Mehrere Whiteboards und ein Flipchart standen ebenso wie ein Besprechungstisch und acht Stühle mitten im Raum. Zwei der Wände dienten als Stellplatz für deckenhohe

Aktenschränke. Durch einige Fenster, die den Blick auf den Innenhof des Polizeipräsidiums freigaben, fiel Tageslicht, das den Raum allerdings nur spärlich erhellte.

In beiden Räumen dominierten die Farben Grau und Weiß.

Lediglich Sebastian Müller war anwesend. Der junge Mann Mitte zwanzig sah so aus, als wäre er gerade aus dem Bett gefallen. Unbeweglich stand er am Fenster und hielt eine Tasse mit dampfendem Kaffee in der Hand. Sein blondes Haar, das zu einer modischen Undercut-Frisur geschnitten war, hing ihm strähnig vom Kopf. Er hatte sich allem Anschein nach wenig Mühe mit dem Frisieren gegeben. Als er sich umdrehte, blickte er seinen Vorgesetzten aus müden grauen Augen an. Seine Stupsnase war leicht gerötet und sein Gesicht unrasiert. Sebastian Müller hatte einen Schlag beim anderen Geschlecht. Seine Ausstrahlung war jungenhaft und frech. Er war ein Typ, dessen Nähe man suchte.

„Müller, was ist los?", rief Köhler dem Kollegen zu, der sich immer noch nicht bewegte.

„Nicht so laut, Chef. Bitte!" Müller griff sich an den Kopf.

„War wohl spät gestern?"

„Wir sind aufgestiegen."

„Na dann, herzlichen Glückwunsch!" Köhler ging zu seinem Kollegen und schlug ihm kräftig auf die Schultern.

Der junge Mann konnte gerade noch seine halb volle Tasse ausbalancieren. Trotzdem schwappte einiges von dem Kaffee über. Müller schüttelte ein paar Tropfen von seiner Hand und quittierte die Glückwünsche seines Vorgesetzten mit einem bösen Blick.

„Und wie viele Tore hast du gemacht?“, wollte Köhler wissen.

„Ich bin der Torwart, Chef. Schon vergessen?“

„Mit Handball kenne ich mich nicht aus.“

Müller hob missbilligend die Brauen und schwieg.

„So!“, rief Köhler, klatschte in die Hände und rieb sie voller Tatendrang aneinander. „Gibt es schon was Neues im Fall Stein?“

„Ist das überhaupt ein Fall?“, murrte Müller und setzte sich an seinen Schreibtisch.

„Ich denke schon“, antwortete Köhler. „Und darauf kommt es an.“

„Na ja …“, widersprach Müller vorsichtig. „Ich glaube, da hat Berner auch noch ein Wörtchen mitzureden.“

Köhler lachte siegesgewiss. „Das lass mal meine Sorge sein.“

Kaum hatte er den Satz beendet, flog die Tür auf und ein vollbärtiger Mann betrat den Raum. Sein Oberlippenbart war an den Enden nach oben gezwirbelt und kein einziges Haar saß dort, wo es der Besitzer nicht haben wollte. Bei dem Mann handelte es sich um den Staatsanwalt Dirk Berner. Er hatte sich in einen merkwürdig blauen Anzug gezwängt, der aussah, als wäre er eine Nummer zu klein. Seine Schuhe waren graubraun und liefen vorne spitz zu. Sein Haupthaar war ebenso wie der Bart grau meliert, zudem in Form geföhnt und mit irgendeinem Festiger betoniert. Seine blauen Augen ließen einen hellen Verstand vermuten und er verströmte einen Geruch von Haarwachs. „Aah!“, rief Berner, breitete die Arme aus und lief auf Köhler zu. „Kommissar Shaft ist schon im Dienst.“

„Logo", sagte Köhler gelassen und zog sich einen Kaffee. „Auch einen?", fragte er Berner und hob die Tasse in dessen Richtung. „Oder kaut ihr Holzfäller zum Frühstück Bienen?"

Müller bekam einen spontanen Hustenanfall und spuckte seinen Kaffee über den Tisch. „'schuldigung", murmelte er. Hektisch wischte er den Kaffee von seiner Schreibunterlage.

„Sehr witzig, Herr Köhler", sagte Berner. Er legte seine Aktentasche aus Wildleder auf dem vor ihm stehenden Stuhl ab, trat an den Schrank, auf dem die Kaffeemaschine stand, und zog sich einen Kaffee in eine bereitstehende Tasse. Er wartete ab, bis der von der Maschine verursachte Höllenlärm verebbt war, und sprach zu Köhler: „Wenn die Kollegin Grotewohl dann endlich mal ihren Dienst beginnt, möchte ich Sie im Besprechungszimmer sehen. Alle!"

„Gerne", sagte Köhler grinsend und nippte an seiner Tasse.

Berner warf ihm einen missbilligenden Blick zu, griff nacheinander nach seiner Aktentasche und der Tasse und verließ den Raum. Den Geruch von Haarwachs ließ er zurück.

Köhler rümpfte die Nase. „Mach mal das Fenster auf, Müllerchen. Das hält ja keiner aus!"

„Jaaa", erwiderte Müller gedehnt. „Nie geht er so ganz."

Wenig später hatte sich neben Köhler, Müller und Grotewohl auch ihr Vorgesetzter Sascha Ballauf im Besprechungszimmer eingefunden. Der Polizeihauptkommissar verbat es sich, mit dem gleichnamigen Tatortkommissar verglichen zu werden, zumal er dem

Schauspieler Klaus J. Behrendt, der die Rolle des Max Ballauf spielte, entfernt ähnlich sah. Mit etwas Fantasie hätten die beiden Brüder sein können. Doch Sascha Ballauf war wesentlich schmaler und etwas kleiner als der Fernsehermittler. Allerdings kämmte er sich seine grauen Haare wellig nach hinten, was wiederum die Ähnlichkeit zum Tatortkollegen erhöhte. Der schmale Bartstreifen von der Unterlippe bis zum Kinnende, den sich Ballauf stehen ließ, war eine deutliche Abgrenzung zum Schauspieler Behrendt. Jedes Mal, wenn ihn trotz seines Verbots jemand wegen seines Namens und seines Berufs aufzog, hielt er ihm einen leidenschaftlichen Vortrag über die zahlreichen Falschdarstellungen in den Fernsehkrimis. Das konnte schnell eskalieren, weshalb es in seinem engeren Umfeld niemand wagte, ihn auf den Fernsehkommissar anzusprechen.

Schließlich gesellte sich Staatsanwalt Berner zu der Ermittlergruppe. Er betrat als Letzter den Raum und legte gleich los. „Herrschaften!", rief er in die Runde und knallte eine schmale Akte auf den Tisch. „Nach eingehendem Studium Ihres Berichtes, Shaft, gehe ich davon aus, dass bei diesem Sturz vom Balkon was faul ist." Er beugte sich nach vorne und stützte seine Unterarme auf den Tisch. „Oder sehen Sie das anders, Herr Köhler?"

„Ich bin da ganz Ihrer Meinung, Mister Haggerty", antwortete Köhler. „Da stimmt was nicht. Insbesondere wenn Sie das mit den Zigaretten meinen."

Grotewohl und Müller steckten die Köpfe zusammen. Weshalb nannte er Berner „Haggerty"? Sie wussten es nicht und hoben ratlos die Schultern.

„Natürlich habe ich alles gelesen", ereiferte sich der Staatsanwalt. „Schließlich bin ich gewissenhaft."

„Die Frage ist: Wem gehört die ausgedrehte Kippe?“, fuhr Köhler fort, der Berners Einwurf ignorierte. „Und warum gab es keine Kampfspuren? Mindestens einer der beiden Toten ist unfreiwillig in der Gartenanlage eingeschlagen.“

„Wie kommen Sie darauf?“

„Abgerissene Fingernägel bei Frau Stein.“

Die übrigen Anwesenden sahen ihn fragend an.

„Was soll das beweisen?“, schaltete sich Ballauf ein.

„Nichts.“

Ballaufs Blick gab Köhler zu verstehen, dass er sich gefälligst erklären sollte. „Jetzt lass dir mal nicht alles aus der Nase ziehen, Mann.“

Grotewohl nickte beipflichtend.

„Also“, sagte Köhler und hievte seinen Körper aus dem Stuhl. Er lief im Besprechungszimmer auf und ab, während er seine Theorie erklärte. „Wieso sollte sie sich die Fingernägel abreißen, wenn sie freiwillig gesprungen ist? Das macht keinen Sinn. Sie hat sich irgendwo festgekrallt und wurde dort weggerissen. Ich wette, wir finden in der Wohnung ihre Nägel oder zumindest Teile davon. Am Türrahmen zum Beispiel oder an der Balkonbrüstung.“

„Der Bericht der SpuSi sollte heute Mittag vorliegen“, warf Grotewohl ein.

Köhler nickte ihr zu und fuhr fort: „Außerdem haben wir diese ausgedrehte Kippe im Aschenbecher.“

„Was ist denn daran so besonders?“, hakte Ballauf nach.

„Wir haben Kippen der Marke Giants gefunden, an denen Lippenstift haftete. Die wurden von Frau Stein geraucht, da gehe ich jede Wette ein. Ich gehe davon aus, dass die anderen Kippen derselben Marke von

Herrn Stein geraucht wurden. All diese Kippen wurden ausgedrückt."

„Das ist jetzt ja wohl keine sensationelle Nachricht", sagte Ballauf abwertend.

„Lassen Sie ihn ausreden", sprang Berner Köhler zur Seite und hielt die Hand in Richtung Ballauf. „Ich glaube, ich weiß, was er meint."

„Danke, Herr Staatsanwalt." Köhler fuhr fort. „Die Kippe, von der ich sprach, war ausgedreht und zudem eine Marlboro. Aber es war nur eine Zigarette." Er machte eine bedeutsame Pause, bevor er fortfuhr. „Wir wissen, dass die Steins getrennt lebten. Mittlerweile haben wir auch Herrn Steins Wohnort herausgefunden." Köhler sah auf die Uhr. „Die Kollegen sollten im Moment vor Ort sein und die Bude auf den Kopf stellen." Er setzte sich zurück an den Tisch. „Wenn wir also wissen, dass die beiden nicht zusammen gewohnt haben, ist anzunehmen, dass sie den gestrigen Tag miteinander verbracht haben. Auf dem Balkon haben sie mehr oder weniger friedlich ein paar Zigaretten geraucht. Dabei halte ich es für sehr unwahrscheinlich, dass sie sieben Zigaretten der einen Marke und eine einzige von einer anderen Marke geraucht haben und dann gemeinsam in den Tod gesprungen sind."

„Warum nicht?", fragte Ballauf.

„Weil wir einige Päckchen Giants in der Wohnung gefunden haben, die alle noch ungerauchte Zigaretten beinhalteten. Außerdem hatte Herr Stein ein halb volles Päckchen Giants in seiner Hosentasche. Es wurde aber kein Päckchen Marlboro gefunden."

Berner zog seine linke Augenbraue nach oben.

„Das ist interessant", gab Ballauf zu. „Also war gestern noch jemand in der Wohnung."

„Ob das gestern war, können wir nicht mit Sicherheit sagen“, warf Grotewohl ein. „Die Kippe könnte schon seit Wochen im Aschenbecher gelegen haben.“

„Stimmt. Aber sie ist ein Indiz“, sagte Köhler.

„So wie die Fingernägel“, ergänzte Müller.

„Allerdings gab es keinerlei Kampfspuren“, gab Grotewohl zu bedenken.

„Das muss nichts heißen.“ Köhler strich sich über seinen gepflegten Dreitagebart, wobei ein kratzendes Geräusch entstand. „Vielleicht kannten sie ja den dritten Mann. Oder sie standen alle drei auf dem Balkon, ein kräftiger Schubser und ...“ Er machte eine entsprechende Bewegung mit der Hand und ließ seine Theorie wirken.

Eine Weile sagte niemand etwas. Alle Anwesenden hingen ihren Gedanken nach.

Es war Berner, der seine Sprache als Erster wiederfand. „Ermitteln Sie weiter, Kollegen, und halten Sie mich auf dem Laufenden.“ Er schaute auf seine Uhr. „Ich muss zum Gericht.“ Der Staatsanwalt packte seine Papiere in die Wildledertasche und verließ grußlos den Raum.

„Warum hast du ihn ‚Haggerty‘ genannt?“, wollte Grotewohl wissen, kaum dass die Tür hinter Berner ins Schloss gefallen war.

„Ja, genau“, schob Müller nach.

Köhler grinste. „Kennt ihr die Fernsehserie ‚Der Mann aus den Bergen‘?“

Grotewohl nickte und grinste wissend.

Müller schüttelte den Kopf und sah Köhler fragend an.

„Google das mal“, riet ihm Köhler und verließ den Raum.

Kurz nach dem Meeting kam die Nachricht herein, dass die Kinder gestern Abend bei Jennifer Steins Mutter angetroffen worden waren und es ihnen den Umständen entsprechend gut ging. Sie waren zu jung, um das Geschehene zu realisieren. Die Großmutter hatte sich bereit erklärt, die Kinder bis auf Weiteres zu versorgen, was den Ermittlern erst einmal eine Sorge nahm.

„Das ist doch schon mal eine gute Nachricht", erklärte Köhler und warf sich seine Jacke über. „Den Rest regelt das Jugendamt. Auf geht's, Grotte!"

„Würde der Herr mir auch mitteilen, wohin er mich mitzunehmen gedenkt?" Grotewohl blieb auf ihrem Stuhl sitzen und verschränkte protestierend die Arme vor der Brust.

„Na, zum Stein in die Wohnung."

„Und warum sagst du mir das nicht einfach?"

Köhler seufzte. „Würde die werte Kollegin die Güte besitzen, mich zur Besichtigung der Wohnung von Opfer Nummer zwei zu begleiten?"

„Deinen Sarkasmus kannst du dir sonst wohin stecken, Shaft. Ich will nur, bevor wir etwas unternehmen, ins Bild gesetzt werden. Schließlich bin ich nicht deine Tippse. Ich bin, genau wie du, Hauptkommissarin."

„Ich wusste gar nicht, dass ich eine Kommissarin bin."

„Boah, Köhler", rief Grotewohl genervt. „Du treibst mich in den Wahnsinn." Sie sprang auf, nahm ihre Jacke von der Stuhllehne und stürmte an Köhler vorbei aus dem Zimmer. Auf dem Flur rief sie wutschnaubend: „Kommste jetzt, oder was?"

Köhler und Müller tauschten bedeutungsvolle Blicke. Die unausgesprochene Frage, was denn wohl mit der los sei, lag in der Luft.

„Ich glaube, die hat mal wieder Krach mit Leonie."

„Wegen dem Rauchen, oder was?"

Müller hob die Schultern. „Keine Ahnung."

„Köhler!", rief Grotewohl aus dem Flur. „Beweg deinen schwarzen Arsch! Ich hab nicht den ganzen Tag Zeit!"

Die beiden Männer warfen einander noch einen letzten Blick zu und Müller war nicht böse darum, Bürodienst zu haben.

Auf der Fahrt zu Dennis Steins Wohnung in Heddernheim sprachen die beiden kein Wort miteinander. Zum Glück war es nicht allzu weit. Zügig fuhren sie die Eschersheimer Landstraße stadtauswärts und bogen am Weißen Stein kurz hinter der Brücke über die S-Bahn nach Eschersheim ab. Nachdem sie an der U-Bahn-Station über die Nidda gefahren waren, schlängelten sie sich durch das Einbahnstraßengewirr von Klaa Paris. Da Heddernheim selbst für Einheimische wie Treibsand war, fuhren sie dreimal im Kreis, bevor sie die richtige Adresse gefunden hatten. Immer noch schwiegen die beiden Ermittler. Köhler kannte Grotewohl lange genug, um zu wissen, wann er sie lieber in Ruhe ließ. Sie jetzt anzusprechen, wäre geradezu grob fahrlässig und obendrein gesundheitsgefährdend. Also ertrug er das Schweigen und wartete ab, bis sich die Wolken verzogen hatten.

Steins kleine Zweizimmerwohnung war unaufgeräumt, verwahrlost konnte man sie aber nicht nennen. Es herrschte eine typische Junggesellenatmosphäre. Überall lagen Klamotten, Pizzapackungen mit ungegessenen Rändern und etliche leere Bierflaschen herum. Auf den ersten Blick war zu erkennen, dass hier ein Mann wohnte, der mit sich selbst beschäftigt war. Ein Blick in Richtung Küchenzeile bestätigte die Abneigung des Bewohners gegenüber dem Abwasch. Drei Kollegen von der Spurensicherung hatten bereits ihre Arbeit aufgenommen und suchten nach Hinweisen. Köhler grüßte in die Runde und blieb im Flur stehen.

Der Einsatzleiter der Spurensicherer, Winfried Sauerteig, gesellte sich zu ihm. „Morsche, Shaft", begrüßte er Köhler. Die beiden kannten einander schon eine Ewigkeit. Dann trat er einen Schritt nach rechts, um an dem massigen Körper des Kommissars vorbeizuschauen. Er erblickte Grotewohl, die noch im Treppenhaus stand. „Ah, wusste ich es doch, dass du deinen Terrier dabeihast. Gude, Grotte."

Köhler versuchte Sauerteig mit eindeutigen Handzeichen zu verdeutlichen, dass es keine gute Idee war, Grotewohl zu necken, doch es war bereits zu spät.

„Halt die Fresse, Sauerteig, und mach deine Arbeit hier mal ein bisschen zackig! Womöglich haben wir einen Doppelmord aufzuklären."

Sauerteigs fragender Blick traf den von Köhler. Der Kommissar machte eine entschuldigende Geste und gab dem Kollegen zu verstehen, dass er das Gezicke besser hinnahm und die kleine Frau nicht weiter reizte. Sauerteig verstand, konnte sich aber ein zackiges „Jawoll, Frau Hauptkommissarin!" nicht verkneifen. Er ging zurück in die Wohnung und versprach, sich sofort zu melden, sobald sie dazukommen konnten.

Köhler drehte sich um. Keine Armlänge hinter ihm stand Grotewohl. Sie zog eine Schnute wie ein Kleinkind, das zu Weihnachten nicht beschenkt worden war. „Wir müssen uns mal unterhalten, Grotte", sagte er und drängte sie ins Treppenhaus. Dann schloss er die Wohnungstür hinter sich.

„Was?", bellte Grotewohl.

Gegenüber wurde die Wohnungstür einen Spaltbreit geöffnet. Ein neugieriges Augenpaar inspizierte die beiden Polizisten.

„Kriminalpolizei, alles in Ordnung!", rief Köhler der Nachbarin zu und schob Grotewohl die Treppe hinunter. „Lass uns draußen reden." Kaum waren sie im Freien, blaffte er sie an: „Willst du jetzt jeden gegen dich aufbringen, oder was?"

„Was hab ich denn getan?", fragte sie mit unschuldiger Miene.

„Du benimmst dich wie ein Wildschwein. Kackst jeden an und schmollst seit einer Stunde vor dich hin." Er sah ihr streng in die Augen. „Was ist los, Grotte?"

„Nix."

Köhler musste nichts sagen. Sein Blick sprach Bände.

„Ja, Mann", Grotewohl wirbelte herum, „ich hab halt Stress mit Leonie."

„Etwa weil du geraucht hast?"

„Ja, auch. Aber das ist es nicht."

„Warum denn sonst?"

Grotewohl schwieg. Ihr war anzumerken, dass es ihr nicht leichtfiel, darüber zu reden. „Sie will ein Kind."

Köhler schwieg kurz, um das Gesagte sacken zu lassen und um Grotewohls Gefühlswelt zu erspüren. Sie wirkte unglücklich, fast schon wütend – irgendwas dazwischen.

„Ist das ein Problem?", fragte er schließlich.

„Ja, verdammt!", fuhr Grotewohl auf. „Ich bin noch nicht bereit für so was."

„‚So was?'", zitierte Köhler. „Ein Kind ist doch kein ‚so was'."

„Siehste!", schimpfte Grotewohl. „Genau das meine ich. Das ist eine riesengroße Verantwortung. Das ganze Brimborium mit der Schwangerschaft und der Geburt, die Schmerzen, das Geschreie …" Gedankenverloren hielt sie inne.

„Aber du weißt schon, dass du es in einer gleichgeschlechtlichen Ehe nicht selbst austragen musst."

„Darum geht's nicht, du Hirni." Grotewohl schien sich zu öffnen. Köhler ließ es zu und schenkte seiner Freundin ein Ohr.

Die wiederum kämpfte mit ihrer Gefühlswelt. „Ich … es … oooh." Sie stampfte mit dem Fuß auf. „Es ist so viel Verantwortung. So ein Kind wird krank, kommt in die Schule, hat irgendwann Liebeskummer, Prüfungsangst, und von der Pubertät will ich erst gar nicht reden. Ständig ist irgendwas. Außerdem ist es ein Klotz am Bein."

„Du hast Schiss", erkannte Köhler.

Grotewohl sah ihn jetzt direkt an. Sie schien über seine Worte nachzudenken. „Das bringt es wohl auf den Punkt", gab sie zu.

Köhler hielt ihren Blick fest. „Ich würde dir ja gerne helfen, aber ich bin da wohl der falsche Ansprechpartner."

„Ist jetzt eh zu spät."

„Warum?"

„Weil wir heute Mittag einen Termin für eine künstliche Befruchtung haben."

„Und das, obwohl du dir nicht sicher bist?" Köhler war erstaunt. „Das ist aber ziemlich gewagt. Um nicht zu sagen, dumm."

„Ist mein Problem …“

„Das du an deinem Umfeld auslässt. Und ich gehöre zu deinem Umfeld, also ist es auch mein Problem.“

Köhlers Worte zeigten Wirkung. Die zierliche Frau setzte mehrmals zu einer Antwort an, fand aber nicht die richtigen Worte. „Okay, du hast recht“, erkannte sie schließlich und ließ die Schultern fallen. „Es tut mir leid, dass ich mein Privatleben mit zur Arbeit genommen habe.“

„Kein Ding“, versicherte ihr Köhler.

Die beiden standen sich einen Moment lang schweigend gegenüber. Köhler hatte Mitleid mit Grotewohl. Sie war in einer schwierigen Situation, die ihre Beziehung gefährden konnte. Ihr Gemütszustand war nachvollziehbar. „Komm her“, sagte er schließlich leise und nahm sie in den Arm. Sie presste sich gegen seine breite Brust und umklammerte ihn.

„Aber wehe, du heulst jetzt“, sagte er. „Der Anzug war teuer.“

„Arschloch“, murmelte Grotewohl gegen seine Brust.

„Ich dich auch“, erwiderte Köhler.

Als sie sich voneinander lösten, schien sich die Laune der Kommissarin gebessert zu haben.

„Alles wieder gut?“, wollte Köhler wissen.

Grotewohl nickte.

„Du wirst sehen, das wird wunderbar. Ihr seid bestimmt tolle Eltern.“

In diesem Moment kam Sauerteig aus dem Haus. „Seid ihr jetzt etwa zusammen?“, fragte er hämisch. „Hast du schon wieder das Ufer gewechselt, Grotte?“ Er grinste dreckig. „Ist ja auch ein Prachtstück, unser Shaft.“

„Du weißt schon, dass wir bewaffnet sind, Sauerteig", erwiderte Köhler ernst.

„Jetzt entspann dich mal", ruderte der SpuSi-Chef zurück. „Man wird doch noch ein Späßchen machen dürfen."

„Klar", erwiderte Köhler ruhig und baute sich vor dem Kollegen auf, der einen ganzen Kopf kleiner war als er. „Aber dann musst du auch mit den Konsequenzen leben."

Sauerteig räusperte sich verlegen und wurde rot. Er trat einen Schritt zurück. „Wir sind fertig, ihr könnt jetzt in die Wohnung."

„Danke", sagte Köhler und ging zurück ins Haus, dicht gefolgt von Grotewohl, die dem SpuSi-Mann einen bösen Blick zuwarf. Wie ein nicht abgeholtes Kleinkind im Bälleparadies stand dieser mit einem bis zur Hüfte heruntergewickelten Einmalanzug, in jeder Hand einen großen Musterkoffer haltend, da. „Arschlöcher!", zischte er, als er sich sicher sein konnte, dass die beiden außer Hörweite waren.

Köhler und Grotewohl standen wenig später in Dennis Steins Wohnung und suchten nach Anhaltspunkten, die ihre Ermittlungen voranbringen konnten.

„Am besten, wir teilen uns auf", schlug Grotewohl vor. „Du das Wohnzimmer, ich das Schlafzimmer."

„Okay."

Die Wohnung war sehr einfach geschnitten. Das Wohnzimmer war gleichzeitig Küche, wenn man sie so nennen wollte. Eigentlich war es mehr eine Kochecke mit Kühlschrank, Spüle und einem Herd, jedoch keinem Backofen. Eine Mikrowelle stand auf der kleinen Arbeitsplatte und nahm beinahe den gesamten

Platz ein. Es war unaufgeräumt, aber noch weit davon entfernt, Ekel auszulösen. Köhler stöberte ein wenig lustlos in den persönlichen Sachen des Toten. Im Kühlschrank befand sich nichts außer ein paar Dosen Bier und einer angebrochenen Tüte Milch. Köhler nahm sie aus dem Türfach und roch daran. Sie schien noch gut zu sein. Er suchte bewusst nach Anzeichen, die einen Selbstmord ankündigten. Ein Abschiedsbrief war nirgends zu finden. Köhler durchsuchte einen Stapel Papiere, in dem sich größtenteils Mahnungen und Rechnungen befanden. Darunter war auch ein Lohnzettel. „Ah!", machte er und freute sich über ein weiteres Puzzleteil. „Jetzt wissen wir schon mal, wo er gearbeitet hat." Er legte den Lohnzettel auf die Seite und suchte weiter. Je tiefer er grub, desto älteren Datums wurden die Mahnungen. Auch ein paar Vollstreckungsbescheide waren darunter.

Grotewohl trat zu ihm in den Raum. „Das Schlafzimmer gibt nichts her", sagte sie. „Überall Klamotten. Von Schränken schien unser Freund nichts zu halten."

Köhler blickte von dem Papierstapel auf. „Wir sollten uns mal sein Konto anschauen."

„Warum?"

„Hier liegen massenweise Mahnungen und Vollstreckungsbescheide rum."

„Gut", sagte Grotewohl und zog ihr Handy hervor. „Das kann Müller machen." Sie wählte die entsprechende Nummer und gab den Auftrag durch. „Haben wir schon seine Bankverbindung?", fragte sie und blickte zu Köhler. Der reichte ihr den Lohnzettel. Sie nannte Müller die Daten. „Und wenn du gerade dabei bist, überprüfe gleich mal die Firma Fleischgroßhandel Sennefeld in Rödermark." Sie lauschte.

„Ja, hab ich." Sie las die Adresse vor und lauschte erneut. „Nee, das machen wir. Hier brauchen wir nicht mehr lange."

„Was machen wir?", wollte Köhler wissen, als seine Kollegin aufgelegt hatte.

„Zu der Firma fahren."

„Aha."

„Was heißt ‚Aha'?"

„Aha heißt Aha."

„Aha."

Köhler seufzte. Was für ein sinnloses Gespräch!

Die beiden verbrachten noch eine knappe halbe Stunde in der Wohnung, in der sie jedoch nichts von größerer Bedeutung fanden. Ein paar nützliche Informationen hatten sie gewinnen können, wie eben den Arbeitgeber und die Bankverbindung des Opfers, aber alles in allem waren sie nicht so recht weitergekommen. Es gab weder Hinweise auf einen Selbstmord noch darauf, dass Dennis Stein vorgehabt haben könnte, seine Ex-Frau zu töten. Sie nahmen seinen Laptop an sich, der mit einem Passwort vor unerlaubtem Zugriff geschützt war. Die Techniker würden sicherlich das ein oder andere aus dem Gerät herausholen, was ihre Ermittlungen voranbrachte.

Köhler wollte gerade die Tür der Wohnung schließen und versiegeln, als ihm etwas einfiel. „Warst du auf dem Balkon?", fragte er seine Partnerin.

„Ja, mal kurz … eine rauchen."

„Gab es da einen Aschenbecher?"

Grotewohl hob die Schultern. „Keine Ahnung, ich hab die Kippe in den Garten geschnickt."

„Du Assi!", schimpfte Köhler und ignorierte Grotewohls ertappte Miene. „Also, was ist jetzt?"

„Ich weiß nicht? Da stand so gut wie nix.“

Köhler fragte nicht weiter nach und ging zurück in die Wohnung. Er schritt geradewegs auf den Balkon zu, sah sich kurz um und nickte. „Komm mal her, Grotte!“, rief er schließlich.

„Was gefunden?“

„Kann man wohl sagen.“

Als Grotewohl auf den Balkon trat, stand Köhler vor einem winzigen Tisch in der Ecke des Balkons und hatte die Hände in die Hüften gestemmt. Sein Blick ruhte auf einem Aschenbecher.

„Und?“

„Sieh selbst“, sagte er und trat beiseite.

„Krass“, stieß Grotewohl kurz darauf aus.

In dem Aschenbecher befanden sich mehrere ausgedrückte Giants sowie eine ausgedrehte Marlboro.

Fleisch

Auf der Fahrt nach Rödermark mutmaßten sie.

„Glaubst du an Mord?“, fragte Grotewohl freiheraus, als sie den Kaiserlei auf der A 661 hinter sich gelassen hatten.

„Keine Ahnung“, gab Köhler zu. „Aber bis das Gegenteil bewiesen ist, sollten wir davon ausgehen. Ist schon komisch, die ganze Sache.“

„Was ist mit einem Unfall?“

„Auch möglich. Sie könnten sich gestritten haben und bei einer Handgreiflichkeit vom Balkon gestürzt sein.“

„Alle beide?“

„Klar, warum nicht?“

„Was ist mit der Befragung der Nachbarn?“, wollte Grotewohl wissen.

„Hat Sebastian vorhin veranlasst. Ich hoffe, dass wir da heute Mittag mehr erfahren.“

„Wer macht das?“

„Schmidt und Laußner.“

„Ich dachte, die hätten mit dem Aufgehängten zu tun.“

„Da gab es einen Abschiedsbrief und eine Packung Antidepressiva.“

„Gut für uns.“

„Wie man's nimmt.“

„Warum?“

„Jetzt haben wir die zwei Clowns an der Backe.“

„Auch wieder wahr.“

„Und die Großmutter?“

„Um die kümmern wir uns später", beschloss Köhler. „Die hat erst mal genug zu verarbeiten."

„Wie geht es deiner Mutter?"

„Das blühende Leben", antwortete Köhler. „Sie fragt ständig nach dir."

„Quatsch."

„Aber ja! Du kennst sie doch. Mama für alle."

Grotewohl grinste.

„Komm halt am Wochenende mal mit Leonie vorbei. Da freut sie sich."

Grotewohl nickte. „Ich rede mit ihr."

„Solltest du eh."

„Danke", sagte Grotewohl patzig. „Ich habe jetzt gerade mal fünf Minuten nicht dran gedacht."

„Sorry."

„Vergiss es."

„Kann ich nicht."

„Köhler, hör auf!"

„Ist ja gut", gab er klein bei.

„Ich regle das schon."

„Hoffentlich."

„Können wir jetzt wieder über den Fall reden?"

„Wenn es denn einer ist."

„Das sollten wir klären."

„Gut." Köhler rückte sich auf dem Fahrersitz zurecht. „Dann lass uns mal zusammenfassen: Wir wissen, dass Dennis und Jennifer Steins Trennung nicht friedlich abgelaufen ist. Sie hatte die Kinder und ich wette, er hat keinen Unterhalt gezahlt. Bei den Mahnungen, die in seiner Wohnung rumlagen, kann ich mir das gut vorstellen."

„Sehe ich genauso", pflichtete Grotewohl ihm bei. „Wir wissen auch, dass sie sich vorgestern mitten in der Nacht gestritten haben."

„Falsch!", warf Köhler ein.

Grotewohl warf ihm einen fragenden Blick zu.

„Wir wissen, dass es einen Streit gab. Aber wir wissen nicht mit Sicherheit, wer sich dort gestritten hat."

„Kommst du jetzt wieder mit deiner Dritter-Mann-Theorie."

„Wem gehörte die Marlboro?"

„Die kann theoretisch dem Papst gehören."

„Aber sicher nicht einem der Steins", beharrte Köhler. „In beiden Wohnungen waren nur Giants zu finden."

„Aber warum sollte denn ein dritter Mann oder eine dritte Frau im Spiel gewesen sein?"

„Das gilt es herauszufinden."

„Könnte auch der neue Lover der Stein gewesen sein."

„Ja. Oder ihr Mörder."

„Ich weiß nicht ...", zweifelte Grotewohl, während Köhler, der gerade kurz vor dem Offenbacher Kreuz eine Reihe von Fahrzeugen überholt hatte, in die rechte Spur einzufädeln versuchte, was ihm einiges an Geschick abverlangte. „Wer sollte die denn umbringen?"

„Stille Wasser sind tief, meine Liebe."

Grotewohl rollte mit den Augen. „Jetzt kommst du mir gleich mit Bullenspürnase, oder was?"

„Nenn es, wie du willst. Mit Unfall oder Selbstmord gebe ich mich nicht zufrieden."

„Selbstmord würde ich ausschließen", sinnierte Grotewohl. „Eine Mutter bringt sich nicht einfach so um. Und schon gar nicht gemeinsam mit ihrem Ex."

„Da ist was dran." Köhler atmete durch, denn endlich konnte er sein Schmuckstück auf der rechten Fahrspur in relativer Sicherheit wissen. „Es könnte auch so gewesen sein: Er drohte zu springen, sie versuchte ihn aufzuhalten, und auf einmal wurden beide in die Tiefe gerissen."

„Das ist eine sehr passende Theorie."

„Aber wir wissen zu wenig über das Verhältnis der beiden."

„Was meinst du?"

„Na ja ...", sagte er gedehnt. „Wenn dein Ex, der dir eh keinen Unterhalt zahlt und offensichtlich ein Arschloch ist und dich geschlagen hat, vom Balkon springen will ... hältst du ihn dann auf?"

„Pff", machte Grotewohl. „Soll er doch ..."

„Siehste!"

„Da ist was dran", gab Grotewohl zu. „Wir brauchen mehr Informationen."

„Sag ich doch."

Während ihrer weiteren Fahrt zum Fleischgroßhandel Sennefeld in Rödermark telefonierte Grotewohl mit Müller, der ihr seine Ergebnisse durchgab. Viel war es nicht, da er kaum Zeit gehabt hatte, tiefer gehend zu recherchieren. Im Prinzip hatte er nur die Informationen der Webseite des Unternehmens zusammengefasst. Grotewohl hatte auf Lautsprecher gestellt, sodass Köhler mithören konnte.

„Wie weit bist du mit der Bank?", fragte sie abschließend.

„Läuft noch."

„Was dauert da so lange?", blaffte Köhler dazwischen.

„Schon mal was vom Bankgeheimnis gehört, Shaft?"

„Dann mach Druck. Ruf halt Berner an."

„Das war das Erste, was ich getan habe. Aber er hatte einen Termin vor Gericht und war nicht zu erreichen. Ich versuche es später noch mal."

Köhler erhöhte den Druck: „Okay. Aber ich brauch das dringend!"

„Ich mach ja schon, was ich kann", blaffte Müller; danach war die Leitung tot.

Grotewohl schüttelte den Kopf: „Was ist denn in den gefahren?"

Köhler saß völlig konsterniert auf dem Fahrersitz und starrte schweigend auf sein Handy. „Der weiß schon, dass ich sein Vorgesetzter bin?!", sagte er Beistand suchend zu seiner Kollegin und konzentrierte sich wieder auf den Verkehr.

„Du bist aber auch manchmal …"

„Was denn?"

„Der Junge macht schon, was er kann. Und das macht er gut. Der hat auch nur zwei Hände."

„Deswegen kann er noch lange nicht so mit mir umgehen."

„Du aber mit ihm, oder was?"

Köhler geriet ins Grübeln. War er zu weit gegangen? Wahrscheinlich hatte Grotewohl recht. Müller war wirklich ein sehr ambitionierter Kollege, und er war froh, ihn zu haben. Er nahm sich vor, ein klärendes Gespräch mit ihm zu führen.

„Außerdem ist er mal wieder verlassen worden", fügte Grotewohl an.

„Warum muss ich eigentlich ständig unter den Beziehungsproblemen meiner Kollegen leiden?"

„Weil du keine hast."

„Das stimmt so nicht."

„Hier und da mal einen wegstecken ist keine Beziehung."

Köhler ging in die Schmollecke. Im Stillen dankte er sich selbst, dass es ihm bisher gelungen war, einer festen Beziehung aus dem Weg zu gehen. Auch wenn das seiner Mutter gar nicht gefiel.

„Da vorne ist es", sagte Grotewohl und beendete damit die Diskussion.

Köhler bog auf den Besucherparkplatz der Metzgerei ein, parkte sein Schmuckstück und ging mit Grotewohl zur Pförtnerbude. „Riesenschuppen", kommentierte er die Größe des Unternehmens.

„Es gibt keine armen Metzger", warf Grotewohl ein.

Sie holten ihre Ausweise hervor und hielten sie dem Pförtner an die Scheibe.

„Morsche", sagte Köhler. „Wir würden gerne den Geschäftsführer sprechen."

„Is was bassiert?", wollte der Pförtner wissen.

„Wissen wir noch nicht so genau", sagte Grotewohl und erntete einen strafenden Blick von Köhler. Sie hob abwehrend die Schultern und sagte: „Was denn?"

„Was für ein blöder Spruch."

„Fällt dir ein besserer ein?"

„Nee, und deswegen sage ich gar nichts."

„Also, was ist jetzt?", blaffte Grotewohl den Pförtner an, der sofort zum Telefon griff und die beiden ankündigte.

„Da kimmt glei ahner und holt eusch ab", sagte er. „Ihr müsst des hier ausfülle." Er schob ihnen zwei Formulare durch den Schlitz am unteren Ende der Scheibe.

Die beiden Polizisten folgten der Aufforderung und bekamen im Austausch jeder einen Besucherausweis.

Als die Formalität erledigt war, kam auch schon ein großer Mann in weißem Gewand und Gummistiefeln auf sie zu. Er war pausbäckig, dick und hatte ein Haarnetz auf dem Kopf. Unter seinem Kittel trug er einen

Anzug. „Guten Morgen, die Herrschaften", begrüßte er die beiden Polizisten. „Ich bin Heinz Sennefeld. Mir gehört der Laden hier."

„Guten Morgen", erwiderte Köhler und ergriff die dargebotene Hand.

Sennefeld drückte kräftig zu. Für Köhlers Geschmack zu kräftig. Dann schüttelte der Metzger die Hand Grotewohls, die kurz das Gesicht verzog. Wie es schien, machte er bei Frauen keinen Unterschied. „Wie kann ich dem Freund und Helfer helfen?", erkundigte er sich und lachte schallend über seinen flachen Witz.

Der Mann war riesig! Etwa eins neunzig groß, vermutete Köhler, und geschätzte hundertfünfzig Kilo schwer. In Anbetracht der zu überbringenden Nachricht blieb er ernst. „Können wir uns irgendwo ungestört unterhalten?", fragte der Kommissar.

„Sicher", antwortete Sennefeld und bat die beiden, ihm zu folgen.

Nach einem etwa fünfminütigen Fußmarsch quer über das Gelände, auf dem der Chef den einen Mitarbeiter grob zurechtwies, den anderen kumpelhaft begrüßte, betraten sie den Bürokomplex des Betriebs. Sofort senkte sich der Geräuschpegel. Sie fanden sich in einer repräsentativ eingerichteten Lobby wieder. Ihr weiterer Weg führte sie eine ausladende Treppe hinauf in den ersten Stock. Dort betraten sie wenig später Sennefelds Vorzimmer. Das Zimmer war mit einem roten Teppich ausgelegt und hatte rundherum Einbauschränke aus hellem Holz. Ein Schreibtisch stand in der rechten Hälfte des Raumes und wirkte wie ein Grenzposten, hinter dem die Vorzimmerdame entschied, wer zum Chef vorgelassen wurde und wer nicht. Hier trafen sie auf eine ältere Brünette in einem blauen Kostüm. Sie wirkte sehr elegant und professionell.

„Und das ist unsere Frau Bornhofen", stellte Sennefeld die Brünette vor. „Sie übernimmt für ein paar Tage die Aufgaben meiner langjährigen Sekretärin."

Die Dame sprang auf, lächelte und schritt wie auf einem Laufsteg auf sie zu, um sie zu begrüßen.

„Möchten Sie Kaffee, Tee, Cappuccino, Latte macchiato oder Espresso?", fragte Sennefeld die beiden Polizisten.

„Haben Sie auch ein Glas Wasser?", fragte Köhler, der mit der Auswahl an Getränken überfordert war.

„Wir haben sogar Bier." Wieder lachte Sennefeld dröhnend.

Köhler winkte ab. „Nicht im Dienst."

„War ein Scherz", erklärte der Metzger unsinnigerweise und schlug Köhler mit Schmackes auf den Arm. Dieser zuckte kurz zusammen und nahm sich vor, im Anschluss zum Röntgen ins Krankenhaus zu fahren. Als sich Sennefeld wegdrehte, rieb er sich den Arm und verzog das Gesicht.

Die Brünette versprach, in Kürze das Gewünschte zu servieren.

„Für mich bitte nichts", warf Grotewohl ein und tat einen Schritt von Sennefeld weg, um nicht auch noch einen Schlag auf den Arm zu kassieren. Sie und Köhler tauschten bedeutungsvolle Blicke. Beide waren sich einig, so schnell wie möglich von hier zu verschwinden.

„Was kann ich denn für Sie tun?", wiederholte Sennefeld, als er sie in sein Büro geführt und ihnen Platz angeboten hatte. Der Raum war ebenso wie das Vorzimmer teuer, jedoch ohne Prunk eingerichtet. Er zeigte dem Besucher, dass es der Firma gut ging, man jedoch keinen Wert auf Luxus legte. Die Möbel waren schlicht, aber elegant. Der weinrote Teppich dämpfte die Geräusche. Das Büro war beinahe so groß wie ein halber Tennisplatz. Ein geräumiger Schreibtisch, der mit Sicherheit ein Einzelstück war, dominierte den Raum. Eine große Fensterfront ließ den Blick über das Firmengelände zu. Ein Konferenztisch mit Telefonanlage und ein Beamer an der Decke rundeten das Bild eines zweckmäßigen Raumes ab. An der Wand befanden sich eingebaute Schränke, die aussahen, als wären sie mit der Mauer verwachsen. Köhler war beeindruckt, das musste er zugeben. Im Kontrast dazu stand der Inhaber, der nun seinen Kittel auszog, ihn an die Garderobe hängte und die Gummistiefel gegen Schlappen tauschte. Sennefeld war das Abziehbild eines Metzgers. Mächtig und grobschlächtig. Ihm war anzusehen, dass er sein halbes Leben im Kühlhaus verbracht hatte. Sein grauer Haarkranz ließ ihn älter wirken, als er war, aber die Rente war in Sichtweite. Schließlich ließ der massige Mann sich hinter seinen ordinär großen Schreibtisch in den Chefsessel fallen und warf sich nach hinten, sodass die Rückenlehne krachte. Köhler wartete nur darauf, dass der Hüne seine Füße auf den Schreibtisch legte, was dieser zur Erleichterung seiner Besucher aber unterließ.

„Wir sind hier wegen Ihres Mitarbeiters Dennis Stein."

„Aha", machte Sennefeld. „Was hat er denn angestellt?"

„Wie kommen Sie darauf, dass er was angestellt hat?", schnappte Grotewohl.

„Weil er heute unentschuldigt fehlt und Sie von der Polizei sind."

„Sie kennen ihn also?“, wollte Köhler wissen.

Sennefeld hob die Brauen. „Ich kenne alle meine Mitarbeiter!“

„Aber das sind doch sicher ein paar?“, fischte Grotewohl nach Informationen.

„Einhundertdreiundvierzig, um genau zu sein“, sagte Sennefeld stolz.

„Und die kennen Sie alle persönlich?“

„Mehr oder weniger.“

„Aber Dennis Stein schon.“

„Ja, er ist mir sehr gut bekannt. Ein wenig fahrig ab und an, aber ein Virtuose an der Fleischsäge.“ Wieder ließ er dieses Lachen ertönen.

Zeit, den Mann zum Schweigen zu bringen, dachte sich Köhler und kam auf den Punkt: „Er wurde gestern tot aufgefunden.“

Sennefeld gefror in der Bewegung und starrte Köhler an.

„Gemeinsam mit seiner Frau“, fügte Grotewohl an.

„Soooo!“ Betont fröhlich betrat die Brünette den Raum. Auf ihrer linken Handfläche balancierte sie ein Tablett. „Hier, Ihr Wasser.“ Sie stellte ein volles Glas vor Köhler auf den Schreibtisch. „Und für den Chef der morgendliche Cappuccino.“ Nachdem sie die Tasse vor ihrem Vorgesetzten abgestellt hatte, bemerkte sie, dass er mit leerem Blick einen Punkt an der Wand fixierte. „Alles in Ordnung, Herr Sennefeld?“, erkundigte sie sich.

„Was?“ Sie hatte ihn aus seiner Starre gerissen. „Ja … äh … nein … danke. Das war dann alles, Frau Bornhofen?“

Sie nickte. „Wenn dann nichts mehr ist, gehe ich jetzt, Herr Sennefeld.“

„Jaja, gehen Sie nur. Vielleicht brauche ich Sie später noch mal. Solange Frau Becker krank ist, bin ich froh, dass ich Sie habe. Vielen Dank erst mal für Ihre Unterstützung."

„Gerne doch", sagte sie ein wenig gedämpft und verließ den Raum.

„Wie … was ist denn passiert?", wollte Sennefeld wissen, kaum dass die Tür geschlossen war. „Ein Unfall? Was ist mit den Kindern?" Er beugte sich vor und schob die Tasse ein Stück von sich weg.

„Den Kindern geht es gut", versicherte ihm Köhler. „Sie sind bei Frau Steins Mutter." Er schwieg einen Moment und fuhr dann fort: „So wie es im Moment aussieht, sind beide Steins vom Balkon aus dem zwölften Stockwerk gestürzt. Zu den genauen Umständen wissen wir im Moment leider noch nichts."

Sennefeld ließ sich schnaufend in den Sessel zurückfallen. Der Drehstuhl ächzte unter seinem Gewicht, hielt aber tapfer stand. Der dicke Mann griff sich an die Stirn. Er schien um Fassung zu ringen.

„Das ist ja furchtbar!" Er war kreidebleich geworden und schien seine bisher an den Tag gelegte joviale Art gänzlich abgelegt zu haben.

„Wir können auch ein andermal wiederkommen, wenn Sie sich jetzt nicht in der Lage fühlen, uns Auskunft zu erteilen", bot Grotewohl an, die Mitleid mit dem Mann hatte.

„Nein, nein", beeilte sich Sennefeld zu sagen. „Ich bin nur … ein wenig schockiert, wie Sie sich vorstellen können."

„Sicher." Auch Köhler bemühte sich um Einfühlsamkeit, was nicht zu seinen Stärken zählte. „Standen Sie sich denn sehr nahe?"

„Wie gesagt“, antwortete Sennefeld und richtete sich auf, „ich kenne alle meine Mitarbeiter persönlich. Mir liegt trotz der Größe unseres Betriebes viel an einem familiären Umgang. Ein gutes Betriebsklima ist mir äußerst wichtig.“

„Das ist sehr löblich, Herr Sennefeld“, betonte Grotewohl. „Sie erwähnten vorhin, dass er ab und an etwas fahrig war. Was genau meinten Sie damit?“

Sennefeld lächelte verlegen. „Er war nicht immer einfach im Umgang. Auch hat er mal den ein oder anderen Klops gebracht.“

„Können Sie das konkretisieren?“

„Na ja ... es ging schon mal was zu Bruch. Und mit dem Stapler war er nicht gerade der Beste, wenn Sie verstehen, was ich meine.“

„Nein, wir verstehen nicht“, entgegnete Köhler, der mit Verallgemeinerungen generell auf Kriegsfuß stand.

„Er hat regelmäßig den Stapler an irgendeine Wand gesetzt oder auch mal das ein oder andere Schwein fallen lassen. Aber im Großen und Ganzen war er zuverlässig.“

„Hatte er finanzielle Probleme?“ Köhler wagte sich ein wenig aus der Deckung.

„Nicht, dass ich wüsste. So nah standen wir uns dann auch nicht.“

„Aber Sie kannten seine Familie?“

„Wir veranstalten einmal im Jahr ein großes Grillfest, da lernt man die Familien seiner Mitarbeiter kennen. Das verbessert den Zusammenhalt.“

„Sie achten wohl wirklich sehr auf ein gutes Miteinander.“

Sennefeld nickte bedächtig und verschränkte die Arme vor seiner breiten Brust. „Ein zufriedener Arbeiter leistet mehr als ein unzufriedener.“

„Klingt logisch", kommentierte Grotewohl das Gesagte.

„Könnten sich ein paar andere eine Scheibe von abschneiden", warf Köhler ein.

Grotewohl tadelte ihn mit einem missbilligenden Blick.

„Ist doch so", murmelte Köhler.

„Wie geht es denn jetzt weiter?", wollte Sennefeld wissen.

„Das geht alles seinen Gang. Ist sicher nicht der erste Kollege, der bei Ihnen stirbt."

„Doch."

„Oh."

„Uns gibt es erst seit fünfzehn Jahren. Außer einem Rentner ist bei uns noch keiner gestorben. Und schon gar kein aktiver Mitarbeiter."

„Dann ... tja ...", machte Köhler und blies die Luft aus, „können wir Ihnen sicher jemanden nennen, der Ihnen bei der Abwicklung hilft."

Wieder traf ihn Grotewohls Blick, den er aus dem Augenwinkel wahrnahm.

Sennefeld seufzte. „Das ist dann wohl mein Problem. Da muss ich ja mal mit unserem Personalchef reden."

„Tun Sie das", empfahl Köhler. „Wir bedauern sehr, Ihnen den Tag versaut zu haben."

„Ist ja nicht Ihre Schuld."

„Nein, wirklich nicht", stimmte Köhler zu.

Grotewohl straffte sich. Sie musste etwas unternehmen. „Wie gesagt, es tut uns sehr leid, Ihnen diese Nachricht überbracht zu haben. Wir lassen Sie dann erst mal allein und kommen später wieder auf Sie zu, wenn wir Informationen benötigen, die Herrn Steins Arbeit betreffen."

Sennefeld starrte abermals ins Leere. Er nickte leicht und bedankte sich.

„Wir finden allein raus." Grotewohl stand auf und stupste Köhler an.

Dieser sprang auf und sagte: „Dann einen schönen Tag noch."

Grotewohl platzte fast. Bis sie die Pförtnerbude erreicht hatten, sprach sie kein Wort. Sie gaben ihre Besucherausweise ab und verließen das Gelände. Auf dem Parkplatz blieb Grotewohl stehen. „Einen schönen Tag noch?", rief sie. „Ist das dein Ernst?"

„Was denn?"

„Sach mal, bist du völlig bescheuert?"

„Was ist denn dein Problem?"

„*Du* bist mein Problem."

Köhler sah seine Kollegin verwirrt an.

„Du bist ein Empathiekrüppel, wie ihn die Welt noch nicht gesehen hat."

„Ich weiß nicht, was du von mir willst." Köhler begriff die Reaktion seiner Kollegin nicht. „Ich war doch freundlich."

„Aber taktlos bis zum Anschlag!"

„Wieso denn?"

„‚Ist sicher nicht der erste Kollege, der bei Ihnen stirbt'", äffte sie ihn nach. „Oh, doch … Ich dachte, das kommt jeden Tag bei Ihnen vor, hohoho. Boah, Köhler, du bist so ein Arschloch!"

„Ich kann so was halt nicht so gut", verteidigte er sich und schloss beide Türen seines Mercedes auf.

„Dann arbeite daran, du Hirni. Du bist bei der Mordkommission. Da stirbt schon mal einer und man muss es den Angehörigen beibringen, und zwar *schonend*!" Das letzte Wort betonte sie übertrieben und schlug sich dabei an die Stirn. „Was für ein Fremdschäm-Moment“, schob sie nach, öffnete die Beifahrertür und stieg kopfschüttelnd ein.

Köhler stand noch eine Weile vor dem Wagen und wusste nicht so recht, was er tun sollte.

Grotewohl ließ die Scheibe runter und brüllte: „Steig ein, Mann, oder willst du da Wurzeln schlagen?“

Der Nachbarschaftsbeschützer

Die Nachmittagsbesprechung war gut besucht. Sowohl Berner als auch Ballauf waren anwesend. Am langen Tisch saßen zudem Müller, Schmidt und Laußner, Köhler, Grotewohl und eine Protokollantin, die keiner der anderen wahrnahm.

„Was hat die Befragung der Nachbarn ergeben?", wollte Ballauf wissen und sah Schmidt und Laußner an. Beide lümmelten auf ihren Stühlen und kauten Kaugummi.

Schmidt hatte einen Arm um die Rückenlehne seines Stuhls gelegt und drehte sich mit dem Sitzmöbel hin und her. Er hatte rote, streng nach hinten gegelte Haare und lange Koteletten. Sein gesamter Stil schien dem der 1950er Jahre nachempfunden zu sein. Er trug ein Hemd mit Karomuster, dessen Ärmel zur Hälfte aufgerollt waren. Seine Jeans wurde von einem Gürtel mit einer überdimensionierten Schnalle gehalten und er trug doch tatsächlich Cowboystiefel. Sein linker Fuß lag auf seinem rechten Knie und gab das Muster der Stiefel frei. Er verströmte einen Duft von Old Spice, in dem er scheinbar jeden Morgen badete. Über seinem Karohemd trug er ein Halfter, in dem seine Heckler & Koch P30 steckte. Auf der Straße verdeckte er die Waffe mit einer grünen Bomberjacke. Er kam sich unglaublich lässig vor, immer. Bei jeder sich bietenden Gelegenheit richtete er sich die Frisur mittels eines Kamms, der stets in der Gesäßtasche seiner Jeans steckte. Kaum ein Fenster, das er nicht als Spiegel nutzte, um den Sitz seiner Haare zu kontrollieren und bei Bedarf richtend einzugreifen. Zur Krönung seines bizarren Anblicks trug er einen rotgrauen Ion-Țiriac-Bart. Und er wohnte trotz seiner fünfzig Jahre immer noch bei seiner Mutter.

„Wir haben einen Nachbarn mit Schlafstörungen im Haus gegenüber gefunden", sagte er betont beiläufig. „So ein alter Sack, der es sich zur Aufgabe gemacht hat, den Block zu bewachen." Er bog seinen Oberkörper nach vorn und zog den Notizblock, der vor ihm auf dem Tisch lag, zu sich heran. Er blätterte darin herum und meinte schließlich: „Ein Herr Rantzinger."

„Wie der Papst", warf Laußner ein und grinste dämlich.

„Der hieß Ratzinger, du Superhirn", kommentierte Köhler.

„Wieso ‚hieß'?", wollte Laußner wissen. „Der lebt doch noch."

Köhler wollte etwas antworten, aber Grotewohl stupste ihn in die Seite und zischte: „Lass gut sein!"

Laußner saß am Tisch und atmete schwer. Er war wirklich fett und starker Raucher. Darüber hinaus ein vehementer Verfechter der Sport-ist-Mord-These, was dazu führte, dass er der womöglich unfitteste Frankfurter Polizist war, der jemals dort seinen Dienst versehen hatte. Er trug ausschließlich schwarze T-Shirts in Kleidergröße Zirkuszelt, von denen er Unmengen besaß, und Jeans, die unterhalb seines Bauchs mit einem Gürtel gehalten wurden. Es schien, als würde das T-Shirt den Bauch wie in einem Sack vor dem Hosenbund hertragen. Er hatte ein rundes Gesicht und erstaunlich dichtes Haar, das zu einer Igelfrisur gestutzt war. Unter seiner Nase trug er einen Oberlippenbart, der seiner Erscheinung die Würde nahm. Einzig seine grell hellblauen Augen waren etwas, was man als betrachtenswert erachten konnte. Wenn man mal von seinem schweineähnlichen Gesicht absah. Jetzt stand er am Tisch und rang nach Atem und Worten, denn er war nicht mit Schlagfertigkeit gesegnet.

„Also, was ist jetzt mit dem selbst ernannten Nachbarschaftsbeschützer?“, nahm Ballauf den Faden wieder auf.

Schmidt räusperte sich. „Er hat in der fraglichen Nacht etwas vom Balkon fallen sehen.“ Bevor er fortfuhr, blätterte er in seinem Notizblock, ohne wirklich darin zu lesen. „Der Mann dachte sich nichts dabei, hielt es für die übliche illegale Müllentsorgung und wollte am nächsten Tag nachschauen, wer der Übeltäter gewesen war.“ Schmidt setzte sich auf und zeigte einen triumphierenden Gesichtsausdruck. „Und jetzt kommt das Beste.“ Er warf einen Blick in die Runde. Alle Augen waren auf ihn gerichtet. „Er führt Buch!“, verkündete er theatralisch und ließ sich in seinen Stuhl zurückfallen. Dort saß er und grinste von Kotelette zu Kotelette.

Keiner der anderen sagte etwas. Alle starrten Schmidt an, der bereit war, die Huldigungen seiner Kollegen entgegenzunehmen. Er verschränkte die Hände hinter dem Kopf und meinte, besser zu sein als Kojak und Derrick zusammen. Er machte mit Laußner, der mittlerweile wieder Platz genommen hatte, eine Ghettofaust, die in der Luft explodierte.

Nach ein paar Sekunden, in denen niemand etwas erwidert hatte, platzte Berner der Kragen. „Sollen wir dir jetzt dafür einen blasen, oder was?“, blökte er. „Kannst du nicht gefälligst mal deinen Bericht zu Ende bringen und mit mehr Details rausrücken? Oder noch besser …“, er wurde immer lauter, „gib uns das verdammte Notizbuch von dem Knacker, damit wir vielleicht noch mehr rausbekommen."

Schmidt wurde blass. Er nahm seine Hände vom Kopf und ließ sich nach vorne kippen. „Das Buch?", fragte er. „Ja klar, kein Problem." Er fing an, in seinen Unterlagen zu wühlen. Immer hektischer durchsuchte er den Papierstapel. „Wo hast du das Buch?", zischte er Laußner an.

„Wieso ich?", rief dieser und warf abwehrend die Hände in die Luft. „Was habe ich denn mit dem Scheißnotizbuch zu tun? Du hast doch mit dem Opa gesprochen."

Schmidt fing an zu schwitzen und wurde panisch. Nach einer Weile gab er auf. „Ich fürchte, wir haben es bei dem Mann liegen lassen."

Berner knallte mit den Händen auf den Tisch. „Ich komme mir hier gerade vor wie bei den Deppen von der Police Academy. Was geht denn in deinem Hirn vor, Schmidt? Lässt dich hier abfeiern für das Auffinden dieses Nachbarschaftsbeschützers, anstatt einen detaillierten Bericht abzuliefern, und dann konfiszierst du noch nicht mal sein Notizbuch!"

Schmidt protestierte: „Das ist so nicht ganz richtig. Konfisziert habe ich es."

„Aber nicht mitgenommen, du Depp!", brüllte Berner.

„Was regt ihr euch alle so auf?" Schmidt hob die Hände. „Es ist ja noch nicht mal klar, ob es überhaupt Mord war."

Berner kam jetzt noch mehr in Fahrt. „So hat das keinen Sinn", schimpfte er. Er stieß einige unverständliche Flüche aus und schob seine Papiere zusammen.

„Reagierst du gerade nicht ein wenig über?", versuchte Ballauf zu schlichten.

„Was hast du denn da für einen Trümmerhaufen an den Tisch gesetzt?", brüllte der Staatsanwalt Ballauf an. Mühsam beherrscht sprach er weiter, während er seine Sachen einräumte. „Ich habe jetzt einen Termin auf dem Tennisplatz, das ist euer aller Glück." Wütend stopfte er die letzten Unterlagen in seine Designertasche. „Morgen früh um genau acht Uhr werde ich hier wieder erscheinen, und dann will ich Ergebnisse, und zwar in Form eines ordentlichen Vortrages. Und wehe, einer von euch Hobbykommissaren wagt es, mir noch einmal mit so einer Nichtleistung die Zeit zu stehlen. Dann gnade euch Gott!"

Damit riss er seine Tasche vom Tisch und hätte sie beinahe Grotewohl an den Kopf geschlagen, wäre die nicht reflexartig ausgewichen. Beim Umdrehen verhedderte er sich an dem Bürostuhl, auf dem er gesessen hatte, und entging nur knapp einem Sturz. Wild mit den Armen rudernd stolperte er durch den Raum und erlangte erst kurz vor der Eingangstür sein Gleichgewicht wieder. Leise fluchend streckte er seinen Körper und holte tief Luft. Dann schritt er kerzengerade, den Blick stur nach vorn gerichtet, durch die Tür in den Flur. Dort wäre er fast mit einer Kollegin kollidiert, die einen Rollwagen mit Akten vor sich herschob. Mit einem gebellten „Passen Sie doch auf, verdammt!" wich er, wenig Eleganz ausstrahlend, der drohenden Kollision aus und machte sich davon.

Im Besprechungszimmer war das Schauspiel aufmerksam verfolgt worden. Staunend versuchten die Polizisten, das gerade Erlebte einzuordnen.

„Soll das auch in die Mitschrift?", fragte schließlich die Protokollantin.

Ballauf verdonnerte Schmidt und Laußner, auf der Stelle in die Nordweststadt zu fahren, um das Notizbuch zu holen und ihn über jede damit verbundene wissenswerte Kleinigkeit noch vor der Besprechung am nächsten Morgen zu informieren.

„Aber Chef", murrte Laußner, der Überstunden hasste. „Was habe ich denn damit zu tun?" Er zeigte auf Schmidt. „Der hat es doch vergeigt."

„Mitgegangen, mitgehangen." Ballauf zeigte sich ungnädig. „Und je länger du mit mir diskutierst, desto später kommst du heim."

„Von wegen heim", murmelte Schmidt. „Der will nur das Spiel sehen."

„Welches Spiel?", wollte Ballauf wissen, der mit Fußball nichts am Hut hatte.

„Na die Eintracht. Die spielen doch heute Abend im Europapokal gegen Chelsea."

„Ich weiß zwar nicht, wer diese Chelsea ist, aber es ist mir scheißegal. Morgen früh um sieben steht ihr bei mir im Büro stramm. Mit dem Buch!"

Damit war es beschlossen und die beiden Kollegen trollten sich.

Köhler und Grotewohl standen daneben und unterdrückten ein Grinsen.

„Und was machen wir mit dem angebrochenen Abend?", fragte Grotewohl.

„Keine Ahnung", antwortete Köhler. „Warum kommst du nicht mit und besuchst mal wieder meine Mutter? Gibt bestimmt was Leckeres zu essen." Erwartungsfroh strich er sich über den Bauch. „Komm, wir holen Leonie ab, und dann gibt's Futter bei Mutter!"

Schmidt war stinksauer. Er hatte keine Lust, Überstunden zu schieben. Und schon gar nicht auf Geheiß des Staatsanwaltes. „Was bildet sich dieser Lackaffe eigentlich ein?", tobte er in seinem Büro, das er sich mit Laußner teilte. „Der hat mir schon mal gar nichts zu sagen."

„Na ja", gab Laußner zu bedenken. „Irgendwie hat er ja recht."

„Fällst du mir jetzt auch noch in den Rücken?" Schmidt knallte eine Akte auf seinen Schreibtisch, stemmte die Hände in die Hüften und trat ans Bürofenster.

„Ich falle dir nicht in den Rücken", erklärte Laußner und packte Brotbüchse, Thermoskanne und die Tageszeitung in einen Rucksack. „Ich sage nur, wie es ist."

„So? Dann hilf mir doch mal: Wie ist es denn?"

„Du hast vergessen, das Scheißnotizbuch einzustecken, also musst du es holen." Laußner warf sich den Rucksack über. „Ich fahr da auf jeden Fall nicht mit, so einfach ist das. Und jetzt bin ich weg."

„Der Chef hat gesagt, dass du mitkommen sollst."

„Wenn du es ihm nicht sagst, wird er es nie erfahren." Laußner bedachte Schmidt mit einem abschätzigen Blick. „Und wie eine blöde Petze siehst du mir nicht aus, oder?"

„Jaja", murrte Schmidt. „Geht ihr nur alle heim. Schönen Feierabend." Er drehte sich um und riss seine Bomberjacke von der Stuhllehne. „Und ich verpasse das Spiel wegen so einer Scheiße!"

Laußner grinste. „Und ich nicht", murmelte er. Hastig schlüpfte er durch die Tür und zog sie hinter sich zu. Ihm war klar, dass Schmidt sich das nicht gefallen lassen würde. Und tatsächlich hörte er, wie irgendein harter Gegenstand gegen die andere Seite der Tür krachte und zu Boden fiel. „Arschloch!", hörte er Schmidt brüllen. „Ihr alle!"

Es dauerte nicht lange, da hatte Schmidt eingesehen, dass er sich nur über sich selbst ärgerte. Was war er auch so dämlich gewesen, dem Knacker dieses verdammte Notizbuch nicht aus den Händen zu reißen? Er schmiss sich in seine Jacke und machte sich auf den Weg in die Nordweststadt. Im Innenhof des Polizeipräsidiums stand sein Opel Ascona B, Baujahr 1975 mit Rennlackierung. Schmidt hegte die gleiche Leidenschaft für Oldtimer wie Köhler. Nur dass ihm ein deutlich schmaleres Budget zur Verfügung stand. Das war es dann aber auch schon mit den Gemeinsamkeiten. Er schwang sich auf den Fahrersitz und beruhigte sich augenblicklich. Eigentlich hatte er direkt nach dem Dienst in seine Stammkneipe fahren und dort das Spiel der Eintracht verfolgen wollen. Auch wenn die Montagsspiele bei den Fans alles andere als beliebt waren, konnten sie dennoch nicht darauf verzichten, sich diese anzusehen. Überhaupt war Schmidt das Auseinanderreißen des Spieltages über das gesamte Wochenende ein Graus. Ständig musste er schauen, an welchem Tag sein Verein spielte. Dann auch noch zu völlig absurden Uhrzeiten und zur Krönung bei drei verschiedenen Fernsehsendern. Und das alles nur wegen der Kohle. Zum Kotzen!

Aber was wollte er machen? Geld regierte nun mal die Welt und Schmidt liebte die Eintracht an jedem Tag der Woche. Heute jedoch war Europapokal, und der wurde am Donnerstag ausgespielt. Er startete den Motor seines Prachtstücks und fuhr vorsichtig vom Hof.

Zwanzig Minuten später erreichte er die Nordweststadt. Die Eschersheimer Landstraße war nur mäßig verstopft gewesen, aber alle Ampeln auf Rot. Was war nur so schwer daran, die Ampelanlagen so einzustellen, dass der Verkehr floss? Schmidt wurde schon wieder wütend. Um sich zu beruhigen, schaltete er das Radio ein und suchte hr-iNFO, wo die erste Halbzeit bereits live übertragen wurde. Wenn er die Begegnung schon nicht im Fernsehen verfolgen konnte, dann wenigstens auf diese Weise. Er bewunderte die beiden Radioreporter, die neunzig Minuten lang ein Spiel beschreiben konnten, ohne den Anschein zu erwecken, dass sie Luft holten. In gewisser Weise fand er sogar, dass ein Spiel im Radio wesentlich spannender sein konnte als im Fernsehen. Zumal die Fernsehkommentatoren eh oft nur Mist erzählten. Warum hatte er sich vorhin eigentlich so aufgeregt?

Er stieg aus, prüfte, ob sein Schmuckstück in einem sicheren Bereich parkte, und ging durch die Grünanlage zu dem Haus, von dem aus dieser Rantzinger den gesamten Wohnblock überwachte. Ebenjener stand auf seinem Balkon und ließ seinen Blick schweifen. Als Schmidt ihm zuwinkte, trat Rantzinger einen Schritt zurück, als fühle er sich ertappt. Schmidt schüttelte den Kopf, trat an die Klingelanlage und drückte auf den Knopf neben dem Schild mit der Aufschrift „Rantzinger".

Es dauerte einen Moment, bis eine blecherne Stimme ertönte. „Ja, bitte?"

„Schmidt von der Kriminalpolizei", sprach Schmidt in die Gegensprechanlage. „Ich hätte da noch ein paar Fragen an Sie."

„Weshalb?"

„Herr Rantzinger, ich war erst gestern bei Ihnen. Daran müssen Sie sich doch erinnern."

Das tat Herr Rantzinger allem Anschein nach, denn es herrschte Stille.

„Herr Rantzinger?!", rief deshalb nach einigen Augenblicken der Kommissar in die Anlage.

„Ja?"

„Was ist denn jetzt?"

„Was soll denn sein?"

Schmidt wurde langsam wütend. „Machen Sie endlich auf, oder was?"

„Ich weiß nicht so recht. Man hört so viel von Trickbetrügern. Und es ist ja auch schon reichlich spät. Haben Sie keinen Feierabend?"

Das war Salz in Schmidts Wunde. Er spürte, wie die Wut in ihm anschwoll.

„Sie haben mich doch eben gesehen, als Sie auf dem Balkon standen. Ich bin der von gestern."

Wieder Stille.

„Herr Rantzinger!", rief Schmidt erneut, diesmal noch etwas lauter.

„Ja?"

Schmidt hatte große Mühe, nicht die Beherrschung zu verlieren. Bis vor ein paar Minuten hatte er noch die Hoffnung gehabt, pünktlich zum Anstoß der zweiten Halbzeit wenigstens wieder in seinem Wagen zu sitzen und der Radioübertragung zu lauschen, wenn er es schon nicht pünktlich in seine Stammkneipe schaffte, aber dieser verdammte Typ machte ihm gerade einen riesengroßen Strich durch die Rechnung. Schmidt griff sich an die Nasenwurzel und sagte gequält: „Herr Rantzinger, ich versichere Ihnen, dass ich tatsächlich Polizist bin und mit Ihnen nur kurz über die gestrigen Vorfälle reden möchte."

„Aber das haben wir doch gestern schon getan."

Das war entschieden zu viel. Schmidt riss der Geduldsfaden. „Herr Rantzinger, wenn Sie nicht umgehend die Tür öffnen, bestelle ich das Überfallkommando und lasse Sie mit Gewalt aus Ihrer Wohnung zerren. Ich zeige Sie wegen Behinderung einer polizeilichen Ermittlung an und stecke Sie bis zum Sankt-Nimmerleins-Tag in ein dunkles Loch. Haben Sie mich verstanden?"

Wieder Stille. Dann: „Na gut", gefolgt vom Summen des Türöffners.

Schmidt griff hastig nach der Tür und riss sie auf. Dann stapfte er zum Aufzug und hämmerte auf den Rufknopf. „Beruhige dich", sagte er zu sich selbst. „Gaaanz ruhig! Noch ist alles drin. In den ersten fünf Minuten nach dem Anpfiff passiert eh nix. Alles gut!"

Wenig später stand er in Rantzingers Wohnung. Es war dunkel in der kleinen Unterkunft. Die Möbel waren allesamt in Holzoptik, dunkel mit grünen Bezügen an den Türen. Die schweren Vorhänge waren zugezogen. Aber es war sehr ordentlich, beinahe pedantisch aufgeräumt. Sogar die Tageszeitungen waren bündig gestapelt.

„Herr Rantzinger, ich will nicht lange um den heißen Brei herumreden, denn ich habe noch einen dringenden Termin. Geben Sie mir Ihr Notizbuch."

„Wie bitte?"

„Sind Sie schwerhörig?"

„Ja."

Das verwirrte Schmidt und nahm seinem Elan den Schwung. Rantzinger stand vor dem Polizisten und wirkte verletzlich. Ein kleiner, dürrer Mann mit krummem Rücken und Nickelbrille. Sein Haar war schütter und seine Kleidung abgerissen. Das Gesicht des Mannes erinnerte an ein Frettchen. Die übergroßen Schneidezähne verstärkten den Eindruck. Schmidt warf einen prüfenden Blick auf Rantzingers Ohren. In einem der beiden entdeckte er ein Hörgerät, allerdings erst auf den zweiten Blick. Er hob unwillkürlich die Stimme, als er weitersprach. „Ich brauche Ihr Notizbuch für unsere Ermittlungen."

„Welche Ermittlungen?"

„Na die Ermittlungen zum gestrigen Sturz vom Balkon."

„Aha." Rantzinger machte keinerlei Anstalten, sich zu bewegen.

„Kann ich das Buch jetzt haben?", fragte Schmidt ungeduldig.

„Ich weiß nicht?"

„Was gibt es da zu überlegen? Dieses Buch ist ein wichtiger Bestandteil meiner polizeilichen Ermittlungen und ich brauche es. Sie können es mir freiwillig geben oder ich nehme es mir mit Gewalt. Es liegt bei Ihnen."

Rantzinger schien abzuwägen. „Na gut", sagte er schließlich.

Schmidt fiel ein Stein vom Herzen. Nach einer groben Einschätzung der ihm verbleibenden Zeit bekam er mit etwas Glück noch den Anstoß der zweiten Halbzeit mit. Dann wäre alles wieder im Lot und der Abend gerettet.

„Ich habe es auf dem Balkon", sagte Rantzinger und tippelte los.

Schmidt hätte ihn am liebsten geschubst. Er beherrschte sich aber und folgte dem alten Mann nach draußen.

„Hier ist es", sagte Rantzinger und griff nach einem schwarzen Buch, das auf dem Balkontisch lag. „Aber das bekomme ich wieder!", sagte er und drückte es schützend an sich.

Schmidt streckte die Hand danach aus und befahl: „Geben Sie es mir!"

Rantzinger zögerte. „Bekomme ich eine Quittung?"

„Nein."

„Dann kann ich es nicht hergeben."

Schmidt brodelte innerlich. Er schloss die Augen, um sich zu beruhigen, und atmete tief durch. „Na gut", lenkte er ein. Weitere Diskussionen verzögerten die Sache nur. „Haben Sie ein Blatt und einen Stift?"

„Sicher."

„Wunderbar, dann her damit und ich schreibe Ihnen eine Quittung."

Der alte Mann warf dem Kommissar einen zweifelnden Blick zu und tippelte zurück in die Wohnung, um das Gewünschte zu holen. Schmidt blieb auf dem Balkon und lehnte sich an die Brüstung. Die Aussicht hier im achten Stock war nicht zu verachten. Beim Anblick seiner Heimatstadt wurde Schmidt sogleich etwas ruhiger.

„So, da habe ich alles", hörte er den Alten hinter sich sagen. „Ich habe auch schon einen Text aufgesetzt. Sie müssen also nur unterschreiben." Rantzinger reichte Schmidt das improvisierte Formular. Der griff danach, doch Rantzinger hatte schon losgelassen. Das Papier segelte zu Boden. „Oh, Verzeihung!", rief der alte Mann erschrocken. „Das war keine Absicht."

„Wäre ja noch schöner", murmelte Schmidt und bückte sich nach dem Papier. Sein Blick glitt unter dem Balkongeländer hindurch auf einen kleinen schwarzen Kasten, der direkt unterhalb des Geländers montiert war. Neugierig richtete er sich auf und schaute über die Brüstung. „Was ist denn das?", fragte er und zeigte auf den Kasten.

„Was meinem Sie?", fragte Rantzinger, machte aber den Eindruck, als wüsste er ganz genau, worauf sich die Frage bezog.

„Der kleine schwarze Kasten da“, sagte Schmidt streng und setzte seinen Verhörblick auf. „Ist es das, was ich vermute?“

„Was vermuten Sie denn?“

„Ist das etwa eine Kamera?“

„Vielleicht.“

„Und ist die Kamera – wenn es denn eine ist – auf den Park gerichtet?“

„Möglich?“

Schmidt hatte allergrößte Mühe, sich zu beherrschen, holte tief Luft und fuhr fort: „Kann es sein, dass Sie Ihre Nachbarschaft filmen?“

Rantzinger schwieg. Schmidt sah, wie sein Blick nach links hastete. Es war nur eine minimale Bewegung, aber Schmidt war zu lange Polizist, um diesen Reflex nicht registriert zu haben. Er folgte dem Blick des alten Mannes und bemerkte unter der Dachrinne ein weiteres schwarzes Kästchen.

„Herr Rantzinger?“

„Ja?“, hauchte der alte Mann kleinlaut.

„Wie viele von diesen Kameras gibt es hier?“

Rantzinger hob die Schultern, woraufhin ihn Schmidt mit seinen Blicken durchbohrte. Das wirkte. „Vielleicht vier“, gab er beschämt zu.

„Waren die Kameras vorgestern Nacht an?“

Rantzinger nickte kaum merklich.

„Und lassen Sie mich raten ...“ Schmidt machte eine rhetorische Pause, bevor er fortfuhr: „Diese Kameras sehen auch im Dunkeln?“

Wieder ein beschämtes Nicken.

Da ging es hin, das Spiel der Eintracht.

Klarheit

Wenig später wimmelte es beim alten Rantzinger von Menschen. Techniker der Polizei wuselten herum und keiner wusste so genau, wer was wie machte, aber jeder machte sein Ding. Vermutlich machten sie sich hauptsächlich wichtig. Sogar Ballauf war vorbeigekommen, was er nur noch ganz selten tat. Als er jedoch erfuhr, dass es vier Kameras gab, die vermutlich alles gefilmt hatten, was in jener Nacht vorgefallen war, konnte er nicht ablehnen. Köhler und Grotewohl mussten ebenfalls ihren Feierabend verschieben und standen nun neben Ballauf und starrten auf einen Laptop.

„Da!", rief Ballauf und zeigte auf den Bildschirm. „Haben Sie es gesehen?" Fragend sah er Köhler an.

Der nickte und beugte sich nach vorne. Mit einigen Mausklicks spulte er den Film ein paar Sekunden zurück und startete ihn erneut. „Eindeutig", murmelte er. „Da fällt was runter."

„Lass mal weiterlaufen", sagte Grotewohl. „Das war nur einer."

Köhler nahm die Hand von der Maus und verschränkte die Arme vor seiner Brust.

Konzentriert hefteten alle drei ihren Blick auf den Bildschirm. Schmidt verfolgte währenddessen den Liveticker des Fußballspiels auf seinem Handy.

„Da ist er!", rief Grotewohl, als ein zweiter dunkler Ballen durchs Bild huschte. „Stopp mal die Zeit zwischen den beiden Stürzen."

Köhler folgte der Anweisung. Er spulte zwischen den beiden Ereignissen hin und her und sagte schließlich: „Mehr als eine Minute."

„Was schließen wir daraus?", fragte Ballauf mehr sich selbst, blickte aber trotzdem in die Runde.

„Sie sind schon mal nicht zusammen gestürzt", erkannte Grotewohl. „Also kein gemeinschaftlicher Selbstmord."

„Was noch?", forderte Ballauf.

„Wollen wir nicht erst mal die anderen Perspektiven auswerten?", schlug Köhler vor.

Ballauf sah ihn schweigend an, legte die Stirn in Falten und nickte bedächtig. „Da ist was dran, Shaft." Er klickte ein paar Dateien auf dem Laptop an und rief schließlich Rantzinger zu sich. „Welche Ihrer Kameras zeigt die komplette Fassade vom Haus Nummer 12 zur Tatzeit?"

Zum Erstaunen aller öffnete Rantzinger zielsicher die gewünschte Datei. „Bitte schön", sagte er. „Ich bin absolut kooperativ."

„Was es immer noch nicht legal macht, seine Nachbarn zu überwachen", warf Grotewohl ein.

„Ich habe die Aufnahmen stets sofort gelöscht." Rantzinger streckte sich. „Von daher habe ich mir nichts vorzuwerfen."

„Und warum haben Sie diese Aufnahmen dann noch auf Ihrer Festplatte?", hakte Grotewohl nach.

„Weil ich sie noch nicht ausgewertet habe."

„Zum Glück", sagte Ballauf und bedeutete Grotewohl, den Mann in Ruhe zu lassen.

„Das erklären Sie der Presse, Chef", erwiderte Grotewohl.

Ballauf winkte ab. „Darum kümmern wir uns später. Jetzt schauen wir uns erst mal die Bilder an."

Schmidt, der sein Handy in die Hosentasche gesteckt hatte, Ballauf, Köhler und Grotewohl bildeten einen Halbkreis um den Laptop.

Köhler blickte in die Runde. „Wo ist eigentlich Laußner?"

Alle sahen einander fragend an, aber keiner von ihnen wusste eine Antwort.

„Ist doch jetzt auch egal", schnappte Ballauf. „Wahrscheinlich frisst er sich irgendwo die Augen zu." Damit war für ihn die Sache erledigt. Ebenso wie die anderen traute er Laußner nicht zu, zur Lösung des Falles beizutragen, weshalb er nicht ins Gewicht fiel.

Auf dem Überwachungsfilm konnten sie zunächst nicht viel erkennen. Sie erkannten die Fassade des gegenüberliegenden Gebäudes mit der Hausnummer 12. In einigen Fenstern brannte Licht. In der Wohnung der Steins war es dunkel.

„Spulen Sie mal vor", bat Ballauf. Ihm war die Ungeduld anzumerken. „Die Details klären wir später."

Köhler spulte bis zu der Stelle vor, an der in der Wohnung das Licht anging. Jetzt starrten alle gespannt auf den Bildschirm. Nur wenige Sekunden später waren die Steins im Wohnzimmer zu sehen. Jennifer Stein gestikulierte wild mit den Armen und ihr Ex-Mann stand nur da. Sie stritten eine Weile, wobei Dennis Stein eher ruhig und defensiv wirkte.

„Schade, dass wir keinen Ton haben", sagte Schmidt.

Niemand reagierte auf seinen Einwurf.

Im weiteren Verlauf des Films trat Dennis Stein auf den Balkon und steckte sich eine Zigarette an. Er starrte in die Dunkelheit. Seine Ex-Frau war nicht zu sehen. Dann drehte er sich um, zuckte zusammen und wedelte mit Armen und Händen.

Die Kollegen kniffen die Augen zusammen, um besser sehen zu können. Leider war das Bild nicht scharf genug, um Details zu erkennen. Außerdem war das Geschehen zu weit weg.

„Da ist noch einer“, murmelte Ballauf. „Der hat die ganze Zeit da gesessen.“

Bevor auch nur einer seiner Kollegen reagieren konnte, überschlugen sich die Ereignisse. Tatsächlich war jetzt deutlich die Silhouette einer dritten Person auszumachen. Es gab ein kurzes Gerangel und Sekunden später stürzte jemand vom Balkon, mutmaßlich Dennis Stein. Im Wohnzimmer war wieder Jennifer Stein zu sehen. Sie erschrak und versuchte sich in Sicherheit zu bringen. Die Person auf dem Balkon nahm die Verfolgung auf und kam wenig später mit Jennifer Stein zurück. Die Frau wehrte sich heftig, doch ihr Gegner war zu stark und stieß auch sie kurzerhand über den Balkon.

Die vier Polizisten standen vor dem Bildschirm und schwiegen. Grotewohl hatte die Hand vor den Mund geschlagen. Eine enorme Anspannung lag in der Luft.

„Und? Kann man was erkennen?“, platzte Rantzinger in die Runde.

Alle vier zuckten zusammen.

„Mann!“, stieß Köhler aus. „Sind Sie wahnsinnig?“ Vor Schreck fasste er sich an die Brust.

Rantzinger setzte eine Unschuldsmiene auf. „Was habe ich denn getan?“

„Nichts. Alles gut“, antwortete Ballauf. Er machte eine ausholende Handbewegung. „Herr Rantzinger, wir nehmen das alles mit.“

Die Chefin

Nachdem nun zweifelsfrei festgestellt worden war, dass es sich bei dem Sturz des Ehepaars Stein von dem Balkon um einen Mord handelte, lief der Apparat auf Hochtouren. Bereits am nächsten Morgen wurde eine Soko gebildet, die von Christian Köhler und Sabine Grotewohl geleitet wurde. Jetzt galt es, mit der peniblen Arbeit einer Mordermittlung zu beginnen.

„So“, sagte Köhler nach der Morgenbesprechung, bei der die Aufgaben verteilt worden waren. „Jetzt läuft die Maschine. Da können wir die Zeit nutzen und ins Detail gehen.“

„An was genau hast du dabei gedacht?“, wollte Grotewohl wissen.

„Nachfragen.“

„Aha“, machte sie und sah ihn auffordernd an. „Geht's ein *bisschen* genauer?“ Sie hielt Zeigefinger und Daumen ihrer rechten Hand einen Spaltbreit vor ihr zusammengekniffenes rechtes Auge.

„Du gehst zu der Mutter von Jennifer Stein und findest heraus, wie es um die beiden Opfer wirklich bestellt war, und ich schaue mich noch mal in der Metzgerei um.“

Grotewohl verschränkte die Arme vor der Brust und sagte: „Du willst allen Ernstes nach deinem Auftritt bei Sennefeld da noch mal hingehen?“ Sie hob die Brauen und lehnte sich in ihrem Bürostuhl nach vorn. „Allein? Ohne Aufsicht?“

Köhler krauste die Stirn. Er wollte etwas erwidern, fand aber keine Argumente. Schließlich winkte er ab. „Dann halt umgekehrt."

„Jawoll, Chefchen", sagte Grotewohl und grinste. „Sehr weise Entscheidung."

„Schieb ab, sonst knallt's."

Grotewohl ersparte sich eine weitere Frotzelei, stand auf und schnappte sich ihre schwarze Lederjacke von der Stuhllehne.

Köhler schwang sich in seinen 300 SL, der in der Tiefgarage des Frankfurter Polizeipräsidiums geparkt war. Immer wenn er in den Wagen stieg, war es die perfekte Symbiose. Ein elegant gekleideter schwarzer Mann in einem noch eleganteren Fahrzeug. Unauffällig ging anders. Aber Köhler genoss die Aufmerksamkeit, die er mit seinem Schmuckstück provozierte. Unzählige hoch dotierte Angebote hatte er bereits erhalten und allesamt milde lächelnd abgelehnt. Dieser Wagen war mit ihm verwachsen.

Er genoss die Fahrt nach Sachsenhausen. Das Wetter war wunderbar. Keine einzige Wolke störte das unendliche Blau am Firmament. Die Temperaturen ließen kurze Röcke und lange Abende zu. Köhler liebte den Übergang vom Frühling in den Sommer und kostete die Stimmung in seiner Stadt aus. Im Radio lief Louis Armstrongs „Dream a Little Dream of Me" im Duett mit Ella Fitzgerald. Der Motor des Mercedes knurrte angemessen, die Scheiben waren heruntergelassen und der Arm des Polizisten hing lässig heraus. Der Verkehr floss langsam, aber stetig.

Als Köhler in Sachsenhausen die Adresse von der Mutter des Mordopfers erreichte, wurde ihm schlagartig bewusst, dass er in ein paar Minuten einer nicht besonders angenehmen Situation ausgesetzt sein würde. Empathie sei hier vonnöten, hatte Grotewohl gesagt. Er suchte in seinem Inneren nach einem Funken Mitgefühl und fand noch ein paar Reste.

Der Name „Fischer" war auf den zahlreichen verblichenen Klingelschildern des Mehrfamilienhauses nur schwer auszumachen. Nachdem Köhler die betreffende Klingel betätigt hatte, ertönte Augenblicke später eine kratzende Frauenstimme. „Jaaa?"

„Guten Tag, Hauptkommissar Köhler von der Kripo Frankfurt. Ich würde gerne noch einmal mit Ihnen reden."

„Muss das sein?"

„Ich fürchte ja."

Statt einer Antwort erklang ein scharfes Summen und Köhler drückte die Tür auf. Als er hindurchging, hörte er gerade noch die Stimme der alten Dame, die ihm zurief, er müsse in den achten Stock. Neben dem Aufzug hing ein Schild, das ihm mitteilte, dass der Aufzug defekt sei. Köhler seufzte kurz und erklomm Stufe um Stufe.

„Tut mir leid mit dem Aufzug", sagte Gudrun Fischer, als Köhler in der kleinen Küche der engen Wohnung auf einem weißen Holzstuhl Platz genommen hatte und verschnaufte. Durstig wartete er darauf, dass die Frau ihm das angebotene Glas Wasser reichte. Kleine Schweißperlen hatten sich auf seiner Stirn gebildet und sein Puls war immer noch erhöht.

„Da können Sie doch nichts dafür", antwortete er und nahm das Glas entgegen. Er leerte es in einem Zug und bat um mehr.

„Da haben Sie auch wieder recht." Gudrun Fischer reichte ihm wortlos Nachschub und musterte ihn. Als er ausgetrunken und das Glas auf dem schmalen Küchentisch abgestellt hatte, fragte sie: „Und? Wo kommen Sie her?"

„Aus Frankfurt."

„Ich meinte eigentlich ursprünglich."

„Aus Harheim, um genau zu sein."

Sie lachte. Es war ein Lachen, das man lachte, wenn ein Kind etwas Drolliges gesagt hatte. Sie schüttelte den Kopf und sagte: „Ich meinte, aus welchem Land."

Köhler brauchte einen Moment, bis er bemerkte, dass es mal wieder um seine Hautfarbe ging. Er überlegte kurz, welche Variante er diesmal wählen sollte, und sagte schließlich: „Aus Mexiko." Was natürlich gelogen war.

„Sie sprechen aber gut Deutsch."

„Danke." Nur mit allergrößter Mühe gelang es ihm, nicht mit den Augen zu rollen. Wann würden sich die Leute endlich daran gewöhnt haben, dass es auch schwarze Deutsche gab? Er sprang auf und wurde förmlich. „Herzlichen Dank für die Erfrischung, Frau Fischer." Er deutete auf das leere Glas. „Ich muss Ihnen leider mitteilen, dass wir nun sicher sind, dass Ihre Tochter ermordet wurde."

Aus Gudrun Fischers Gesicht wich sämtliche Farbe. Sie taumelte und musste sich an der Arbeitsplatte abstützen. Köhler wollte ihr helfen, doch sie hob abwehrend die Hände. „Schon gut", sagte sie angestrengt. „Das war alles ein bisschen zu viel in letzter Zeit."

„Das verstehe ich natürlich." Köhler blieb sprungbereit, sollte die Frau erneut wegkippen. „Wie Sie sich denken können, wirft das eine ganze Menge neuer Fragen auf."

„Wie soll ich Ihnen denn dabei helfen?", jammerte Gudrun Fischer. „Ich weiß doch nix. Wissen Sie, wie lange ich dazu gebraucht habe, meine Tochter davon zu überzeugen, dass sie endlich diesen Nichtsnutz aus der Wohnung schmeißt?"

„Sie meinen Herrn Stein?"

Sie nickte. „Erst hat er sich bei ihr eingenistet, und dann hat er mein Mädchen auch noch geschwängert. Der hat doch nur Ärger gemacht!"

Köhler wurde hellhörig. „Inwiefern?"

„Hat immer gesoffen und das ganze Geld durchgebracht." Gudrun Fischer unterdrückte ein Schluchzen. „Und wenn er nicht gesoffen hat, hat er gespielt."

Köhler erwiderte nichts. Die Frau schien sich etwas von der Seele reden zu wollen, da wollte er sie nicht bremsen.

„Und geschlagen hat er sie auch, dieser ..." Jetzt weinte sie hemmungslos.

Köhler wusste nicht genau, was er tun sollte. Schließlich nahm er sie in den Arm und sie ließ es geschehen.

Es dauerte eine ganze Weile, bis sich Gudrun Fischer von Köhlers Brust trennte. Sie wischte sich mit dem Ärmel ihrer Strickjacke die Tränen aus dem Gesicht. Köhler bemerkte die verschmierte Mascara und dachte, dass die Frau in ihrer Jugend sehr hübsch gewesen sein musste. Aber das Leben hatte es nicht gut mit ihr gemeint und ihr die Sorgen ins Gesicht gebrannt.

„Entschuldigen Sie", sagte sie schließlich und putzte sich die Nase mit einem Küchentuch. „Es geht gleich wieder."

„Kein Problem. Ich kann Sie verstehen und fühle natürlich mit Ihnen." Köhler brachte ein mildes Lächeln zustande. In Wirklichkeit fühlte er nichts. Berufskrankheit. „Allerdings muss ich Ihnen noch ein paar Fragen stellen. Das verstehen Sie sicherlich."

Sie nickte und unterdrückte einen Schluchzer.

„Sie sagten, dass Herr Stein ein Alkoholproblem hatte?"

„Klar." Gudrun Fischer schniefte und blickte Köhler zum ersten Mal direkt in die Augen. „Ich habe meiner Tochter gesagt, dass sie ihn endlich verlassen soll."

„Was sie ja dann auch getan hat."

„Aber sie hat ihn wieder reingelassen!"

Köhler wurde hellhörig. Das war neu. „Sie lebten also nicht mehr in Trennung?"

„Doch, schon … irgendwie. Aber die blöde Kuh hat sich immer wieder von dem Kerl belabern lassen."

„Aha."

„Der hat ihr erzählt, dass er bald einen neuen Job haben würde und sie dann für alle Zeiten genug Geld hätten."

„So?" Köhler zückte seinen Notizblock. „Was war das denn für ein Job?"

„Keine Ahnung." Erneut zog Gudrun Fischer die Nase hoch. „Das kann doch wieder nur ein krummes Ding gewesen sein."

„Sie wissen also nichts darüber? Auch nicht, in welcher Branche das gewesen sein sollte?"

Sie schüttelte den Kopf.

„Keine Idee?", bohrte er weiter. „Hat Ihre Tochter nicht mal eine Andeutung gemacht?"

„Sie hat mir nur erzählt, dass er was in Aussicht hätte, und als ich sie fragte, womit dieser Trottel so viel Geld verdienen wollte, hat sie ihn in Schutz genommen und ist abgehauen."

„Sie hatten deswegen Streit?"

„Das war nicht das erste Mal, dass wir uns wegen diesem Nichtsnutz gestritten hatten." Sie stand auf und nahm eine Packung Taschentücher aus einer Schublade. Dann fischte sie ein Taschentuch heraus, putzte sich die Nase und wandte sich wieder an Köhler. „Der hat alles verzockt, dieser Idiot."

„Wo?"

„Im Wettbüro, unten an der Konstablerwache. Da hat er jeden Tag gehockt und auf Pferde gesetzt, die er nie gesehen hat."

„Wissen Sie genau, ob er Spielschulden hatte?"

„Ob er Schulden hatte, weiß ich nicht. Was ich aber sehr wohl weiß, ist, dass er alles verspielt hat."

„Sie meinen also, dass Ihr Schwiegersohn spielsüchtig war?"

„Garantiert!"

Köhler notierte sich die Information. Dann blickte er von seinem Block auf. „Hat Herr Stein denn in letzter Zeit wieder bei Ihrer Tochter gewohnt oder lebten sie noch getrennt?"

„Sie hatten beide eine eigene Wohnung. Und Jenny hat mir hoch und heilig versprochen, dass sie ihn nicht über Nacht bei sich bleiben lässt."

„Konnten Sie ihr denn in dieser Hinsicht vertrauen?"

Sie nickte. „Wenn sie eines war, dann ehrlich und aufrecht." Wieder liefen ihr Tränen in schwarzen Bahnen über das Gesicht. Ihre Unterlippe bebte.

Köhler war nicht davon überzeugt, dass die Tochter die Wahrheit gesprochen hatte. Kinder belogen ihre Eltern gerne in solchen Angelegenheiten. „Wissen Sie, ob Ihr Schwiegersohn oder gar Ihre Tochter in irgendwelchen Schwierigkeiten steckten?"

„Meine Tochter war ein Engel, Herr Kommissar", fuhr Gudrun Fischer auf. „Jeder liebte sie. Nie hat sie irgendetwas Illegales getan. Der einzige Fehler, den sie gemacht hat, war, diesen Versager zu heiraten."

Köhler hielt einen Moment inne, bevor er etwas erwiderte. „Verstehen Sie mich bitte nicht falsch, Frau Fischer." Er senkte den Blick auf seinen Notizblock. „Es ist zwar verständlich, aber für die Aufklärung des Falles wenig zielführend, dass Sie das Andenken Ihrer Tochter schützen wollen. Wenn Sie möchten, dass wir ihren Mörder fangen, müssen Sie ehrlich zu mir sein."

Sie sah ihn an. Ihr Blick war starr. In ihr schien es zu arbeiten.

Köhler hielt dagegen und blickte ihr direkt in die verweinten Augen.

„Sie haben recht", sagte sie schließlich. „Aber ich weiß tatsächlich nichts von irgendwelchen krummen Geschäften oder gar Feinden. Meine Tochter und mich verband ein sehr freundschaftliches Verhältnis." Wieder unterdrückte sie einen Schluchzer. Es dauerte einen Moment, bis sie weiterreden konnte. „Ich bin mir sicher, dass sie mir von ihren Sorgen erzählt hätte."

„Was macht Sie da so sicher?"

„Die Tatsache, dass sie mir bei der Trennung im letzten Jahr ebenfalls ihr Herz ausgeschüttet hat."

Köhler nickte nur.

„Sie wusste, dass ich jederzeit für sie da war. Das habe ich ihr immer wieder gesagt."

Hier kam er nicht weiter, begriff Köhler schließlich. Dennoch hatte er ein paar Informationen gewonnen, die ihnen in dem Fall weiterhelfen konnten. „Wo sind die Kinder?", fragte er.

„In der Kita."

„Brauchen Sie Hilfe? Ich könnte Ihnen da jemanden ..."

„Nein, nein", unterbrach sie ihn. „Ich komme schon klar. Ich arbeite ja nur halbtags." Sie zog die Nase hoch und seufzte. „Außerdem waren die beiden schon immer mehr bei mir als zu Hause."

Köhler nickte, zog eine Visitenkarte aus der Innentasche seines Jacketts und legte sie auf den Küchentisch. „Ich will Sie nicht länger belästigen. Wenn Ihnen noch was einfällt, rufen Sie mich bitte an. Auch wenn es Ihnen unwichtig erscheinen sollte."

Gudrun Fischer versprach, sich daran zu halten, und Köhler verabschiedete sich.

Grotewohl war in etwa zur gleichen Zeit in Rödermark bei der Fleischerei Sennefeld eingetroffen wie Köhler in Sachsenhausen. Der Pförtner erkannte sie sofort wieder. Beeindruckt sah sie ihn an.

„Isch kann mir Gesischter gut merke", kommentierte der Pförtner ungefragt.

Grotewohl lächelte verlegen und heftete den ihr ausgehändigten Besucherausweis an ihre Bluse.

„Wolle Sie widder bein Scheff?"

Grotewohl überlegte kurz. Sie war mit diesem Plan hergekommen, doch jetzt kam ihr der Gedanke, etwas unkonventioneller an die Sache heranzugehen. Sie schüttelte den Kopf und sagte: „Vielleicht später. Ich würde mich gerne ein wenig auf dem Gelände umsehen, wenn Sie nichts dagegen haben."

Der Pförtner verzog das Gesicht. „Ich waaß net so rescht, ob des so e gut Idee is."

„Ich bin von der Polizei."

„Trotzdem ..." Er zögerte. „Normalerweis derf hier kaaner ohne Uffsicht erumlaafe."

„Sie würden mir damit aber einen großen Gefallen tun." Grotewohl versuchte sich in einem verführerischen Lächeln und kam sich dabei selten dämlich vor. „Für mich machen Sie doch sicher eine Ausnahme."

„Ach ...", begann der Pförtner und winkte ab. „Druff geschisse. Was soll'n bassiern? Sie sin doch die Polizei."

„Das bin ich", sagte Grotewohl stolz und tippte sich an die imaginäre Hutkrempe. „Bis später dann. Und halten Sie hier schön die Stellung!" Ohne zurückzublicken trat sie durch das Tor. Mit raumgreifenden Schritten entfernte sie sich vom Pförtnerhaus, bevor der einfältige Torwächter sie zurückpfeifen konnte.

Kurz darauf erreichte sie die erste Halle auf der linken Seite des Geländes. Sie steuerte auf das Hallentor zu, das mit Kunststofflamellen abgedeckt war. Kurz bevor sie den Eingang erreichte, stach ein Gabelstapler mit vollem Tempo durch die Lamellen ins Freie. Wäre sie nur fünf Sekunden früher an der Stelle gewesen, hätte sie jetzt ein paar gebrochene Knochen, wenn nicht gar Schlimmeres.

„Hey!", schrie der Fahrer des Staplers. „Bist du lebensmüde, oder was?"

Grotewohl schaute dem Stapler hinterher, dessen Gabeln mit Paletten beladen waren. Sie machte einen Scheibenwischer in Richtung des Gefährts und drehte sich wieder um. „Also so was", murmelte sie. Dann kam der nächste Schreck. Direkt vor ihr stand ein Mann. Wie aus dem Boden gewachsen.

„Wer sind Sie und warum laufen Sie hier ohne Begleitung rum?", fragte er. Der Mann trug einen weißen Kittel und weiße Hosen, die in weißen Gummistiefeln steckten. Auf seinem Kopf saß eine Hygienehaube und um seinen Hals hatte er einen Mundschutz hängen. Er stand breitbeinig mit in die Hüften gestützten Händen vor der Kommissarin und erweckte den Eindruck, keinen Spaß zu verstehen.

Grotewohl suchte nach einer passenden Antwort. „Ich … der Pförtner hat gesagt … also …"

„Ich frage Sie hiermit zum letzten Mal: Wer sind Sie und warum halten Sie sich unbeaufsichtigt hier auf?" Der Mann bewegte sich nicht. „Wenn mir Ihre Antwort gefällt, lass ich Sie alleine vom Gelände gehen."

„Und wenn nicht?", fragte Grotewohl, die allmählich ihre Selbstsicherheit zurückerlangte.

„Dann rufe ich den Wachdienst."

Grotewohl nickte. Sie kramte in ihrer Jacke, zog ihren Dienstausweis heraus und hielt dem Mann das Dokument unter die Nase. „Hauptkommissarin Sabine Grotewohl. Kripo Frankfurt, Mordkommission. Ich will den Vorarbeiter sprechen."

Der Mann schien unbeeindruckt und inspizierte das grüne Stück Papier.

Grotewohl zog den Ausweis wieder weg und reckte das Kinn. „Und? Wie gefällt Ihnen diese Antwort?"

„Ganz gut."

Die zwei standen sich gegenüber wie bei einem Mexican Standoff. Keiner der beiden rührte sich.

„Was ist jetzt mit dem Vorarbeiter?", sprach Grotewohl als Erste.

„Steht vor Ihnen."

„Na prima."

Wieder schwiegen die beiden.

„So kommen wir nicht weiter", erkannte Grotewohl. „Wo können wir uns mal in Ruhe unterhalten?"

Zögernd trat der Vorarbeiter von einem Bein auf das andere. „Kommen Sie mit."

Kurz darauf hatten sie sich in der Halle in einem Büro eingefunden. Der kleine Raum war an drei Seiten mit bodentiefen Fenstern versehen und außerordentlich zweckmäßig eingerichtet. An der einzigen aus Stein gemauerten Wand hingen Dienstpläne sowie andere berufsspezifische Dokumente und Hinweise. Grotewohl sah sich kurz um und nahm auf Geheiß des Vorarbeiters auf einem Metallstuhl vor dem Schreibtisch Platz.

Der Vorarbeiter ging um den Tisch herum, nahm auf einem Drehstuhl Platz und setzte die Haube ab. „Kaffee?", fragte er.

Grotewohl lehnte dankend ab.

Der Vorarbeiter hob gleichgültig die Schultern und trat an den Kaffeevollautomaten, um sich einen Cappuccino bereiten zu lassen. Nachdem eine kleine Menge Espresso und eine größere Menge Milchschaum in einen unter dem Auslauf bereitstehenden Becher getropft waren, gab er zwei Löffel Zucker hinzu und kehrte mit dem Becher an den Tisch zurück. Er ließ sich in den Stuhl fallen, rührte den Cappuccino um und sagte: „So, Madame. Was kann ich für Sie tun?"

„Ich ermittle in der Mordsache Stein und bräuchte da noch ein paar Informationen."

„So?" Der Mann zeigte sich unbeeindruckt. „Und was habe ich damit zu tun?"

„Sie haben doch mit Herrn Stein zusammengearbeitet", erklärte Grotewohl. „Da können Sie mir sicher weiterhelfen, Herr ..."

„Oh, verzeihen Sie. Wie unhöflich von mir." Er grinste, stand auf und reichte ihr die Hand. „Mein

Name ist Aufseß. Harald Aufseß. Ich bin hier der Obermetzger." Er lachte über seinen Scherz, der Grotewohl nur ein müdes Lächeln abrang. „Sorry für den Auftritt draußen", sagte er und nahm einen Schluck aus seinem Becher. Er fletschte die Zähne und stellte den Becher vor sich ab. „Sie glauben ja nicht, wer sich hier so alles auf dem Gelände rumtreibt."

„Schwamm drüber. Kann ich nachvollziehen", gab sich Grotewohl versöhnlich. „Wie war er denn so, der Herr Stein?"

Aufseß' Miene wurde ernst: „Nicht mein bester Mitarbeiter." Er hob entschuldigend die Hände. „Ich weiß, man soll über Tote nichts Böses sagen, aber …"

„Machen Sie sich mal frei von diesem Aberglauben", sprang ihm Grotewohl zur Seite. „Es ist nicht hilfreich, wenn Sie hier ein Loblied singen, das nie geschrieben wurde. Ich bin an der Wahrheit interessiert."

Aufseß schien erleichtert zu sein. „Ganz ehrlich …" Er sah sich verstohlen um und senkte die Stimme. „Der Typ war eine Katastrophe."

„Inwiefern?" Grotewohl spitzte die Ohren.

„Ständig hat er irgendwas kaputt gefahren." Er zeigte mit dem Daumen nach draußen und legte den Kopf schief. „Die Kollegen hier nannten ihn schon ‚Steinbruch', weil er immer alles kaputt gemacht hat und ‚Stein' hieß. ‚Stein-Bruch' – verstehen Sie?" Er lachte.

Grotewohl grinste. Das war nicht unoriginell, aber auch nicht der Brüller. „Warum haben Sie ihn nicht gefeuert?"

Der massige Mann hob die Schultern. „Er war ja irgendwie auch ganz in Ordnung. Und außerdem …" Er brach ab und rutschte unruhig auf seinem Stuhl hin und her.

„Außerdem …“, bohrte Grotewohl.

„Wie soll ich es sagen …“

„Wie es ist, Herr Aufseß. Es geht hier um Mord und nicht um Ladendiebstahl.“

Das schien ihn zu überzeugen. „Die Chefin wollte das nicht.“

Grotewohl hob die Brauen.

„Weshalb?“

„Keine Ahnung. Der hatte bei ihr einen Stein im Brett, warum auch immer.“ Wieder lachte er über seinen flachen Wortwitz.

Grotewohl verzog keine Miene. „Moment … Sie sagten ‚Chef*in*‘.“ Die letzte Silbe betonte sie. „Ich dachte, der Chef sei Herr Sennefeld.“

Aufseß lachte wissend. „Ja, früher mal. Heute ist der nur noch der Grüßaugust. Der sitzt doch in seinem Elfenturm da drüben im Verwaltungsgebäude, damit er nicht ins Heim muss. Seine Tochter führt den Laden.“

„Aha.“ Grotewohl fand es merkwürdig, dass der Mann derart respektlos über seinen Arbeitgeber sprach. Sie machte sich ein paar Notizen und wartete ab.

„Die Kleine ist die heimliche Chefin.“ Wieder lachte er leise. „Das macht sie eigentlich ganz geschickt. Sie lässt den Alten glauben, dass er der Chef ist, tut dann doch, was sie will, und schiebt es ihm so unter, als wäre es seine Idee gewesen.“

Grotewohl fand das nicht geschickt, sondern eher manipulativ. Aber ihre persönliche Meinung zählte hier nicht. „Ist denn die Frau …“

„… Sennefeld-Bauernfeind …“

„… zu sprechen?“

„Moment“, bat Aufseß und griff zum Telefon. Am anderen Ende meldete sich eine Stimme. Nach ein paar

Sekunden legte der Vorarbeiter wieder auf und sagte: „Sie kommt gleich."

Grotewohl nutzte die Wartezeit, um weitere Informationen zu erfragen. „Wie lange war denn Herr Stein bei Ihnen beschäftigt?"

Aufseß überlegte kurz. „So etwa zwei Jahre."

„Und als was genau war er hier angestellt?"

„Lagerist und Kommissionierer."

Grotewohl nickte und notierte, was sie soeben erfahren hatte, als die Tür aufging und eine Frau hereinkam. „Guten Tag!"

Grotewohl sprang auf und hatte Mühe, sich ihre Überraschung nicht anmerken zu lassen. Die Frau, die gerade den Raum betreten hatte, sah nach allem anderen aus, nur nicht nach einer Fleischgroßhändlerin. Sie war zart, etwa eins sechzig groß und wirkte mit ihrem entwaffnenden Lächeln äußerst feminin. Ihre grünen Augen und die feuerroten Haare verliehen ihrem Gesicht eine geheimnisvolle Note. Die Proportionen stimmten und ein verwegener Ausdruck umspielte ihre Augen, an denen sich die ersten Krähenfüße zeigten. Ihre Kleidung schien teuer gewesen zu sein und saß wie eine zweite Haut. Ihr Duft war dezent, aber angenehm blumig. Grotewohl musste aufpassen. Diese Frau war zwar nicht ihr Typ, aber sie war sexy! Davon durfte sie sich nicht beeinflussen lassen.

„Guten Tag!", sagte die Frau. Ihre Stimme war beinahe zart.

Grotewohl lief ein Schauer über den Rücken. Sie musste sich zusammenreißen, so viel stand fest.

„Mein Name ist Irene Sennefeld-Bauernfeind. Ich bin die Produktionsleiterin." Sie reichte Grotewohl die Hand. Ihre Hände passten perfekt ineinander.

Grotewohl räusperte sich: „Angenehm. Ich bin Hauptkommissarin Grotewohl von der Kripo Frankfurt und ermittle im Mordfall Stein."

„Sagten Sie ‚Mordfall'?" Irene Sennefeld-Bauernfeind riss die Augen auf.

„Ich fürchte ja."

„Aber wer sollte den Steini ermorden?" Die zarte Frau ließ sich in einen Stuhl fallen. Sie schien geschockt zu sein.

„Das gilt es herauszufinden", erwiderte Grotewohl professionell. Allmählich gewann sie ihre Selbstsicherheit zurück. „Wir haben konkrete Hinweise, dass Herr Stein nicht freiwillig aus dem Leben schied."

„Das ist ja entsetzlich!" Die junge Frau legte die Hand vor den Mund und schüttelte den Kopf.

„Wir erhoffen uns von Ihnen ein paar Hinweise ..."

„Sie denken, dass jemand von uns etwas damit zu tun hat?", fuhr Irene Sennefeld-Bauernfeind auf. Sie war nicht laut geworden, aber ihr Unmut war kaum zu überhören.

„Nein, nein", erwiderte Grotewohl. „Das ist reine Routine. Wir ermitteln das Umfeld des Opfers, um uns ein Gesamtbild zu machen. Das kann sehr hilfreich sein. Verstehen Sie unsere Arbeit am besten wie ein Puzzlespiel. Viele kleine Teile ergeben ein großes Ganzes. Dazu sind wir natürlich angehalten, alle Teile finden." Grotewohl stutzte, als sie die Poesie in ihren Worten bemerkte. Ärgerlich ertappte sie sich bei dem Versuch, Eindruck zu machen.

„Das ist natürlich einleuchtend. Entschuldigen Sie."

„Kein Ding."

„Wie geht es denn Herrn Steins Frau und den Kindern?"

Grotewohl bemerkte, dass Aufseß zusammenzuckte. Eine kurze Pause entstand. Es war an ihr, die unangenehme Nachricht zu überbringen. „Jennifer Stein wurde ebenfalls ermordet", sagte sie wenig sensibel.

„Was?" Die Produktionsleiterin war entsetzt. Wie ein Häuflein Elend sank sie in ihrem Stuhl zusammen und starrte vor sich hin.

„Kannten Sie die beiden gut?", wollte Grotewohl wissen.

„Wie bitte?" Irene Sennefeld-Bauernfeind schreckte hoch, als wäre sie mit ihren Gedanken ganz weit weg gewesen.

„Ob Sie gut mit den Steins bekannt waren?"

„Ja ... also ... wie soll ich sagen?" Ihr Blick wurde klarer und ihr Tonfall beinahe geschäftig. „Bei uns im Betrieb geht es sehr familiär zu, müssen Sie wissen. Darauf legen wir besonderen Wert."

„Natürlich."

„Ich bin ein wenig schockiert." Sie sprang auf. „Das muss ich erst mal verdauen." Sie griff sich an die Stirn.

Ein bisschen zu viel Drama, wie Grotewohl fand.

Irene Sennefeld-Bauernfeind wandte sich an ihren Mitarbeiter. „Herr Aufseß, bitte geben Sie der Kommissarin alles, was sie benötigt. Sie hat vollen Zugriff, was Herrn Stein anbelangt. Ich will wissen, wer für seinen Tod verantwortlich ist." Sie reichte Grotewohl die Hand und sagte: „Ich bin sehr beschäftigt, Sie verstehen sicherlich ..."

„Eigentlich hätte ich da noch ein paar Fragen." Grotewohl war sauer. Diese Frau schien nicht zu begreifen, worum es hier ging.

„Ich stehe Ihnen gern Rede und Antwort, nur passt es im Moment nicht." Demonstrativ blickte Irene Sennefeld-Bauernfeind auf ihre sündhaft teure Armbanduhr. „Wissen Sie was? Ich frage nachher mal meine Sekretärin, wann ich ein paar Minuten für Sie freischaufeln kann, und melde mich dann." Sie tätschelte Grotewohl die linke Schulter und nickte ihr aufmunternd zu. „Ich glaube auch nicht, dass ich Ihnen in der Sache weiterhelfen kann, aber einen Versuch ist es wert." Wieder blickte sie auf die Uhr. „Herrgott, jetzt muss ich aber ... Also, ich melde mich!" Mit dem Daumen und dem kleinen Finger ihrer rechten Hand formte sie ein Telefon, hielt es sich an den Kopf und ihre Lippen mimten tonlos den Satz „Ich melde mich". Bevor Grotewohl protestieren konnte, war sie aus dem Raum verschwunden.

„Ist die immer so?", fragte Grotewohl.

Aufseß zuckte mit den Schultern. „Ich finde, heute ist sie gut drauf."

Grillparty

Am Nachmittag traf sich die Ermittlergruppe zur Besprechung.

„Ich fasse mal zusammen“, sprach Ballauf mit kräftiger Stimme. Der Raum war so voll, dass einige stehen mussten. „Wir haben es zweifelsfrei mit einem Doppelmord zu tun. Nach der ersten Sichtung der Videoaufnahmen des neugierigen Nachbarn können wir davon ausgehen, dass Dennis Stein an die Falschen geraten ist. Seine Frau Jennifer ist wohl eher ein Kollateralschaden, wenn ich das mal so formulieren darf. Wir gehen davon aus, dass sie ein zufälliges Opfer ist. Klassischer Fall von ‚zur falschen Zeit am falschen Ort‘. Wir konzentrieren uns auf das Umfeld des Mannes.“ Er blätterte in seinen Unterlagen. „Grotte, was hast du in der Fleischerei rausgefunden?“

Die Kommissarin berichtete in knappen Worten, was in Rödermark passiert war.

Als sie geendet hatte, zog Ballauf die Brauen hoch. „Das ist nicht besonders ergiebig, bleib da dran.“

Grotewohl errötete und nickte. „Ich geh noch mal hin“, versprach sie.

„Köhler?“ Ballauf hob den Kopf und suchte nach dem Ermittlungsleiter. „Was gibt's bei dir Neues?“

„Leider auch nicht viel, das Übliche halt. Säufer und Spieler heiratet Frau. Irgendwann merkt sie, was sie geheiratet hat, und verlässt ihn. Er jammert rum und will zurück, sie will nicht. Die Kinder sind mehr bei der Großmutter, als gut für sie ist, und die Tochter lässt sich irgendwann vom Säufer und Spieler belabern und lässt ihn doch wieder rein, zumindest ab und zu, wegen der Kinder … blablabla." Er machte eine kurze Pause und setzte sich bequemer hin. „Ich bin der Meinung, dass wir es hier mit einem klassischen Fall von Muskelschwund im Bein zu tun haben."

„Einem was?", hakte Ballauf nach.

„Na ja … will mit den großen Hunden pinkeln gehen und kann das Bein nicht heben."

„Boah, Shaft", sagte Ballauf, warf sich in seinen Stuhl zurück und schmiss seinen Kugelschreiber auf den Tisch. „Jetzt sei mal fünf Minuten seriös. Ich will Fakten und keine blöde Stand-up-Show!"

„Sorry."

„Ja … sorry. Scheiß drauf. Jetzt mach!" Ballauf hatte eine Verabredung zum Tennis. „Und zwar kurz und knapp."

Also berichtete Köhler, dass es eigentlich nichts zu berichten gab.

„Das ist ja alles nicht sehr ergiebig, Herrschaften." Ballauf massierte sich die Nasenwurzel. „Haben wir denn schon irgendwelche Technikergebnisse? Müller?"

Müller zuckte zusammen und setzte sich kerzengerade hin. „Ja, Boss?"

„Was ist mit dem Laptop?"

„Wird noch ausgewertet."

„Und wie lange noch?"

„So lange es eben dauert."

Ballauf hob den Kopf und sah Müller an. Sein Blick forderte Respekt.

„Ja, sorry, Mann. Ich mach schon, was ich kann. Und die Jungs aus der IT sind auch völlig überlastet. Ich bin dran …"

„Sieh zu! Das ist wichtig." Ballauf war unzufrieden. „Auf dem Film ist unser Mörder, das ist dir schon klar?"

„Ja, aber ich kann auch nicht hexen. Morgen sehen wir weiter."

„Noch jemand mit Nichtinformationen?", fragte Ballauf wütend in die Runde. „Laußner, was ist mit den Finanzdaten?"

Laußner straffte seinen Körper und schlug eine Akte vor sich auf. „Stein war pleite wie Griechenland. Sein Konto war bis zum Anschlag überzogen und er hatte eine Menge unbezahlter Rechnungen. Ich bin zwar kein Experte, aber ich würde sagen, das ist eine private Insolvenz."

„Wenigstens mal ein Ergebnis." Ballauf zeigte sich ein wenig versöhnt. „Irgendwelche auffälligen Geldtransfers?"

„Ich bin die letzten Monate durchgegangen. Da ist nichts wirklich Auffälliges dabei."

„Nichts wirklich Auffälliges? Was ist denn das für eine Definition? Bin ich hier in der Polizeigrundschule? Jetzt hört doch mal auf, so einen Scheiß zu erzählen. Ich will Konkretes, klar!" Ballauf knallte beide Hände auf den Tisch und stand auf. „Ab morgen geht's hier vorwärts, nur damit das klar ist." Seine Augen verengten sich zu Schlitzen. „Der Nächste, der mir mit ‚vielleicht', ‚hätte', ‚könnte' oder ‚nicht wirklich' kommt, schreibt eine Stunde später Strafzettel auf der Berger Straße. Haben wir uns verstanden?"

Keiner der Übrigen sagte etwas. Alle starrten auf den Tisch oder an die Decke.

„Ich will Ergebnisse!", brüllte Ballauf. Dann schlug er seine Mappe mit den vor ihm ausgebreiteten Unterlagen zusammen und verließ den Raum, ohne die Tür hinter sich zu schließen. „Verdammte Scheiße!", fluchte er auf dem Flur vor sich hin.

Die Ermittlergruppe war schweigend zurückgeblieben. Nach ein paar Sekunden, die den meisten Kollegen wie eine Ewigkeit vorkamen, ergriff Köhler das Wort.

„Okay, Leute. Da hat er leider recht. Das muss besser werden. Ich nehme mich da nicht aus. Ich hoffe, dass wir uns einig sind."

Die meisten nickten zustimmend.

„Das war jetzt mal kurz unangenehm, aber das vergessen wir ganz schnell wieder. Das ist ja hier kein Kindergarten. Ab jetzt geben wir Vollgas. Einverstanden?"

Diesmal nickten alle Köpfe.

„Also reißt euch zusammen und macht euren Job." Köhler klatschte in die Hände. „Und jetzt raus hier. An die Arbeit!"

Stühle wurden gerückt und Gemurmel kam auf. Es wurde sogar mal gekichert. Köhler nahm zur Kenntnis, dass er sich auf seine Truppe verlassen konnte.

„Müller!", rief er seinen Kollegen zurück.

„Ja, Chef?"

„Hast du schon was aus der Gerichtsmedizin gehört?"

„Ja, den Kollegen habe ich vorhin angerufen. Er ist morgen fertig."

„Was denkst du, wann du mit dem Laptop fertig bist?"

Müller hob die Schultern und blickte gequält. „Wenn ich Glück habe, morgen Abend."

Köhler nickte. „Grotte, wann kannst du die Metzgerin befragen?“

„Ich rufe sie gleich noch mal an und mache ihr meinen Standpunkt klar, dann wird das zeitnah stattfinden.“

„Prima.“ Köhler war zufrieden. Er grinste. „Und heute Abend kommt ihr zwei zum Grillen zu mir. Vielleicht können wir da noch ein wenig brainstormen. Bringt eure Frauen mit.“

„Hab grad keine … also keine feste“, sagte Müller.

„Dann bring einen Kasten Bier mit.“

„Auch was zum Essen?“

„Müller, was redest du da? Du kennst doch meine Mutter!“

Müller lachte und hob abwehrend die Hände. „Mein Fehler.“

Der Abend war wie für ein Grillfest gemacht. Die Sonne wärmte die Terrasse an Köhlers Haus am Harheimer Ortsrand. Der Grill war bereits an und verbrannte die Kohle zur Grillreife. Die Gäste standen etwas verloren herum, als Yaruda Köhler mit einer prall gefüllten Salatschüssel in der Hand die Terrasse betrat und sie zu den anderen Leckereien stellte. Sie sah aus wie aus einem Bud-Spencer-Film. Wie immer, wenn sie nicht gerade in ihrer Bäckeruniform steckte, trug sie traditionelle farbenfrohe afrikanische Kleidung und ein kunstvoll drapiertes Kopftuch. Ihre erstaunlich faltenfreie Haut glänzte schwarz in der abendlichen Sonne. Sie strahlte eine Gemütlichkeit aus, die ihr herzliches Wesen widerspiegelte. Für alle in ihrem Umfeld war sie wie eine Mutter und geizte nicht mit Weisheiten und verschlüsselten Ratschlägen in allen Lebenslagen. Yaruda liebte es, Gäste zu bewirten, was am reich gedeckten Tisch zu erkennen war. Es gab verschiedene Salate, Antipasti, einige Brotsorten und eine Menge sonstiger Kleinigkeiten, die zum Teil exotisch daherkamen.

„Was ist? Schmeckt euch mein Essen nicht?“, fragte sie in die Runde. „Greift zu! Ich habe den ganzen Nachmittag in der Küche gestanden.“

„Das ist supernett von Ihnen, Frau Köhler“, sagte Müller schüchtern. „Aber ich dachte, wir warten, bis das Fleisch fertig ist.“

„Bis dahin sind wir verhungert.“ Yaruda schleppte ihren mächtigen Körper zum Tisch und nahm Platz. Der Stuhl unter ihr beschwerte sich ächzend. „Hopp, hopp!“, forderte sie die anderen auf, sich zu ihr zu gesellen.

„Dagegen kommen wir nicht an, Frau Köhler.“ Müller setzte sich neben sie.

„Hör auf, mich ‚Frau Köhler‘ zu nennen. Das klingt nach alter Frau.“ Sie warf ihm einen strengen Blick zu. „Mein Name ist Yaruda.“ Ihr Lächeln war entwaffnend und ihre Zähne blitzten so weiß wie frischgefallener Schnee.

„Gerne“, sagte Müller und ließ sich von Yaruda den Teller füllen.

Das Essen war nicht nur reichlich, sondern auch sehr sättigend. Die Unterhaltung am Tisch war rein privater Natur. Kein Wort wurde über den Mordfall gewechselt. Es tat allen gut, mal auf andere Gedanken zu kommen.

„Wie kommt es, dass ein junger Mann wie du keine Frau hat?“, wollte Yaruda von Müller wissen.

„Mama!“, rief Köhler. „Lass ihn, das ist seine Entscheidung.“

„Nicht ganz." Müller hob die Hand mit der Gabel, auf der ein Stück Fleisch steckte. „Die Letzte hat *mich* verlassen." Er pflückte mit dem Mund das Fleisch von der Gabel und grinste kauend. Als er runtergeschluckt hatte, fügte er an: „Zur Ehrenrettung muss ich sagen, dass sie mir nur zuvorgekommen ist. Sie war stinklangweilig."

„Warum hat sie dich verlassen?", fragte Grotewohl.

„Ich war ihr angeblich zu langweilig."

Alle lachten.

Köhler beobachtete, dass Grotewohl und ihre Frau Leonie sehr harmonisch miteinander umgingen. Wie es aussah, hatten sie sich wohl ausgesprochen.

„Und ihr zwei bleibt dabei?" Yaruda sah die beiden Frauen an.

„Wobei?", fragte Grotewohl verwirrt.

„Na, dass ihr keine Männer haben wollt."

Köhler rollte mit den Augen. „Mama. Das hatten wir doch schon. Das ist jetzt echt unhöflich!"

„Ich will es doch nur wissen", verteidigte sie sich.

„Das ist aber respektlos."

„Lass mal, Shaft", sprang Grotewohl ein. Dann wandte sie sich an Yaruda. Sie legte den Arm um Leonie und sagte: „Yaruda, ich liebe diese Frau über alles und sie ist der Mensch, mit dem ich mein Leben bis zum Schluss teilen will. Dass es zufällig eine Frau ist, interessiert mich dabei weniger. Es ist einfach so – und fertig." Sie küsste Leonie auf die Schläfe. „Außerdem ist sie schwanger."

„Was?!", riefen alle im Chor.

Die beiden Frauen lachten und nahmen die Glückwünsche entgegen. Yaruda führte ihnen zu Ehren sogar einen afrikanischen Freudentanz auf.

Der Abend floss vor sich hin. Irgendwann trafen sich Grotewohl und Köhler an einer Sitzgruppe weiter hinten im Garten, um eine Zigarette zu rauchen. Sie waren allein.

„Alles klar?", fragte Köhler leise.

Grotewohl nickte.

„Du willst das Kind?"

Wieder nickte sie und nahm einen Schluck Bier aus ihrer Flasche. „Zu hundert Prozent", antwortete sie. Nach einer Weile fuhr sie fort: „Ich muss mich entschuldigen."

„Wofür?"

„Dass ich in den letzten Wochen so zickig war." Sie grinste.

„Schwamm drüber."

Grotewohl lehnte sich an Köhlers breite Brust und ließ sich von ihm in den Arm nehmen.

Plötzlich stand Leonie neben ihnen. „Finger weg von meiner Frau!" Sie hatte sich ihnen unbemerkt genähert.

Köhler lächelte sie an und gab Grotewohl frei. „Hier", sagte er und schob seine Kollegin zu ihrer Partnerin. „Behalt sie, ich will sie nicht, sie kann nicht kochen." Jetzt war er es, der grinste.

Grotewohl schlug ihm leicht auf den Arm. „Stimmt gar nicht, ich kann Ravioli warm machen." Sie warf ihm einen dankbaren Blick zu und nahm Leonie in den Arm. Die zwei gaben ein schönes Paar ab. Beide hatten eine sportliche Figur, die eine der beiden bald verlieren würde, wie Köhler in den Sinn kam.

„Ich freue mich so für euch", sagte er und drückte beiden einen Kuss auf die Stirn. Er überragte auch Leonie um etliche Zentimeter.

„Jetzt aber mal genug mit der Gefühlsduselei.“ Leonie erhob ihr Glas und stieß mit den beiden an. „Auf unser Baby!“

„Auf euer Baby!“

Fortschritte

Am folgenden Morgen trafen die Ermittler wieder zusammen. Der Staatsanwalt war ausgesprochen gut gelaunt, und auch Ballauf zeigte sich versöhnt. Offenbar hatten beide gestern irgendein Spiel gewonnen – Ballauf im Tennis und Berner beim Golf. Sie scherzten miteinander, bis alle anwesend waren.

Dann ergriff Ballauf das Wort. „So, Herrschaften, mal zuhören jetzt!"

Ruhe kehrte ein.

„Dank einer Nachtschicht unserer motivierten Nachwuchsbeamtin Annalena Bachmeier konnten wir die Videoaufnahmen unserer illegalen Ein-Mann-Bürgerwehr auswerten. Ich überlasse es Frau Bachmeier, ihre Ergebnisse zu präsentieren. Bitte, werte Kollegin."

Umgehend sprang eine kleine Frau auf und eilte nach vorn, wo sie per Knopfdruck auf den Laptop die vorbereitete Präsentation an die Wand warf. Im Rest der Truppe rollte jeder Zweite mit den Augen. Bachmeier war nicht sonderlich beliebt. Die zierliche Polizistin wirkte schüchtern aber gleichzeitig unangenehm aufdringlich. Am ehesten würde man sie mit dem Klischee einer Bibliothekarin vergleichen können. Viel zu große Brille, strähniges Haar, das stets zu einem dünnen Zopf geflochten war. Sie bevorzugte den Kleidungsstil einer Musterschülerin, die sich aus Mode nichts machte. Es hatte den Anschein, als würde sie morgens im Dunkeln in den Schrank greifen und das anziehen, was sie zufällig in den Händen hielt. Sie redete ununterbrochen und hatte eine unangenehme Fistelstimme. Wenn sie sprach, spielte sie abwechselnd mit ihren Haaren oder schob ihre Brille zurecht. Jetzt stand sie hibbelig vor der Ermittlergruppe und begann in dem Moment zu reden, als ein Bild auf der Leinwand erschien. „Die ganze Nacht über habe ich die zahlreichen Dateien unseres Herrn Rantzinger gesichtet und bin zu folgendem Ergebnis gekommen." In den nächsten Minuten schwadronierte sie über Dateigrößen, Schärfen und Unschärfen in den Aufnahmen, die Aufnahmewinkel der Kameras sowie Datierungen und Zeitangaben.

„Die macht mich kirre", flüsterte Köhler Grotewohl zu.

Grotewohl nickte. „Warum sieht sie nicht müde aus? Ich denke, sie hat die ganze Nacht vor der Glotze gehockt?"

„Roboter brauchen keinen Schlaf."

Grotewohl unterdrückte ein Kichern.

„... komme ich zu dem Schluss, dass trotz mehrfacher Filterung der Aufnahmen eigentlich eine eindeutige Identifizierung des Mannes auf dem Balkon so gut wie unmöglich ist."

„Und dafür jetzt das ganze Geschwafel?", murmelte Köhler.

Grotewohl stupste ihn an.

„Allerdings ...", fuhr Bachmeier fort, hielt kurz inne und hob den rechten Zeigefinger in die Luft, „ist es mir in einer konzentrierten Fleißarbeit und unter Einsatz mehrerer Filter und Standbilderabfolgen gelungen, andere Kameraperspektiven zum einen während der Tatzeit, zum anderen während der Stunde vor der Tat und der danach auszuwerten. Dies hatte zur Folge, dass ich von dem Zeitpunkt, als der mutmaßliche Täter das Haus betritt und es wieder verlässt, ein Bild machen konnte. Es hat zwar nicht die beste Qualität, ist aber deutlich besser als die Bilder vom Balkon." Mit einer triumphierenden Geste drückte sie eine Taste auf dem Laptop und an der Wand erschien ein grobkörniges Schwarz-Weiß-Bild. Darauf war ein Mann zu erkennen, der gerade durch die Haustür trat. Er trug eine Schildmütze und hatte seinen Blick nach unten gerichtet. Gerade so, als wüsste er, dass er gefilmt wurde. Er wirkte kräftig, fast massig. Sein Gesicht war so gut wie nicht zu erkennen. Die meisten im Raum kniffen die Augen zusammen, um ihren Blick zu schärfen.

„Ein Laie sieht hier nur einen grauen Berg, der die Form eines dicken Mannes hat", fuhr Bachmeier fort. „Aber wir als Profis sehen hier natürlich mehr."

„So, was denn?", fragte Berner, der sich in seinem Stuhl nach vorne gebeugt hatte und mit konzentriertem Gesichtsausdruck versuchte, das graue Bild zu entschlüsseln. „Das könnte auch ein Gorilla sein, der da durch die Tür geht." Einige kicherten, andere murmelten zustimmend.

Bachmeier warf einen ungläubigen Blick in die Runde und lachte humorlos. „Also bitte, Kollegen, das ist doch wohl offensichtlich! Mit diesem Bild können wir den Mörder zweifelsfrei identifizieren."

„Aha", machte Berner und strich sich über den Bart. „Können Sie mir, einem Laien, das genauer erklären?"

„Ungern, aber ich tue es." Ohne dass Berner diese Unverschämtheit rügen konnte, fuhr sie fort. Sie nahm einen Laserpointer und ließ ihn über das Bild fliegen. „Wir sehen hier einen vermutlich mit Edelsteinen besetzten Ohrring aufblitzen. Wenn wir schon beim Ohr sind, erkennen wir weiterhin, dass das linke Ohr im Licht und somit auswertbar ist. Die Ohrenform ist so individuell wie ein Fingerabdruck. Wenn wir den Mann schnappen, brauchen wir nur das Ohr auf dem Foto mit seinem eigenen abzugleichen, und schon haben wir ihn überführt." Sie legte den Laserpointer auf den Tisch und machte sich für die Beifallsbekundungen der Kollegen bereit. Doch niemand applaudierte. Alle schauten an die Wand, einige kniffen noch immer die Augen zusammen, um etwas erkennen zu können. Bachmeier blickte in die zweifelnden Gesichter ihrer Kollegen und schien sich überlegen zu fühlen.

Eine bizarre Situation war entstanden, die Ballauf entzerrte. „Gute Arbeit, Bachmeier", sagte er und stand auf. „Sehr fleißig! Und jetzt gehen Sie nach Hause und schlafen sich aus."

„Das ist nicht nötig", protestierte sie. „Wir haben hier einen Doppelmord aufzuklären, und es gibt noch so viel zu tun." Sie schien Angst zu haben, nach Hause gehen zu müssen. Ballauf starrte sie ungläubig an. „Sie sind seit gestern Morgen hier. Gehen Sie nach Hause."

„Ich muss nicht ..."

„Gehen Sie nach Hause!", sagte Ballauf eindringlich. Sein Blick duldete keinen Widerstand. Enttäuscht klappte Bachmeier ihren Laptop zusammen, klemmte ihn sich unter den Arm und ging zur Tür.

„Bachmeier?", rief Ballauf ihr hinterher.

Voller Hoffnung, doch bleiben zu können, drehte sie sich um. „Ja?"

„Ihr Laserpointer." Er hielt ihr den kleinen stiftförmigen Gegenstand entgegen. Sie machte ein paar Schritte auf ihn zu und ergriff das Utensil. „Gute Arbeit", fügte Ballauf an und zwinkerte ihr zu.

Sie lächelte glückselig und verließ mit hüpfenden Schritten den Raum.

Ballauf wandte sich an den Rest der Ermittler. „Als Nächstes möchte ich den Obduktionsbericht besprechen. Wer hat die Fakten zusammengefasst?"

Robert Zinkgraebe, ein hageres, einem Hobbit ähnelndes Männlein, stand auf. Er war für Recherche und Archiv zuständig und durfte gelegentlich bei der richtigen Polizei mitspielen, wie die Kollegen boshaft über ihn sagten. „Ich!", verkündete er. Zinkgraebe blätterte in dem Bericht, den er vor sich ausgebreitet hatte, und schien es zu genießen, dass man auf ihn sah.

„Es wäre schön, wenn das heute noch stattfinden könnte", blaffte Ballauf, als der kleine Mann nach ein paar Augenblicken immer noch nicht sprach.

„Ja, sicher, Chef. Bin gleich so weit."

In der Mannschaft kam missmutiges Gemurmel auf. Man hatte Besseres zu tun.

Endlich begann Zinkgraebe zu sprechen. „Im Grunde ist es ziemlich unspektakulär", begann er. „Beiden wurde das Genick in einer Drehbewegung gebrochen. Sie waren bereits tot, als sie auf dem Boden aufprallten."

„Das war's?", wollte Ballauf wissen.

„Im Wesentlichen … ja." Zinkgraebe hob den Kopf, wobei seine randlose Brille auf der Nasenspitze hängen blieb und ihn aussehen ließ wie einen verwirrten Professor.

„Das war jetzt mal eine fulminante Zeitverschwendung", urteilte Ballauf und griff sich an die Nasenwurzel. „Zinkgraebe, Sie schulden jedem hier im Raum fünf Minuten."

Der Angesprochene nahm wort- und emotionslos Platz, schob die Brille hoch und legte seine Hände in den Schoß. Er freute sich darauf, heute Abend am Scrabblestammtisch wieder allen anderen den Schneid abzukaufen. Anschließend würde er vielleicht noch mal im Bahnhofsviertel vorbeischauen. Er war schon lange nicht mehr bei Martina gewesen und konnte ein bisschen Prügel vertragen.

„Hat noch jemand etwas, was uns weiterbringt?", fragte Ballauf in die Runde.

Müller hob die Hand und beugte sich vor.

„Ja, Müller?"

„Ich bin mit dem Laptop durch."

„Und?"

„Stein war hoch verschuldet. Außerdem bin ich seinen Browserverlauf und seine Streamingdienste durchgegangen." Müller stand auf, um besser gesehen zu werden. „Dabei habe ich festgestellt, dass er, mal abgesehen von den ganzen Pornoseiten, sehr oft nach Möglichkeiten der Geldbeschaffung gegoogelt hat, was mich bei seinem Kontostand nicht verwundert. Allerdings hat er sich in letzter Zeit auch über Lösegeldübergaben schlaugemacht."

Ballauf nickte. „Sie meinen also …"

„Genau … ich denke, Stein hat den Falschen erpresst."

Nach der Morgenbesprechung trafen sich Köhler, Müller und Grotewohl in ihrem Büro.

„Gute Arbeit, Müller", lobte Köhler.

„Danke, Chef."

„Also gehen wir jetzt davon aus, dass Stein irgendjemanden erpresste und der sich das nicht gefallen ließ."

„Ist zumindest eine Theorie."

„Macht ja auch Sinn." Grotewohl bediente sich an der Kaffeemaschine und drehte sich zu den Kollegen um. „Das war definitiv die Arbeit eines Profis."

„Gut", sagte Köhler. „Gehen wir der Spur nach. Stein hat jemanden erpresst. Der hat ihm in der Wohnung von dessen Ex aufgelauert und ihn umgebracht." Er lief im Raum auf und ab, weil er auf diese Weise besser denken konnte. Auch er ließ sich einen Kaffee bereiten. „Aber warum in der Wohnung seiner Ex?"

Grotewohl hob die Schultern. „Zufall?"

„Glaube ich nicht."

„Die Gelegenheit", sagte Müller. „Es erschien ihm einfacher. Und der Überraschungseffekt war größer. Damit konnte Stein nicht rechnen. Und vielleicht war sie ja kein Kollateralschaden ..."

„Sondern?"

„Womöglich wusste sie Bescheid."

„Wie kommst du darauf?"

Müller hob entschuldigend die Hände. „Ist nur eine Idee."

„Lass hören!"

„Stein wollte seine Ex zurückhaben. Sie hatte ihn unter anderem wegen seiner Spiel- und Alkoholsucht verlassen. Also verspricht er ihr, damit aufzuhören. Sie glaubt ihm nicht. Deshalb erzählt er ihr von dem einen letzten großen Ding, das er drehen will." Müller fuchtelte mit den Händen und rollte die Augen. „Todsichere Sache. Wie immer."

Grotewohl lachte humorlos. „Diesmal war es todsicher."

Die Kollegen lachten beschämt.

„Nein, mal im Ernst“, schnitt Köhler den humoristischen Ausreißer ab. „Das ist gar nicht so abwegig.“ Er stellte seinen Kaffee ab. „Muss ja nicht genauso gelaufen sein, aber ich finde, die Sache mit der Erpressung macht Sinn und erscheint mir erfolgversprechend.“

„Aber wie sollen wir das jetzt rausfinden?“, wollte Müller wissen.

„Du gehst noch mal den Laptop durch; vielleicht findest du ja etwas in den Dokumenten. Meinetwegen einen Erpresserbrief oder sonst irgendwas.“

„Was macht ihr?“

„Wir gehen zum Metzger.“

„Hä? Wir haben doch eben erst gefrühstückt.“

„Dienstlich, du Nase!“

Vater und Tochter

„Was willst du denn noch von dem Metzger?" Grotewohl saß auf dem Beifahrersitz von Köhlers Mercedes. Sie musste fast brüllen. Das Wetter ließ es zu, dass sie offen fuhren, aber auf der A 661 wurde es dann doch etwas laut im Fahrzeug. Sie befanden sich gerade in der Unterführung in Seckbach, was den Lärmpegel zusätzlich erhöhte.

„Hä?", machte Köhler, ohne den Blick von der Straße zu nehmen.

„Was du da noch willst?", schrie Grotewohl.

„Wo?"

„In Rödermark!", brüllte sie.

„Das weiß ich nicht!", rief Köhler zurück.

Grotewohl dachte, sie hätte sich verhört. Fassungslos starrte sie ihren Kollegen an.

Köhler spürte den Blick von der Seite, sagte aber nichts, sondern konzentrierte sich auf den Verkehr. Diese Stelle war besonders eng und er wollte keinen Kratzer in seinem Lack riskieren. Wie immer hielt sich kaum jemand an die Geschwindigkeitsbegrenzung von sechzig, weshalb seine Anspannung wuchs. Nicht auszudenken, wenn sein Mercedes Schaden nahm. Mal abgesehen davon, dass die Ersatzteile schwer zu bekommen waren, wäre es so, als würde er sich selbst verletzen.

Grotewohl wollte zu einer Antwort ansetzen, hatte aber keine Lust, gegen den Fahrtwind anzubrüllen. Zumal sie bemerkte, wie Köhler krampfhaft versuchte, sein heiß geliebtes Gefährt sicher durch den Engpass an der Tunnelbaustelle am Riederwald zu bugsieren. Deshalb schwieg sie, bis sie auf dem Parkplatz der Großmetzgerei in eine Parkbucht für Besucher einbogen. Mit einem Ruck kam der Oldtimer zum Stehen. Kaum war der Motor stotternd erstickt, drehte sich Grotewohl zu ihrem Partner um. Sie sah ihn nur an, sagte aber nichts. Die beiden kannten sich lange und gut genug, um nonverbal zu kommunizieren.

„Mann!", rief Köhler nach ein paar Sekunden. „Ich weiß doch auch nicht, was es ist, aber irgendwas treibt mich hierher. Und ich will diese Sennefeld-Dingsbums auch mal kennenlernen."

„Instinkt?"

„Meinetwegen."

Köhler erwartete, dass Grotewohl ihn einen Narren schimpfen würde, der zu viele CSI-Folgen gesehen hatte. Doch sie starrte ihn nur eine Weile an, sagte schließlich „Okay" und stieg aus.

Mit verdutztem Gesichtsausdruck blieb Köhler sitzen.

„Kommste?"

Köhler zog unbeholfen den Zündschlüssel ab und stieg aus. Er tauschte einen kurzen Blick mit Grotewohl und schlug beschämt die Augen nieder. Sie grinste und ging zur Pforte, wo der namenlose Pförtner sie bereits erwartete.

„Isch hab Ihne schon emal die Ausweis zureschtgelescht", sagte er und reichte ihnen zwei Besucherausweise. „Zu wem wolle Se denn diesmal?"

„Zum Chef und seiner Tochter."

Der Pförtner hob die Brauen.

„Da hawwe Se aber Glick gehabt."

„Wieso?"

„Die sinn nett oft zusammen da."

„Aber heute schon, oder?", wollte Köhler wissen.

Der Pförtner legte einen tadelnden Blick auf.

„Ei, sonst hätt' isch nett gesacht, dass Sie Glick gehabt hawwe." Er schüttelte den Kopf. „Isch dacht, Sie wer'n von de Bolizei. Mannmannmann. Des wird aber nix mit dem Mordfall." Er drehte sich um, ging in seine Bude und drückte die Gittertür auf. Dabei schüttelte er, unentwegt hadernd, den Kopf.

Köhler kam sich reichlich dumm vor, ließ sich das aber nicht anmerken. Bis er das Grinsen Grotewohls sah. „Was denn?"

Sie lachte laut.

„Hör auf zu lachen."

„Ich kann nicht", sagte sie und lachte weiter.

Köhler stapfte davon. Hinter ihm kicherte Grotewohl die ganze Zeit. Vor dem Hauptgebäude drehte er sich um und sagte: „Ich geh da nicht rein, bis du professionell bist."

Sie hob die Hände und unterdrückte nur mühsam ihr Lachen. „Ist ja schon gut."

Wenig später hatten die beiden Ermittler im Wartebereich vor Sennefelds Büro Platz genommen. Am Schreibtisch saß die geschäftige Brünette vom letzten Mal und tippte eifrig auf der Tastatur ihres Computers. Hin und wieder stand sie auf und nahm Formulare aus diversen Schubladen.

„Entschuldigung, dass Sie warten mussten", dröhnte plötzlich die Stimme von Heinz Sennefeld durch den Raum.

Köhler zuckte zusammen und Grotewohl sprang von ihrem Sessel auf.

Der linkische Firmenchef kam auf die beiden zu und hielt ihnen die Hand zur Begrüßung hin. Kurz bevor der Metzger Köhlers Hand ergreifen konnte, erinnerte sich dieser an den letzten Händedruck, der sehr schmerzhaft gewesen war. Er konnte allerdings der schraubstockartigen Begrüßung des Firmeninhabers nicht mehr entkommen, nahm es tapfer und ertrug die Schmerzen, ohne eine Miene zu verziehen.

Grotewohl sah dennoch, wie Köhlers Hand gequetscht wurde. Als Sennefeld schließlich auch ihr die Hand zum Gruß hinhielt, sagte sie: „Sorry, hab mir gestern beim Turnen die Hände verstaucht."

„Oh, tut's weh?"

„Schlimm!", sagte sie und verzog das Gesicht. „Und ausgerechnet beide Handgelenke." Sie schüttelte den Kopf. „Beim doppelten Salto vom Schwebebalken passiert", fügte sie wie selbstverständlich an.

Köhler unterdrückte den Impuls, sie auffliegen zu lassen.

Augenblicke später saßen sie in Sennefelds Büro, wo dessen Tochter sie bereits erwartete.

„Meine Tochter kennen Sie ja schon, Frau Grotewohl", sagte Sennefeld. „Irene, das ist Kommissar Köhler." Die beiden schüttelten einander die Hand, wobei Köhler feststellte, dass dieser Händedruck nahezu perfekt war. Er betrachtete die Juniorchefin und fühlte sich augenblicklich gehemmt. Ihre roten Haare leuchteten im Gegenlicht und der Glanz ihrer Augen raubte ihm den Atem. Die Frau war eine Erscheinung. Von dem Moment an, als sie fragte: „Seit wann arbeiten denn gut aussehende Männer bei der Polizei?", war er in ihrem Bann. Er senkte den Blick und suchte nach seiner Konzentration.

Grotewohl war die Wirkung der schönen Metzgerstochter auf ihren Kollegen nicht verborgen geblieben. „Schon immer“, sagte sie. „Aber die haben alle ihre Macken.“ Sie grinste fies. „Sollte man nicht mit nach Hause nehmen. Schlimmer als Hundewelpen.“

Köhlers Blick wanderte irritiert zunächst zu seiner Kollegin, dann zu Irene Sennefeld-Bauernfeind.

Beide grinsten ihn an.

„Was können wir für Sie tun?“, rettete ihn der Hausherr aus der unangenehmen Situation.

Köhler räusperte sich. Er nahm an dem Konferenztisch Platz und sammelte sich. „Wir wollen noch mal über Herrn Stein reden.“

Die Tochter des Metzgers lächelte und sagte: „Aber das haben wir doch schon getan.“

„Sicher, sicher.“ Köhler versuchte Zeit zu gewinnen. Er hatte sich keinen Plan für dieses Gespräch überlegt, was ihn jetzt in die Defensive brachte. Eine Kettenreaktion brach los. Er ärgerte sich über sich selbst, was ihn unprofessionell wirken ließ. Das wiederum schwächte seine Position und nahm ihm eine gehörige Portion Selbstvertrauen. Nicht zuletzt dies missbilligte seine Kollegin und würde die ganze Veranstaltung hier ad absurdum führen. Leise seufzend schloss er die Augen, kaum länger als ein müdes Blinzeln, und bemühte sich, die Reaktion aufzuhalten.

„Es gibt da noch ein paar Ungereimtheiten, die wir gern mit Ihnen besprechen möchten“, fiel ihm schließlich ein.

„So?“, sagte Irene Sennefeld-Bauernfeind neugierig. „Was sind denn das für Ungereimtheiten?“

Die Arroganz in ihrem Unterton führte Köhler zurück in die Spur. „Warum haben Sie ihn nicht gefeuert?“

Ein kurzes, kaum merkliches Zucken huschte über das Gesicht der Metzgerstochter. „Wie meinen Sie das?"

„Na ja." Köhler war jetzt wieder ganz der Kommissar, der er sein wollte. „Ihr Vorarbeiter hat ja berichtet, dass Stein ständig etwas kaputt fuhr und auch sonst kein Leistungsträger war." Er lehnte sich zurück. „Also … warum haben Sie ihn nicht gefeuert?"

Irene Sennefeld-Bauernfeind lachte unangebracht. „Ich glaube kaum, dass ich mit Ihnen meine Personalpolitik besprechen muss."

„Liebes, bitte sei nicht so unhöflich." Heinz Sennefeld schien das Aufbrausen seiner Tochter zu missfallen.

„Nee, Papa. Das geht die doch gar nichts an!" Ungerührt hielt sie an ihrem Standpunkt fest.

Köhler blieb ruhig. „Ich glaube, liebe Frau Sennefeld-Bauernfeind, bei einer Mordermittlung gibt es keine Fragen, die wir nicht stellen dürfen. Oder was meinen Sie?" Er lehnte sich nach vorn und stützte die Unterarme auf den Tisch. Seine anfängliche Schüchternheit hatte er jetzt völlig abgelegt. „Also? Warum haben Sie Herrn Stein nicht gefeuert?"

Irene Sennefeld-Bauernfeind zögerte. Sie wirkte trotzig.

Köhler hielt ihrem Blick stand und schwieg.

„Also gut", sagte sie schließlich, nachdem sie einen Blick mit ihrem Vater gewechselt hatte. „Ich habe ihn nicht gefeuert, weil es schwer ist, für seine Position Leute zu finden."

„Wenn ich richtig informiert bin, belud er die Lkws mit dem Stapler."

„Ja, das war eine seiner Aufgaben."

„Welche noch?"

Irene Sennefeld-Bauernfeind schien nachdenken zu müssen. „Alles Mögliche", wich sie aus. Sie gab sich nicht viel Mühe zu verbergen, dass sie auf dieses Gespräch keine Lust hatte, und sah auf ihre Uhr. „Wissen Sie, es hat uns schon aus dem Zeitplan geworfen, dass Sie hier einfach ohne Termin aufgetaucht sind. Kommen Sie bitte auf den Punkt."

Köhler grinste. „Der Punkt ist: Warum haben Sie Herrn Stein nicht gefeuert?"

„Das habe ich Ihnen doch gerade erklärt. Ich habe keinen Ersatz für ihn gefunden."

„Seine Aufgaben hätte tatsächlich niemand übernehmen können?"

Ihre Augen verengten sich zu Schlitzen. Irene Sennefeld-Bauernfeind schien nun wirklich sauer zu werden. „Noch mal zum Mitschreiben: Ich diskutiere mit Ihnen nicht über meine Personalpolitik. Ich habe ihn nicht gefeuert, und fertig." Sie straffte sich. „Wir sind keine herzlosen Roboter, Herr Köhler. Bei uns ist der Mitarbeiter noch etwas wert – als Mensch und nicht als Kostenfaktor. Und nur weil Herr Stein das ein oder andere Loch in unser Inventar gefahren hat, haben wir darin noch lange keinen Grund gesehen, ihn zu feuern."

„Aber Sie haben darüber nachgedacht?"

„Nein." Sie verschränkte die Arme vor der Brust. „Habe ich nicht."

„Woher wissen Sie dann, dass es schwer ist, Ersatz für ihn zu finden?"

Sie lachte sauertöpfisch. „Jetzt drehen Sie mir aber die Worte im Mund herum."

Köhler hob die Brauen und machte sich Notizen. Dann sah er sie an und sagte: „Nein, Frau Sennefeld-Bauernfeind. Ich kombiniere. Das gehört zu meinem

Job.“ Er grinste und stand auf. „Ich will Ihnen aber nicht mehr von Ihrer wertvollen Zeit stehlen. Danke für das kurzfristige Treffen. Ich denke, wir werden uns erneut bei Ihnen melden.“

Grotewohl war reichlich verwirrt und stand ebenfalls auf. Sie nickte zustimmend.

Bis zum Auto sprachen die beiden Kommissare kein Wort.

Wenig später saß Köhler nachdenklich hinter dem Steuer. Auf einmal wandte er sich zu Grotewohl um und fragte ungläubig: „Doppelter Salto vom Schwebebalken?“

Instinkte

Müller, Köhler und Grotewohl saßen in ihrem Büro zusammen und tauschten ihre Gedanken zu dem Fall aus. Beim Blick aus dem Fenster zum Innenhof konnte man über dem Flachdach des Präsidiums in einiger Entfernung die Spitze des Sendemastes des Hessischen Rundfunks sehen. Der rot-weiße Mast hob sich schwach vom strahlenden Himmel ab.

„Warum hast du eigentlich auf dieser Personalentscheidung rumgehackt?“, wollte Grotewohl wissen.

„Das war ein Schuss ins Blaue“, gab Köhler zu. „Und als sie darauf angesprungen ist, dachte ich, ich bohre mal nach.“

„Wie es aussieht, hat es sie getroffen. Sie war ziemlich sauer.“

Köhler hob die Schultern. „Das können wir ganz leicht feststellen.“

„So? Und wie?“

„Müller, du hast doch da die Freundin beim Arbeitsamt …“

„Ich glaube, die ist nicht so gut auf mich zu sprechen.“ Müller errötete.

„Was hast du denn jetzt schon wieder verbrochen?“, wollte Grotewohl wissen.

„Na ja, die hat so geklammert …“

Grotewohl rollte mit den Augen. „Egal, ruf sie an.“

„Warum?“

„Ich will wissen, wie viele arbeitslose Staplerfahrer in der Stadt gemeldet sind.“

Christa Becker war seit zweiunddreißig Jahren in der Firma. Sie stand nur wenige Jahre vor der Altersruhe, auf die sie sich nicht wirklich freute. Sie arbeitete gerne. Mal abgesehen von ihren Katzen hatte sie ja sonst nichts. Einmal im Monat ging sie zum geselligen Nachmittag in die Teestube des Frankfurter Verbands in Oberrad und half dort beim Austeilen von Gebäck und Getränken. Christa Becker war unscheinbar. Alles, was ihr Kleiderschrank hergab, war einfarbig. Meist Kostüme in gedeckten Farben. Ihr Haar trug sie naturbelassen grau und immer zu einem Dutt gesteckt. Ihr Gesicht wirkte trotz einiger Falten erstaunlich jungenhaft, da sie sich nicht schminkte. Sie litt an einigen Allergien, weshalb sie weitestgehend auf Kosmetik verzichtete. Man könnte sagen, sie war das Abziehbild einer grauen Maus. Aber sie war gut in dem, was sie tat. Zuverlässig, pünktlich und gewissenhaft. Dass sie die letzten Tage krank im Bett gelegen hatte, war die absolute Ausnahme. Inzwischen war sie aber wieder einsatzbereit, hatte ihre brünette Vertretung abgelöst und gab wie immer alles für die Firma Sennefeld. Christa Becker hatte sich von der einfachen Bürokraft ins Vorzimmer des Chefs hochgearbeitet und war seine unersetzliche rechte Hand. Er vertraute ihr. Sie kannte alle seine geschäftlichen und auch die privaten Angelegenheiten. Sie kümmerte sich darum, dass der Rasen seines Anwesens gemäht wurde, und erinnerte ihn an Jahres- sowie Geburtstage. Sie buchte seinen Urlaub, schickte seiner Frau, als sie noch verheiratet waren, aber auch seinen Liebhaberinnen regelmäßig Blumen. Zum Glück hatte er derzeit weder Frau noch Liebhaberin, was die Sache wesentlich erleichterte. Sie hatte diese Momente, wenn sie seine Untreue decken musste, stets gehasst. Christa Becker wusste beinahe alles über ihn. Es machte ihr nichts aus. Sie war loyal und er ein guter Chef. Er bezahlte gut und pünktlich; und wenn sie mal einen freien Tag brauchte oder ein persönliches Problem hatte, war er für sie da. Nie würde sie ein böses Wort über ihn verlieren. Bei seiner Tochter allerdings war das anders. Sie war ein verzogenes Miststück, das nur durch Geburt in der Geschäftsleitung saß. Diese Frau behandelte Christa Becker wie ihre persönliche Dienstbotin und verhielt sich ihr gegenüber respektlos. Sie war böse, das wusste Christa Becker.

Jetzt saß sie zu Hause in ihrer Zweizimmerwohnung mit Balkon in Oberrad mit ihren drei Katzen und grübelte über das, was ihr widerfahren war, nachdem sie heute Morgen die Kollegin Bornhofen abgelöst und es sich an ihrem Arbeitsplatz bequem gemacht hatte.

Sie war gerade dabei gewesen, die Abschlussberichte der letzten zwei Jahre zu sortieren, als es passierte. Sie hatte sich zu viel aufgeladen und war zu allem Überfluss auch noch mit ihren neuen Schuhen im Teppich hängen geblieben. Um nicht zu stürzen, musste sie den Papierstapel, den sie gerade in der Hand hielt, loslassen. Die einzelnen Blätter fielen genau vor die Tür, die zu Herrn Sennefelds Büro führte. Auf allen vieren kroch sie über den Boden, um das Malheur zu beseitigen. Die Tür war einen Spaltbreit geöffnet. Wahrscheinlich hatte die Juniorchefin sie offen gelassen, als sie wenige Minuten zuvor zu ihrem Vater hineingegangen war. Christa Becker wollte die Tür dezent ins Schloss drücken, als sie Gesprächsfetzen vernahm und neugierig aufhorchte.

„Musste das sein?“, hörte sie den alten Sennefeld zu seiner Tochter sagen.

Diese gab sich bockig. „Was denn?“

„Warum musstest du mit dem Kommissar Streit anfangen?“

Sie schwieg.

„Wir können es nicht gebrauchen, dass die Bullen hier rumschnüffeln.“

„Es ist alles sicher.“

„Wie sicher?“

„Heute Nacht geht die letzte Lieferung raus und der Nachschub für die kommende Woche ist erst mal gestoppt.“

„Gut.“ Sennefeld hielt kurz inne. „Wir müssen zusehen, dass der Fall zügig abgeschlossen wird.“

„So war das ja auch nicht geplant. Ich weiß nicht, warum der Trottel sich nicht an unsere Anweisungen gehalten hat.“

„Es ist nun mal passiert. Wir müssen uns nur bedeckt halten. Und wenn du den Kommissar weiter so blöd anmachst, ist das nicht gerade hilfreich.“

„Hast ja recht“, gab sie zu. „Soll ich mich bei ihm entschuldigen?“

„Seinem Blick nach zu urteilen bist du sein Typ.“

„Du meinst, ich sollte ihn anmachen?“

„Wenn's hilft.“

„Andere Väter würden so was niemals von ihrer Tochter verlangen.“

„Andere Väter führen auch keine illegalen Drogengeschäfte inklusive Auftragsmord mit ihrer Tochter.“

„Na ja, ist ja auch kein ganz so schlechtes Exemplar, dieser Kommissar.“ Sie lachte auf. „Das könnte sogar Spaß machen.“

Heinz Sennefeld räusperte sich vernehmlich. „Wie du das anstellst, ist mir egal. Ich will darüber keine Details, ich will Informationen, die uns den Arsch retten.“

„Zweiundsiebzig." Köhler hob die Brauen und sah Grotewohl triumphierend an.

„Was?"

„Arbeitslose Staplerfahrer", erklärte er. „Und da will die mir erzählen, dass sie keinen Ersatz für Dennis Stein findet?"

„Das heißt doch noch gar nichts." Grotewohl war skeptisch. Sie fingerte sich eine Kippe aus der Packung und spielte damit herum. „Nur weil es in Frankfurt ein paarundsiebzig arbeitslose Staplerfahrer gibt, muss ja nicht zwingend der richtige für sie dabei sein. Außerdem befindet sich die Firma in Rödermark und nicht in Frankfurt."

„Das stimmt alles", gab Köhler zu. „Wir können uns auch gerne noch die Zahlen von Rödermark und Umgebung kommen lassen. Aber das verstärkt nur meine Theorie."

„Welche Theorie?"

„Es muss einen Grund geben, weshalb Stein nicht gefeuert wurde."

„Warum?"

„Jetzt überleg doch mal." Köhler stand auf und griff nach Grotewohls Zigaretten. Er nahm sich eine heraus und bedeutete ihr und Müller mit dem Kopf, ihm auf den Balkon zu folgen. „Wenn du einen Mitarbeiter hast, der dir mehr schadet als nützt, dann schmeißt du den doch raus, oder etwa nicht?"

„Das wissen wir ja gar nicht. Wir wissen nur, dass er das ein oder andere Mal eine Delle fabriziert hat."

„Weshalb er sogar einen Spitznamen bekommen hat." Köhler steckte sich die Zigarette an.

Grotewohl lachte leise. „Steinbruch", murmelte sie und zündete ebenfalls ihren Glimmstängel an.

„Nicht schlecht!“ Müller stimmte in ihr Lachen ein. Dann wurde er ernst. „Das untermauert aber Shafts Theorie.“

„Danke“, sagte Köhler und blies den Rauch aus.

„Was schließen wir daraus?“

Köhler hob seine Zigarette an die Lippen, nahm einen tiefen Zug und stieß theatralisch den Rauch in die Frankfurter Umluft. „Beim Metzger ist was abgelaufen …“

„Wahnsinnswortspiel“, kommentierte Grotewohl gelangweilt.

Venusfliegenfalle

Köhler wollte gerade in seinen 300 SL einsteigen, als sein Handy wie ein Hahn krähte. Er beeilte sich, das Telefon aus seiner Tasche zu ziehen, um nicht unangenehm aufzufallen. Gleichzeitig nahm er sich vor, diesen verdammten Klingelton zu ändern. Irgendeine seiner Wochenenderoberungen hatte ihm den mal eingestellt und er hatte bis jetzt nicht herausgefunden, wie er das rückgängig machen konnte.

„Köhler?"

„Hallo, Herr Köhler?", hauchte eine Frauenstimme in sein Ohr.

Sofort bekam er eine Gänsehaut. „Ja, am Apparat. Wer spricht denn da?"

„Hier ist Irene Sennefeld-Bauernfeind." Die Stimme klang gedämpft.

„Ah …" Köhler begab sich in Habachtstellung und dachte: Woher zum Geier hat die meine Nummer? „Was kann ich für Sie tun?", fragte er.

„Ich fürchte, ich muss mich bei Ihnen entschuldigen", sagte die Metzgerstochter zuckersüß. „Der Tod von Herrn Stein … und auch der seiner Frau … hat uns alle sehr getroffen. Ehrlich gesagt weiß ich nicht so richtig, wie ich damit umgehen soll."

Köhler schwieg.

„Sind Sie noch dran?"

„Ja … Ja. Klar. Entschuldigung."

„Ich würde mein schlechtes Benehmen gerne wiedergutmachen", sagte Irene Sennefeld-Bauernfeind.

„Das müssen Sie nicht", wehrte Köhler ab.

„Doch, doch." Sie hob ihre Stimme, die keinen Widerspruch duldete. „Ich bestehe darauf."

„In Ordnung." Köhler verlor das Interesse. Außerdem wollte er nach Hause. Der Tag war anstrengend gewesen. „Ich nehme Ihre Entschuldigung an und verzeihe Ihnen."

„Das ist mir zu einfach."

„Wie bitte?"

„Wissen Sie ..." Sie zögerte und stieß geräuschvoll die Luft aus. „Ich hab da so eine Macke. Eine einfache mündliche Entschuldigung zählt nicht. Es muss eine Strafe dabei sein."

„Ich bitte Sie, Frau Sennefeld-Bauernfeind."

„Sagen Sie doch bitte ‚Irene' zu mir."

Jetzt wurde es Köhler zu vertraulich. Er sagte aber nichts.

„Wie gesagt ... keine Entschuldigung ohne Strafe."

„Ich werde Sie sicherlich nicht bestrafen, Frau Sennefeld-Bauernfeind." Köhler wurde jetzt formell. „Sie haben sich – auch wenn das gar nicht nötig gewesen wäre – bei mir entschuldigt, und damit ist der Drops gelutscht, wenn ich das so sagen darf."

„Nein, nein", widersprach sie. „Ich bestehe darauf."

Was wurde das jetzt? Köhler widerstand dem Drang, einfach aufzulegen.

„Ich muss das relativieren", sagte sie lachend. „Ich meine keine Bestrafung im Sinne von ... Körperlichkeit. Ich dachte da eher an eine Einladung zum Essen."

Das war Köhler jetzt unangenehm. „Das geht nicht, Frau Sennefeld-Bauernfeind." Wieder versteifte er sich. „Sie sind Teil der Ermittlungen im Mordfall Stein."

„Bin ich etwa eine Verdächtige?"

„Was? Nein! Also zumindest im Moment nicht." Köhler ärgerte sich, dass er diese Frau nicht dominieren konnte. Schließlich war er der ermittelnde Kommissar. Er musste souveräner werden. „Das geht auf keinen Fall!"

„Schade." Köhler konnte beinahe hören, wie Irene Sennefeld-Bauernfeinds Gesicht in Trauer fiel. „Sie sahen mir so aus, als wären Sie ein Freund der guten Küche."

„Bin ich auch."

„Und an Ihrer Kleidung konnte ich erkennen, dass Sie ein Mann mit Stil sind."

„Frau Sennefeld-Bau..."

„Irene", unterbrach sie ihn.

„Ich werde Sie bestimmt nicht mit Ihrem Vornamen ansprechen, Frau Sennefeld-Bauernfeind."

„Aber wir sind doch jetzt privat, Christian."

Ihre Stimme hatte etwas, was ihn in die Enge trieb. Sie war ... sexy. Köhler erschauderte unter einer erneuten Gänsehaut, als sie seinen Vornamen aussprach. „Frau Sennefeld-Bauernfeind, ich beende jetzt dieses Gespräch."

„Bitte nicht!", rief sie hastig. „Das wäre ein Fehler."

„Aha?"

„Ich hätte da vielleicht noch ein paar wichtige Informationen zu Herrn Stein."

„Haben Sie uns die etwa vorenthalten?"

„Nein ... zumindest nicht bewusst. Aber wenn wir uns bei einem guten Essen und einem dazu passenden Wein unterhalten, fällt mir bestimmt eine Menge zu Herrn Stein ein."

Köhler musste zugeben, dass ihm der Gedanke, mit einer schönen Frau in einem diskreten Restaurant zu essen, außerordentlich gut gefiel. Zumal ihm just in diesem Moment der Magen knurrte und ihm bewusst wurde, dass er den ganzen Tag kaum etwas zu sich genommen hatte.

„Kommen Sie schon", quengelte am anderen Ende die Metzgerstochter. „Ich will es wirklich nur wiedergutmachen. Ohne Hintergedanken."

„Warum sind Sie so hartnäckig?"

„Weil ich in der Regel bekomme, was ich will", hauchte sie.

Köhler fand diese Frau faszinierend. Sie war so anders als all die oberflächlichen Bekanntschaften, die er sonst so hatte. Er war geneigt nachzugeben. Dennoch sagte er: „Da sind Sie diesmal wohl an den Falschen geraten", und legte auf. Verwirrt starrte er auf das Handy und schnaufte durch. Dann stieg er in seinen Wagen. Das Gespräch hatte allerdings eine Wirkung hinterlassen. Irene Sennefeld-Bauernfeind war wahrlich keine unattraktive Frau. Aber sie war Teil der Ermittlungen und somit tabu. Er schüttelte den Gedanken an ein Abenteuer mit ihr ab und startete den Motor. Der Oldtimer schnurrte wie eine Raubkatze und setzte sich langsam in Gang. Köhler fuhr zu seinem Stammlokal. Er brauchte jetzt ein Bier und einen Burger.

„Du siehst vielleicht scheiße aus, Shaft", begrüßte ihn der Wirt des Harheimer Stübchens, das nur wenige Meter von seiner Wohnung entfernt lag.

„Ja, hab dich auch lieb", gab Köhler müde zurück. Er setzte sich an die Theke und stützte sich mit den Unterarmen ab.

„Macht dich dieser neue Fall so fertig?", wollte Frank wissen. Frank war der Wirt der unscheinbaren

Kneipe, die in einer engen Gasse im Ortskern lag und so gut wie ausschließlich von Einheimischen besucht wurde. Das Harheimer Stübchen war ein echter Geheimtipp. Auf den ersten Blick mutete es an wie eine Spelunke. Dunkles Holz, uralte Möbel, enge Bestuhlung und eine niedrige Decke. Wenn man in diesem Etablissement aber zum ersten Mal etwas zu essen bestellte, kam man wieder. Frank war ein sensationeller Koch. Er präsentierte zwar nur eine kleine Karte und saisonal bedingte Besonderheiten, aber die waren allesamt eine kulinarische Offenbarung. Und auf den zweiten Blick stellte man fest, dass die Kneipe stets blitzsauber war. Die Toiletten verfügten über den neuesten Standard. Und wer schon einmal das Privileg genossen hatte, einen Blick in die Küche zu werfen, kam aus dem Staunen nicht mehr heraus. Alles war dort vom Feinsten. Hinter dem Haus gab es einen Biergarten, der etwa vierzig Leuten Platz bot. Im Sommer war es hier oft bis auf den letzten Stuhl besetzt. Und da sich die Gäste kannten, saß man hier gerne bis zur Sperrstunde zusammen und tauschte den Dorftratsch aus.

Köhler zählte sich zu den absoluten Stammgästen und genoss gewisse Privilegien. Er bekam immer einen Platz – und wenn dafür ein anderer, meist fremder Gast gehen musste. „Nee, das ist es nicht", antwortete er. „Jedenfalls nicht nur der Fall." Er schwieg kurz und sagte schließlich: „Es sind die Umstände."

„Aha."

Frank wusste, wann es richtig war nachzufragen und wann nicht.

„Mach mir mal ein großes Pils und einen deiner sensationellen Beefburger."

„Kommt sofort."

Köhlers Burger kam nach wenigen Minuten und war wie gewohnt köstlich. Zum Essen trank er drei Pils. Anschließend bestellte er sich noch eines als Absacker.

„Hier, weil das Essen so fettig war", sagte Frank und stellte Köhler einen Verdauungsschnaps neben das Bier. „Geht aufs Haus."

Köhler bedankte sich und kippte den Schnaps in einem Zug die Kehle hinunter. Allmählich wurde es in seinem Kopf unrund. Der Alkohol wirkte. Er nahm sich vor, dass das vor ihm stehende Bier für heute sein letztes sein würde.

Sein Handy machte ein Geräusch, als würde jemand eine Bügelflasche öffnen. Eine SMS. Er zog es aus der Tasche und schaute auf das Display. Die Nachricht war von Irene Sennefeld-Bauernfeind und ihr Inhalt verschlug ihm die Sprache.

Mein Anruf war nur ein Vorwand. Ich will dich wiedersehen.

Ihm wurde schwindelig. Das ging zu weit.

Was soll das heißen?, schrieb er zurück.

Prompt kam die Antwort: *Du gefällst mir.*

Er starrte auf das Display. Alles in ihm schrie, das Gespräch abzubrechen. Aber irgendwie schmeichelte ihm die Anmache.

So?, antwortete er.

Wann können wir uns treffen?

Köhlers erster Impuls war, „Niemals!" zu antworten, stattdessen tippte er: *Wann immer du willst, Sweetheart.* Er grinste. „Is schon 'ne feine Schnitte", murmelte er und legte das Handy auf die Theke.

„Wer?", wollte Frank wissen. Er stand hinter der Theke und spülte Gläser.

„Ach …" Köhler winkte ab. „Ist so ein Schnittchen. Echt heiß. Macht sich an mich ran."

„Na dann … Schnapp sie dir, Tiger!"

Beide lachten.

Wieder machte Köhlers Handy dieses Bügelflaschenöffnungsgeräusch.

Wie wäre es mit jetzt?

Köhler staunte. „Die hat's aber eilig." Zum Glück hatte er noch nicht seinen ganzen Verstand in den Nebel gesoffen.

Heute ist schlecht, schickte er. Dann fügte er an: *Aber morgen Abend hab ich Zeit.*

Daraufhin kam keine Antwort mehr.

Köhler bestellte ein weiteres Bier.

Es wurden noch drei mehr, bevor er ziemlich angeschlagen nach Hause ging. Mühsam schälte er sich aus seinem Dreiteiler. Er gab sich keine Mühe, die Kleidung ordentlich aufzuhängen, obwohl das mit Sicherheit ein paar unschöne Falten in seinem Maßanzug bedeutete. Er duschte hastig und putzte sich die Zähne, wobei ihm bereits die Augen zufielen. Als er im Bett lag und sich auf seinem Smartphone den Wecker stellen wollte, ploppte eine Nachricht auf seinem Display auf, diesmal ohne Geräusch, da er sein Handy bereits auf „nur Wecker" gestellt hatte.

Ich MUSS dich wiedersehen, stand auf dem Display.

Köhler grinste breit. Allerdings war er zu müde, um zu antworten. Das Handy noch in der Hand, schlief er ein.

Bereits wenige Stunden später schlug ihm irgendetwas ins Gesicht. Das dachte er zumindest. Es war der scheppernde Ton seines Handys, der ihn geweckt hatte. „Verdammte Hacke!“, stieß er aus, stöhnte und richtete sich auf, um den Wecker auszustellen. Er langte nach dem Smartphone, wobei irgendetwas in seinem Kopf zu platzen schien. Köhler ächzte und griff sich an die Stirn. „Verdammt noch mal“, murmelte er und ließ sich in sein Kissen fallen. Am liebsten wäre er einfach wieder eingeschlafen, aber das passte nicht zu ihm.

„Wer saufen kann, der kann auch arbeiten“, hatte sein Vater immer gesagt. In Momenten wie diesem fehlte er ihm. Er war im Alter von siebenundvierzig Jahren an einem geplatzten Aneurysma gestorben. Köhler war immer noch mächtig stolz auf seinen Vater. Einst vierter Torwart bei der Eintracht und somit keiner der Stars. Er durfte eine Zeit lang bei den Profis der SGE mittrainieren, hatte aber den Sprung in die Bundesliga nie geschafft. Einige wenige Saisons in der Premier League bescherten ihm einen bescheidenen Reichtum. Zum Ende seiner Karriere galt er in der damaligen Hessenliga als einer der besten Torhüter. Ihm war es zu verdanken, dass Köhler und seine Mutter einen finanziellen Grundstock gehabt hatten, den sie durch geschickten Handel mit Staatsanleihen, Immobilienfonds und diversen anderen Beteiligungen derart vermehren konnten, dass es keiner der beiden wirklich nötig hatte zu arbeiten. Dennoch schleppte seine Mutter ihren massigen Körper jeden Tag zum Bäcker zwei Straßen weiter und verkaufte dort Backwaren. Sie machte das aber eher, um sich mit den Damen des Dorfes bei ihrem morgendlichen Kaffee und einem Plunderstückchen am Stehtisch allerlei Lästereien hinzugeben. Und er war zur Polizei gegangen, weil er als Kind schon davon geträumt hatte, Verbrecher zu fangen, was er immer noch gerne tat – außer an Tagen wie diesen.

„Nie wieder Alkohol!", schwor er sich zum x-ten Male und hievte sich mit Mühe an die Bettkante, wo er gegen die aufkommende Übelkeit ankämpfte. Als er aufstoßen musste, dachte er bereits, dass er auf den Teppich brechen würde, was er jedoch mit allergrößter Anstrengung zu verhindern wusste.

Dann fiel sein Blick auf sein Handy. Das grüne Symbol des Nachrichtendienstes zeigte ihm in roten Zahlen an, dass er vierzehn Nachrichten hatte. Neugierig öffnete er die App und stellte fest, dass alle Nachrichten von Irene Sennefeld-Bauernfeind gesendet worden waren. Er öffnete den Chat. Was er dann sah, gefiel ihm gar nicht. Irgendwie aber doch. Es waren keine Nachrichten, es waren Bilder. Und sie zeigten nur ein Motiv: Irene Sennefeld-Bauernfeind im Negligé. In verführerischer Selfie-Pose und mit sehnsüchtigem Blick rekelte sie sich auf Satinbettwäsche. Darunter schrieb sie, dass sie ihn gerne in diesem Moment bei sich hätte und ihn nach allen Regeln der Kunst verführen wolle. Das letzte Bild zeigte sie mit einem Vibrator in der Hand. Dann folgte die Nachricht, dass sie sich aufgrund seiner Abwesenheit selbst um ihren Orgasmus kümmern müsse, dabei aber an ihn denke.

„Scheiße!", zischte er. „Wie besoffen war ich gestern eigentlich?"

Insgeheim war er geschmeichelt. Er musste zugeben, dass die Bilder ihn anmachten. Irene Sennefeld-Bauernfeind war wirklich eine sehr schöne Frau, die er unter normalen Umständen in sein Bett gezerrt hätte. Solange sie jedoch als Verdächtige infrage kam, war sie für ihn tabu.

„Schade eigentlich." Während er die Bilder erneut betrachtete, ploppte eine Erinnerung auf dem Display auf. Ein Blick auf die Uhr machte ihm deutlich, dass er sich sputen musste, und er verfiel in Hektik. Dabei vergaß er fast, den Chatverlauf zu löschen. Er sah sich die verführerischen Bilder noch ein letztes Mal an und löschte sie schließlich widerstrebend.

Falsche Nachricht

Christa Becker verachtete die Juniorchefin aus ganzem Herzen. Diese Göre, die sich aufspielte, als hätte sie die Welt erfunden. Insbesondere die Welt der Großmetzgerei Sennefeld. Kein Wunder, dass sich ihr Mann nach nur drei Jahren Ehe hatte scheiden lassen. Seither hatte sie auch keinen neuen mehr gefunden. Zumindest keinen, der es länger als ein paar Nächte bei ihr ausgehalten hätte. Dieses schnippische Weib hatte nichts zum Aufbau der Firma beigetragen. Ihr Vater hatte aus einer Dorfmetzgerei ein Unternehmen geformt, das jeden Tag Tonnen von Fleisch zu allem Möglichen verarbeitete und die Produkte in aller Herren Länder verschickte. Und das in bestmöglicher Qualität. Darauf war er all die Zeit zu Recht stolz gewesen. Und dann hatte die Tochter ihr Studium beendet, und auf einmal war hier alles anders gewesen. Von da an hatten wirtschaftliche Gesichtspunkte den Ton angegeben. Bilanzen hatten den gesunden Menschenverstand und den unternehmerischen Instinkt ersetzt. Alles war rationalisiert und automatisiert worden. Die kleine Göre nannte das „sich den modernen Anforderungen des Geschäfts anpassen". Bei dem Gedanken musste Christa Becker aufstoßend lachen.

„Was ist denn so witzig?", fragte die „kleine Göre" hinter ihr.

Christa Becker erschrak und hätte beinahe die Akten fallen lassen, die sie soeben aus dem Schrank genommen hatte. „Mein Gott, Fräulein Sennefeld", sagte sie und atmete schwer, „jetzt haben Sie mich aber erschreckt!"

„Wie oft soll ich Ihnen noch sagen, dass ich nicht das Fräulein Sennefeld bin?" Irene Sennefeld-Bauernfeind legte den Kopf schief und setzte einen strengen Blick auf.

„Entschuldigen Sie, Frau Sennefeld-Bauernfeind. Ich kann mich einfach nicht daran gewöhnen ..."

„Sie sollten aber so langsam begriffen haben, dass ich nicht mehr das kleine Mädchen bin, das unter dem Schreibtisch Ihres Chefs mit Puppen spielt. Ich bin jetzt die Geschäftsführerin und ich fordere von meinen Mitarbeitern den Respekt, den ich mir verdient habe."

Schuldbewusst senkte die Sekretärin den Blick. „Selbstverständlich, Frau Sennefeld-Bauernfeind."

Die streckte mit aufforderndem Blick die Hand aus und schnippte ungeduldig mit den Fingern, als Christa Becker nicht reagierte: „Die Akten!", forderte sie.

„Was?" Die Sekretärin stand neben sich. „Ach so ... ja, sicher." Sie händigte ihrer Chefin die gewünschten Akten aus.

Irene Sennefeld-Bauernfeind griff danach und drehte sich wortlos um. Sekunden später war sie in ihrem Büro verschwunden.

„Ein Dankeschön wäre durchaus passend gewesen", brummte Christa Becker und ordnete ihre Kleidung, um ihre Selbstachtung wiederzuerlangen. Sie straffte sich und kehrte zurück an ihren Schreibtisch.

Sekunden später stürmte Irene Sennefeld-Bauernfeind erneut in das Vorzimmer. „Ich sagte, alles zwischen 2017 und 2018, Frau Becker!", rief sie wütend und knallte einen der soeben erhaltenen Aktenordner auf den Tisch. „Was ist daran so schwer?"

Christa Becker betrachtete den Ordner. Auf dessen Rücken stand: „Lieferanten 2016". Sie hatte einen Ordner zu viel herausgesucht, was in ihren Augen nicht weiter schlimm war. Das sah die Juniorchefin wohl anders.

„Wenn ich eine Anweisung gebe, dann erwarte ich, dass sie ordnungsgemäß ausgeführt wird." Sie stemmte die Hände in die Hüften.

„Aber Sie haben doch die angeforderten Jahre, oder nicht?", fragte Christa Becker sicherheitshalber nach.

„Das spielt keine Rolle." Irene Sennefeld-Bauernfeind hatte ihre Lippen zu schmalen Streifen zusammengepresst. Sie stützte sich mit beiden Händen auf Christa Beckers Schreibtisch und beugte sich auffordernd nach vorn. „Wenn ich Ihnen etwas auftrage, dann will ich nicht mehr als das, aber auch nicht weniger. Kapiert?" Sie richtete sich wieder auf und verschränkte die Arme vor ihrer Brust. „Oder schaffen Sie das in Ihrem Alter nicht mehr und ich muss mich nach etwas ...", sie musterte ihre Gegenüber abschätzig und hielt kurz inne, bevor sie fortfuhr: „Frischerem umsehen?"

Christa Becker war dermaßen schockiert, dass ihr keine Erwiderung einfiel. Sie senkte den Blick und sagte: „Es kommt nicht wieder vor."

„Davon gehe ich aus." Irene Sennefeld-Bauernfeind machte auf dem Absatz kehrt und zog eine Parfümfahne hinter sich her, die einen aufdringlichen Duft hinterließ.

Verunsichert blieb Christa Becker zurück. Sie spürte, wie in ihrem Innern der Hass auf dieses Weib, das sie schon ihr ganzes Leben lang kannte, bald ins Unermessliche wuchs.

„Müller, was gibt's Neues?", fragte Ballauf. Er war an diesem Morgen eher mürrisch.

Der junge Kollege rappelte sich aus seiner bequemen Sitzhaltung auf und räusperte sich. „Also, ich denke, wir haben da was gefunden", sagte er. Seine Unsicherheit war ihm anzumerken. „Ohne jetzt zu viel reininterpretieren zu wollen, aber wir haben uns auf Steins Schulden konzentriert und denken, dass er sich bei den falschen Leuten Geld geliehen hat."

„Beweise?", bellte Ballauf.

Müller griff sich an die Nasenspitze und wurde noch nervöser, als er es schon war. „Na ja ..." Wieder räusperte er sich und rutschte auf seinem Stuhl hin und her. „Das ist nur eine Theorie. Ich ..."

„Boah", machte Ballauf und warf den Kopf in den Nacken. „Was soll der Scheiß? Ich will Ergebnisse und keine Vermutungen."

„Ich glaube, Müller war noch nicht fertig", legte sich Köhler, der enorme Kopfschmerzen hatte, für seinen Kollegen ins Zeug. „Und ich fände es sinnvoll, wenn du uns nicht ständig ankacken würdest, Sascha. Das ist kontraproduktiv! Der Junge macht seine Arbeit, und das Mindeste, was du ihm schuldest, ist der Respekt vor seinen Ergebnissen. Also wäre es echt nett von dir, ihn wenigstens ausreden zu lassen, bevor du ihn noch mehr verunsicherst."

Ballauf starrte Köhler an. Die übrigen Anwesenden waren in staunendem Schweigen gefangen. Köhler hielt dem bohrenden Blick seines Chefs mühelos stand. Alle im Raum warteten auf den Ausbruch des

Ballaufvulkans. Doch dann sagte Ballauf: „Okay, du hast recht." Er winkte Müller auffordernd zu. „Weitermachen!" Alle im Raum atmeten auf und staunten angesichts dieser nie dagewesenen Situation.

Müller brach das Schweigen und fuhr mit seinen Ausführungen fort. „Wie gesagt, wir vermuten, dass er im Spielermilieu an die Falschen geraten ist und die ihr Geld wiederhaben wollten. Da er nicht zahlen konnte, hat man ihn kurzerhand vom Balkon geworfen."

„Aber warum auch die Frau?", gab Grotewohl zu bedenken.

„Kollateralschaden", kommentierte Müller emotionslos.

„Ich weiß nicht ..." Grotewohl schien der Theorie nichts abgewinnen zu können.

„Was ist mit dem Laptop?", wollte Köhler wissen.

Der Blick der Truppe fiel auf Laußner, dessen Aufgabe das gewesen war. Er aß einen Apfel und hatte gerade hineingebissen, als sein Name fiel.

„Waff?", sagte er mit vollem Mund, als er bemerkte, dass ihn alle ansahen. Er kaute hastig. „Momemmd", mümmelte er und hob die Hand. Er schluckte hart, hustete und sagte: „Kann man mich wenigstens mal vorwarnen ..."

Ballauf war anzusehen, dass er kurz vor der Explosion stand. Köhler schaffte es, ihn mit einem Blick ein wenig zu beruhigen.

Laußner legte den Apfel auf den Tisch und sortierte seine Unterlagen. „Also, wir sind zwar noch nicht komplett durch mit dem Ding, aber so richtig weiter bringt uns das nicht. Schmidt wollte noch mal durch die gelöschten Dateien gehen und sie wiederherstellen ..."

„Mach ich noch heute“, warf Schmidt hastig ein und hob die Hand zum Schwur. „Versprochen!“

Ballaufs Blick fiel in die Runde. Keiner der anderen sagte etwas, sie waren sich aber alle bewusst, dass der Chef nicht zufrieden war. Er griff sich an die Nasenwurzel und stand auf, die freie Hand in die Hüfte gestemmt.

„Okay …“, sagte er gedehnt. „Ich will hier nicht rumbrüllen“, er sprach jetzt leise, ein drohender Unterton war jedoch nicht zu überhören, „aber wenn ihr mir nicht bald Ergebnisse liefert, die wenigstens danach riechen, dass sie uns weiterbringen, weiß ich nicht, wie ich reagiere. Ich denke, das ist bei jedem hier angekommen.“ Er blickte in die Runde. Außer Köhler hatten alle den Blick gesenkt. Ballauf sah Köhler an und sagte: „Ich mach dich dafür verantwortlich, Shaft.“

Köhler hielt dem Blick stand und antwortete ruhig: „Ist mir schon klar. Schockt mich aber nicht. Wir tun, was wir können. Ich denke, ich spreche hier für das gesamte Team, wenn ich sage, dass wir alles dafür geben, den Fall zu lösen.“ Er stand auf, sammelte seine Unterlagen ein, schob sie sich unter den Arm und stellte sich direkt vor seinen Vorgesetzten. „Und da kannst du so viel rumbrüllen, wie du willst. Manchmal gewinnen die Bösen.“

„Junge, du hast Eier!“, tönte Müller, als sie wieder in ihrem Büro waren. Er ließ sich in seinen Drehstuhl fallen und lachte.

„Ballaufs Gebrülle geht mir auf den Sack“, erklärte Köhler. „Als ob es die Sache besser machen würde. Wir tun doch schon alles Menschenmögliche. Da muss man nicht noch die Leute unnötig unter Druck setzen. Und schon gar nicht die jungen."

Grotewohl hob skeptisch die Brauen.

„Was?", fragte Köhler.

„Du solltest es dir nicht mit Ballauf verscherzen", riet sie.

„Ich kann das nicht haben. Soll er doch selber seinen Arsch bewegen und mitarbeiten." Köhler kam in Fahrt. „Sich jeden Morgen vor die Truppe zu stellen und nach Ergebnissen zu brüllen, hilf uns auch nicht."

„Jaja", sagte Grotewohl beschwichtigend. „Jetzt reg dich mal ab und lass uns wieder an die Arbeit gehen."

„Ist doch wahr", meinte Köhler und fummelte sich eine Zigarette aus der vor ihm liegenden Packung. „Ich geh jetzt erst mal eine rauchen. Kommste mit?"

„Nee." Grotewohl winkte ab. „Will es mir abgewöhnen … wegen dem Kind und so."

Köhler sah Grotewohl staunend an.

„Ja. Ist so. Ich hör auf", verteidigte sich Grotewohl.

Köhler zuckte mit den Schultern und begab sich in die Raucherecke.

Grotewohl hatte gerade wieder ihre Arbeit aufgenommen, als Köhlers Handy das gewohnte Bügelflaschenöffnungsgeräusch von sich gab. Und zwar mehrmals hintereinander. Da das Handy in Grotewohls Blickfeld nahe an ihrem Arbeitsplatz lag, kam sie nicht umhin, draufzuschauen, als die Vorschau der eingegangenen Nachrichten angezeigt wurde. Was sie da sah, verschlug ihr den Atem. Verstohlen sah sie hinüber zu Müller, der angespannt auf den Bildschirm seines PCs starrte. Außer ihnen war niemand im Raum. Sie überlegte, ob sie sich vergewissern sollte, was sie soeben gesehen hatte. Eigentlich war sie nicht der Typ, jemandem hinterherzuschnüffeln, aber in diesem Fall konnte sie nicht anders. So unauffällig wie möglich zog sie das Handy zu sich heran. Müller war derart in seine Arbeit vertieft, dass er es nicht bemerkte. Entschlossen tippte sie auf das Display. „Verdammte Scheiße!", stieß sie aus.

„Was?", fragte Müller.

„Nix ... hab mich am Tacker gepikst."

„Ach so."

Sie starrte auf das Display. Unter dem Namen des Absenders, Irene Sennefeld-Bauernfeind, las sie: *Guten Morgen, du Hengst. War schön gestern.* Grotewohl überlegte kurz, ob sie das Handy entsperren sollte, um mehr herauszufinden, oder ob das zu weit ging. Sie kannte das Wischmuster, mit dem Köhler sein Handy sicherte. So wie er ihres kannte. Das war eine Art Absicherung, denn in ihrem Job konnte man nie wissen, wann man mal das Handy des Partners brauchte. Sie zögerte, schließlich siegte aber ihre Neugier. Entsetzen stand in ihren Augen, nachdem sie den Nachrichtendienst geöffnet hatte. Unter der Nachricht befand sich ein Foto von Irene Sennefeld-Bauernfeind. Sie trug lediglich ein sehr knappes Höschen und warf eine Kusshand in die Kamera. Sekunden später hörte Grotewohl Schritte auf dem Flur. Vor Schreck wäre ihr beinahe das Handy aus der Hand gefallen. Sie schaffte es gerade noch, es unauffällig an seinen Platz zurückzulegen. Schweigend sah sie Köhler an, der in diesem Moment den Raum betrat.

„Wer ist das da vor der Tür?", wollte er wissen.

Müller und Grotewohl sahen sich mit fragendem Blick an.

„Ich weiß von nichts", sagte Müller, während Grotewohl die Schultern hob.

„Und warum sitzt die Frau dann da draußen?"

Grotewohl rollte mit den Augen. „Wir haben dir doch soeben zu verstehen gegeben, dass wir nicht wissen, wer da vor unserer Tür sitzt. Warum sollten wir dann das Warum kennen?"

„Macht Sinn", erkannte Köhler. „Vielleicht will sie ja gar nicht zu uns."

„Wenn es dich so neugierig macht, dann frag sie halt", schlug Grotewohl vor.

Köhler bemerkte einen leicht schnippischen Unterton in ihrer Stimme. „Is was?", fragte er.

„Was soll denn sein?"

„Ich höre da was in deiner Stimme."

„Bin erkältet."

Köhler starrte Grotewohl an, doch sie ignorierte ihn. Zumindest für eine Weile.

„Was?!", rief sie, als Köhler nicht aufhörte, sie anzustarren.

„Schätzelein", sagte er freundlich, „wir arbeiten jetzt schon eine ganze Weile zusammen. Ich merke doch, wenn dir was auf der Laus liegt."

„Leber."

„Bitte?"

„Es heißt Leber … nicht Laus."

„Meinetwegen." Köhler rutschte mit seinem Drehstuhl an Grotewohls Seite. „Also, wo sticht dich der Schuh?"

Grotewohl atmete tief durch. „Drückt, Shaft, der Schuh drückt!"

„Tut er das?"

„Ja."

„Wo genau?"

Grotewohl entgegnete nichts, sondern gab vor, irgendetwas unheimlich Wichtiges im Internet zu recherchieren. Köhler jedoch blieb neben ihr sitzen und ließ sie nicht aus den Augen. Schließlich gab sie es auf. Sie schlug auf den Tisch, sprang auf und sagte: „Gut, du hast es so gewollt. Mitkommen!"

„Jawoll, Herr General!" Köhler grinste.

„Und nimm dein Scheißhandy mit!"

Köhler war überrascht, griff aber nach dem Handy und folgte seiner Kollegin. Die Frau, die vor der Tür auf einer der Wartebänke saß, blickte ihnen erwartungsfroh entgegen und sagte: „Entschuldigen Sie bitte, ich …"

„Wir sind sofort bei Ihnen", fuhr ihr Grotewohl über den Mund und eilte den Gang hinunter.

Köhler schenkte der Frau ein Lächeln. „Klein' Moment", nuschelte er und lief weiter.

Grotewohl öffnete eine Tür nach der anderen, bis sie einen Raum fand, der ihr geeignet erschien, ihren Kollegen mit ihrer Entdeckung zu konfrontieren. Nachdem sie beide eingetreten waren, schloss sie die Tür und prüfte noch einmal, ob sie auch wirklich allein waren.

Köhler war das Verhalten seiner Kollegin suspekt. „Was ist denn mit dir los? Ist die Stasi wieder aktiv?" Er lachte verlegen.

Grotewohl war nicht zum Scherzen zumute. Sie stellte sich vor ihm auf und machte ein Gesicht wie sieben Tage Regenwetter. Spätestens jetzt musste ihm klar sein, dass er sich auf eine Standpauke einzustellen hatte. „Bist du eigentlich völlig schwanzgesteuert, du Vollidiot?", presste Grotewohl durch die Zähne.

„Wie bitte?“

„Tu nicht so, du bescheuerter ...“ Grotewohl suchte nach dem passenden Wort, fand aber keines. „Was weiß ich“, sagte sie und fuchtelte mit den Händen. „Ich könnte dir glatt eine in deine dämliche Fresse schlagen.“

„Jetzt mal langsam.“ Köhler konnte sich den Wutausbruch nicht erklären. „Vielleicht teilst du mir erst mal mit, was dich so wütend macht.“

Statt zu antworten, nahm ihm Grotewohl das Handy aus der Hand und schüttelte es direkt vor seinem Gesicht. „Lies gefälligst die Nachrichten, die du vor ein paar Minuten bekommen hast.“

Köhlers Blick verriet Verwirrung, er begriff aber schnell. „Hast du schon mal was von Privatsphäre gehört?“

„Du weißt sehr wohl, dass so was nicht geht“, entgegnete Grotewohl, ohne auf seine Frage einzugehen.

Köhler hob die Hände, als wollte er sich verteidigen. „Da war nichts.“

„Sieht für mich anders aus.“

Köhler machte eine genervte Geste. „Da. War. Nichts.“ Er betonte jedes einzelne Wort. „Ich schwöre!“

„Wie kommen dann solche Nachrichten zustande?“

„Sie hat mich angemacht, ja, das gebe ich zu.“ Köhler nahm das Handy wieder an sich. „Aber ich bin nicht darauf eingegangen.“ Insgeheim jubilierte er, dass er daran gedacht hatte, den Chatverlauf zu löschen. Nicht auszudenken, wenn Grotewohl die gestrigen Bilder und Nachrichten auch gesehen hätte.

Grotewohl verschränkte die Arme vor der Brust. Sie tippelte mit dem Fuß.

„Warum schnüffelst du mir eigentlich nach?“ Köhler hatte jetzt die Oberhand.

„Hab ich nicht."

Köhler sagte nichts, sein Blick sprach jedoch Bände.

„Das Handy lag auf dem Tisch, und da ... und da kam eine Nachricht, und zufällig habe ich gesehen, dass ... dass die SMS von der Bauernfeind kam, und ..."

„Da hast du gedacht, der Shaft vögelt 'ne Zeugin, oder was?", vollendete Köhler ihr Gestammel.

„Nein ... ja ... ich weiß nicht, Mann." Grotewohl schämte sich. „Ich wollte nicht spionieren. Aber du musst doch zugeben, dass ich bei so einer Nachricht hellhörig werde und mir Sorgen mache." Ihr traten Tränen in die Augen.

„Jetzt hör auf zu heulen." Köhler nahm sie in den Arm. „Ich hab nix mit der. Und ich werde auch nichts mit ihr anfangen, zumindest nicht, solange die Ermittlungen laufen."

„Arschloch!", murmelte Grotewohl in seine Brust.

„Und du hörst auf, mein Handy zu filzen."

Sie nickte und zog ihn fest an sich. In diesem Moment ging die Tür auf und Schmidt und Laußner standen im Rahmen. Eine Weile schwiegen alle. Grotewohl und Köhler lösten sich voneinander.

„Wie nennt man das nun?", fragte Schmidt. „Bist du schwul geworden, Köhler, oder ist Grotte zurück an unser Ufer gekommen?"

Laußner lachte dreckig und Schmidt fiel mit ein. Er fand seinen Scherz extrem gelungen und klatschte sich mit Laußner ab.

„Weder noch, Schmidt", sagte Grotewohl schnippisch. „Das nennt man Freundschaft. Etwas, was du nie erfahren wirst, du Muttersöhnchen."

Schmidt hörte auf zu lachen. Da hatte sie tatsächlich einen wunden Punkt getroffen. Er lebte nämlich immer noch bei seiner Mutter, die ihn völlig vereinnahmte. Für einen Fünfzigjährigen war das ein echtes Problem. Er durfte weder Frauen noch Männer in sein Zimmer mitbringen und hatte bis maximal 22 Uhr Ausgang. Wenn er auch nur eine Minute später nach Hause kam, bekam seine Mutter einen Anfall, der meist in einer Hyperventilation endete. Er sehnte sich nach einem normalen Leben mit Freunden und einer Frau, brachte es aber nicht übers Herz, auszuziehen und sich eine eigene Bleibe zu suchen.

Köhler zwängte sich an den beiden vorbei. Begleitet von einem strengen Blick sagte er: „Ihr habt das nie gesehen, klar?"

Schmidt und Laußner nickten und sahen zu ihm auf. Köhler überragte sie um gut und gerne fünfzehn Zentimeter, was in dieser Situation sehr beeindruckend wirkte.

Als Grotewohl wieder in ihr Büro gehen wollte, versuchte die wartende Frau erneut, sich bemerkbar zu machen. Doch Grotewohl bat sie ein weiteres Mal um Geduld. Auch Köhler war nicht nach einer Vernehmung zumute. Er ignorierte die Frau einfach.

Die wiederum saß da, als wäre der Bus, der ihr ihren Liebhaber bringen sollte, nicht gekommen. Sie war adrett gekleidet und hielt ihre Handtasche mit beiden Händen auf ihren Knien fest. Hätte auch nur einer der Polizisten genau hingesehen, wäre bemerkt worden, dass die Frau, die etwa Mitte fünfzig war, mit sich kämpfte. Sie war verängstigt und unschlüssig, ob sie überhaupt hier sein sollte. Da man sie inzwischen mehrfach vertröstet hatte und es ihr fernlag, sich aufzudrängen, erhob sie sich, richtete ihre Garderobe und ging. Christa Beckers Zeit war zu kostbar, um sie mit Ignoranten zu verplempern.

Erpressung?

„Irgendwie stecken wir fest", resümierte Müller.

„Was ist denn jetzt mit dem Laptop?", fragte Grotewohl.

„Den hat sich doch der Schmidt gekrallt."

Grotewohl stand auf.

„Wo willst du hin?", wollte Köhler wissen.

„Dem Vollpfosten mal ein bisschen Dampf unterm Hintern machen."

„Warte!" Köhler schnappte sich seine Jacke. „Das schau ich mir an."

Wenig später standen sie vor Schmidts Schreibtisch. Tatsächlich schien er sich mit Dennis Steins sichergestelltem Laptop zu beschäftigen. Er saß in einem kleinen Raum, in den nur durch zwei schmale Oberlichter Tageslicht hereinfiel. Die Wände waren aus Kunststoff und der Schreibtisch, an dem Schmidt saß, war komplett leer. Nur der Laptop und ein alter Laserdrucker standen darauf. In einem ansonsten leeren Regal an der Wand befand sich ein uralter Vollautomat, der allerdings erstaunlich schmackhaften Kaffee bereitete. Viele Kollegen kamen hierher, nur um sich am Automaten zu bedienen. Dieser Raum wurde auch die Besenkammer genannt. Hierhin zog man sich zurück, wenn man konzentriert und ohne jegliche Ablenkung arbeiten wollte.

„Und?", eröffnete Grotewohl. „Schon was entdeckt?"

„Du wirst es nicht glauben, Grotte." Schmidt lehnte sich zurück und faltete die Hände hinter dem Kopf.

„Manchmal bin ich echt ein Genie", lobte er sich und nickte in Richtung Laptop.

Köhler und Grotewohl flankierten ihn und schauten auf den Bildschirm. Dort war ein Word-Dokument geöffnet.

„Das ist ein Erpresserschreiben", erkannte Köhler.

„Okay, ich bin hier nicht das einzige Genie", kommentierte Schmidt sarkastisch. „Sehr gut erkannt, Shaft."

„Och, Schmidt, tust du mir einen Gefallen?", fragte Köhler.

„Klar."

„Hältst du für einen Moment die Fresse und lässt echte Polizisten nachdenken?"

Schmidts Laune war dahin.

„Geh mal beiseite", sagte Grotewohl und schob Schmidt samt Stuhl vom Laptop weg.

„Hey, was soll denn das?"

Grotewohl und Köhler starrten auf den Bildschirm und ignorierten die Proteste ihres Kollegen.

„Das ist meine Entdeckung, nur dass das klar ist!", moserte der Geschasste.

„Wir sind ein Team, schon vergessen?", wies ihn Grotewohl zurecht. „Da gibt es kein Mein und Dein. Da gibt es nur ein Wir."

„Aber …"

Grotewohl drehte sich zu Schmidt um und setzte ihren gefürchteten Blick auf, der bisher noch jeden zum Schweigen gebracht hatte. Dieser Blick hatte zudem bei so manchem Verhör zu einer unerwarteten Wendung geführt. Auch diesmal verfehlte er seine Wirkung nicht. Schmidt verstummte umgehend. Grotewohl wandte sich wieder dem Laptop zu.

„Der wurde nicht zu Ende geschrieben“, sagte Köhler schließlich. „Der hört mitten im Satz auf.“

„Vielleicht hat es sich Stein anders überlegt“, kommentierte Schmidt.

„Oder er wurde gestört“, spekulierte Grotewohl.

„Aber er hatte den Brief gespeichert, sonst wäre er ja nicht im Papierkorb gewesen.“

„Blöd nur, dass da nicht steht, worum es eigentlich geht.“ Grotewohl las zum dritten Mal den unvollendeten Erpresserbrief. Sie schüttelte den Kopf. „Mist, das bringt uns nicht wirklich weiter!“

„Da bin ich anderer Meinung“, sagte Köhler. „Wir wissen jetzt, dass er sich mit den Falschen angelegt hatte. Irgendeine Person oder Bande, die sich nicht erpressen lässt.“

„Aber vielleicht hat er das ja gar nicht“, meldete sich Schmidt zu Wort, der mittlerweile an der Kaffeemaschine nachtankte. „Er hat den Brief ja nicht vollendet.“

„Vielleicht hat er ein anderes Medium genutzt. E-Mail oder ganz klassisch … Zeitungsschnipsel.“

„Oder es mündlich gemacht.“

Die drei Ermittler saßen rund um den Laptop und grübelten. Jeder für sich. Solch eine Harmonie hatte es selten zwischen ihnen gegeben.

„Bist du schon komplett durch mit dem Laptop?“, brach Köhler das Schweigen.

„Nicht ganz, aber fast.“

„Dann mach das erst mal fertig. Vielleicht findest du ja noch was.“

„Mach ich.“

„Im Moment fehlt mir ein Ansatz“, gab Köhler zu, als sie wieder in ihrem Büro waren. Er stand vor einem

Whiteboard, auf dem sie sich eine Übersicht zu ihrem Fall verschafft hatten. Seine Hände in die Hüften gestemmt, starrte er auf die zahlreichen Bilder und die notierten Hinweise. „Wen oder was wollte Stein erpressen und womit? Und hat er es überhaupt getan?"

„Ich denke schon", sagte Grotewohl. „Weshalb hätte man ihn dann umbringen sollen?"

„Und warum seine Frau gleich mit?"

„Vielleicht haben sie gemeinsam jemanden erpresst."

Köhler drehte sich zu Grotewohl um.

„Hatte Frau Stein einen PC oder einen Laptop?"

Grotewohl zuckte mit den Schultern und gab die Frage an Müller weiter.

Dieser blätterte in vor ihm liegenden Unterlagen. „Moment, hab's gleich", sagte er und suchte weiter. „Ah, da hab ich's ja." Er hob ein Blatt hoch und las angestrengt. Dann schob er die Unterlippe vor. „Soweit ich das sehe ... oder warte." Er kniff die Augen zusammen. „Verdammte Sauklaue", murmelte er. „Komm mal her", forderte er Grotewohl auf. Als sie bei ihm war, tippte er auf ein Wort und fragte: „Könnte das ‚Laptop' heißen?"

Grotewohl starrte auf das Wort.

„Mit viel Fantasie ... schon." Sie nahm das Blatt in die Hand und hielt es ins Licht. Es handelte sich um die Inventarliste mit den Dingen, die aus Jennifer Steins Wohnung beschlagnahmt worden waren. „Wer hat das geschrieben?", wollte Grotewohl wissen.

„Laußner, soweit ich weiß", sagte Müller.

„Hol mir den mal her!"

Müller griff zum Telefon und wählte die Kurzwahl des Kollegen. „Du sollst mal zu Grotte kommen", sagte er daraufhin ohne Gruß. „Nein, sofort ... ist dringend."

Wenige Augenblicke später betrat Laußner den Raum. „Was gibt es denn so Dringendes?“, fragte er genervt.

Grotewohl hielt ihm die Inventarliste hin und sagte: „Wenn du nicht so eine Sauklaue hättest, würden wir dich nicht bitten müssen. Und überhaupt, warum ist die Liste noch nicht sauber abgetippt, ausgedruckt und archiviert?“

„Was weiß ich?“ Laußner gab sich patzig. „Was ist denn jetzt, ich habe noch andere Sachen zu tun, als mich wegen meiner Handschrift ankacken zu lassen.“

„Was soll dieses Wort bedeuten?“ Grotewohl trat neben ihn und hielt ihm die Liste hin. Sie zeigte auf das zu entschlüsselnde Wort.

Laußner kniff die Augen zusammen. Er nahm Grotewohl den Zettel aus der Hand und hielt ihn auf Abstand. Dabei zog er die typische Grimasse eines Weitsichtigen, der seine Brille nicht aufgesetzt hatte. „Laptop“, sagte er schließlich und gab den Zettel zurück. „Sonst noch was?“

„Danke, das war's.“ Grotewohl entließ Laußner mit einem königlichen Wedeln ihrer rechten Hand.

Leise vor sich hin murrend verließ Laußner den Raum.

„Wo ist das Ding?“

„Welches Ding?“, wollte Müller wissen.

„Der Laptop von der Stein?“

„Na in der Asservatenkammer, hoffe ich doch.“

Grotewohl sah Müller auffordernd an.

„Was?“

„Was wohl?“

„Ich geh ja schon.“

Es dauerte eine Weile, bis Müller zurückkam. „Da ist das Ding“, sagte er und legte einen transparenten Beutel auf den Tisch. Darin war ein Laptop verpackt.

„Prima“, sagte Grotewohl und nahm den Laptop heraus. „Dann wollen wir mal.“

„Ach …“, machte Müller. „Bevor ich es vergesse.“ Er holte einen Zettel hervor. „Irgendeine Frau Becker wollte mit einem von euch sprechen. Hat mir der Pförtner in die Hand gedrückt.“ Er gab den Zettel an Köhler weiter.

Der blickte kurz darauf und fragte: „Hat er gesagt, warum sie mit uns sprechen will und wer sie ist?“

„Nö.“

„Dann hat's Zeit.“ Er zerknüllte den Zettel, warf ihn weg und hatte ihn schon vergessen, bevor er im Papierkorb lag.

Es dauerte eine Weile, bis sie den Laptop durchsucht hatten. Zu ihrem Glück war die Passwortsperre bereits entfernt worden, sodass ihnen diese Hürde erspart blieb.

Jennifer Stein hatte offensichtlich den Laptop nicht sehr oft benutzt. Es fanden sich kaum Programme darauf.

Die wenigen verfügbaren Dateien waren schnell gesichtet. „Nichts Besonderes zu finden.“ Müller lehnte sich enttäuscht zurück.

„Hast du den Papierkorb durchsucht?“, wollte Köhler wissen.

„Nee.“ Müller beugte sich wieder vor und klickte auf das Papierkorbsymbol, das einsam auf dem Desktop zu sehen war.

Köhler und Grotewohl stellten sich hinter ihren Kollegen und sahen ihm über die Schulter. „Letzte Chance“, murmelte Müller und scrollte durch die Liste der gelöschten Dateien.

„Stopp!“, rief Köhler und zeigte auf den Bildschirm. „Da, mach die mal auf!“

Müller öffnete die betreffende Datei. Es dauerte eine Weile, bis ihr Inhalt sichtbar wurde. Das Gerät war nicht mehr das neueste. Als sie die Datei lesen konnten, zeigten sich die Ermittler hocherfreut.

„Das ist der Erpresserbrief", erkannte Grotewohl. „Nur diesmal komplett."

„Wie es aussieht, wollte Stein seinen Laptop sauber halten und hat stattdessen den seiner Frau genommen."

„Wir wissen immer noch nicht, ob sie womöglich gemeinsam in die Sache verwickelt waren", gab Müller zu bedenken.

Köhler las den Brief und sagte: „Alles schön und gut. Aber an wen ist das Ding adressiert?"

„Druck das mal aus, Müller", befahl Grotewohl. Sekunden später hielt sie den Ausdruck in der Hand. „Ich lese das einfach laut vor", beschloss sie. „Vielleicht hilft es ja." Sie räusperte sich und begann zu lesen: „‚Ich weiß von Ihren illegalen Geschäften. Zahlen Sie mir einhunderttausend Euro oder ich gehe zur Polizei.'" Sie machte eine Pause. „Bis dahin kennen wir den Brief. Jetzt wird es neu." Sie las weiter: „‚Wenn Sie nicht innerhalb der nächsten vierzehn Tage zahlen, werde ich Sie auffliegen lassen. Ich habe Bilder, die alles beweisen. Diese sind an einem sicheren Ort und werden an die Polizei gehen, wenn mir etwas zustoßen sollte. Schalten Sie übermorgen eine Anzeige mit einem Geburtstagsglückwunsch für Bud Spencer in der Frankfurter Neuen Presse, damit ich weiß, dass Sie bezahlen. Sobald ich die Anzeige gesehen habe, erhalten Sie weitere Anweisungen.'"

Grotewohl ließ den Brief sinken und sah grinsend in die Runde. „Und? Ist dir das Ansatz genug, Shaft?"

Keine Fakten

An diesem Abend war Training. Köhler konnte beim Fußballspielen am besten abschalten. Er war der mit Abstand beste Spieler auf dem Platz, was mit Sicherheit in der Familie begründet lag. Sein Vater war vor vielen Jahren Profi gewesen, der es beinahe in die erste Mannschaft bei der Eintracht geschafft hätte. Er hatte einen Vertrag in Frankfurt unterschrieben, war jedoch von Klaus Toppmöller als zu schlecht für das Team befunden und zu Wattenscheid 09 ausgeliehen worden, wo er kaum zum Zuge gekommen war und die zu allem Überfluss auch noch abgestiegen waren. Anschließend hatte er nach England gewechselt, zu Bristol City, wo er zwar gut verdient hatte, jedoch kaum zum Einsatz gekommen war. Dennoch war er in Harheim eine Legende. Genauso wie sein Sohn. Beim obligatorischen Umtrunk nach dem Training auf der Terrasse des Vereinsheims kam das Thema immer wieder auf. Der neu angelegte Kunstrasenplatz lag zu ihren Füßen und bot einen perfekten Anblick. Endlich war dieser furchtbare Hartplatz verschwunden, der Generationen von Fußballspielern die Haut von den Oberschenkeln abgezogen hatte.

„Junge, was hätte aus dir für ein Kicker werden können", sagte einer von den Alten Herren und stieß mit ihm an. „Dritte Liga mindestens."

„Jetzt ist es rum und er ist bei uns. Sei doch froh", gab Tobi, der Präsident, zu bedenken und stieß ebenfalls mit Köhler an. „Außerdem könnte er da nicht so viel trinken wie bei uns."

Köhler lachte und nahm einen ordentlichen Schluck von seinem Weizenbier. Tobi war Gartenbauer mit eigenem Betrieb in Harheim und noch recht jung für einen Präsidenten. Aber er hatte ein Maul wie ein Schlachtschwert und eine ordentliche Portion Selbstvertrauen. Manchmal war seine Wortwahl wenig elegant, oft jedoch treffend. Er verfügte über gute Kontakte, die dem Verein halfen, sich Schritt für Schritt zu verbessern. Jetzt saß er mit seinem von der vielen Arbeit an der frischen Luft gebräunten Gesicht da und grinste breit. Haare hatte er kaum noch auf dem Kopf und seinen Bauch prägte ein ordentlicher Ansatz. Er war nicht mehr wirklich fit, aber für die Alten Herren langte es allemal.

„Außerdem ist der Zug abgefahren, so alt, wie der ist", legte er nach.

„Für dich langt's noch, alter Mann." Köhler lachte und zündete sich eine Zigarette an. Er blies den Rauch in die Luft und legte den Kopf in den Nacken. Die Sonne schien kräftig und wärmte ihm das Gesicht.

„Hier klingelt ein Telefon!", rief jemand. „Warte, ich hol's aus der Wertsachentüte." Der Spieler kramte in einem Jutesack und zog ein Handy heraus. „Shaft, ist deins, glaube ich. Soll ich rangehen?"

„Klar, mach das!", rief Köhler und nahm noch einen Schluck Bier.

Der Spieler nahm den Anruf an und sagte: „Vorzimmer Kommissar Shaft, mein Name ist Moneypenny, was kann ich für Sie tun?" Alle um ihn herum holten ihr dreckigstes Lachen hervor. „Sehr wohl, Madame", sagte der Witzbold und nahm das Telefon vom Ohr. „Hey, Shaft, hier will dich eine gewisse Irene sprechen. Sie sagt, sie sei schwanger von dir, und fragt nach der Kohle, die ihr zusteht."

Köhler rollte mit den Augen und bemühte seinen geschundenen Körper zu seinem Handy. Unter dem Gegröle der übrigen Anwesenden nahm er dem Mitspieler das Handy weg und schubste ihn zur Seite.

„Hallo?“, sprach er in sein Handy.

„Du hast ja witzige Freunde“, sagte eine weibliche Stimme am anderen Ende.

„Das sind nicht meine Freunde“, entgegnete er und blickte in die Runde, was zu weiteren Heiterkeitsausbrüchen führte. Er schüttelte den Kopf und ging um die Ecke zu den Fahrradständern, um ein wenig Ruhe zu haben. „So, jetzt ist es besser“, fuhr er fort. „Wer ist denn da?“

„Ich bin's, Irene“, hauchte die Stimme der Metzgerstochter.

„Was kann ich für Sie tun?“

„Warum so förmlich?“

„Weil Sie eine Zeugin sind und ich mit Ihnen nicht privat verkehren darf.“

„Ich muss dich wiedersehen!“, sagte sie flehend.

Köhler schloss die Augen. Das gefiel ihm ganz und gar nicht.

„Verhör mich einfach noch mal“, schlug sie vor. „Allein, in einem abgeschlossenen Raum. Ich werde auch kein Höschen tragen.“

„Frau Sennefeld-Bauernfeind, ich muss Sie dringend bitten, mich privat nicht mehr zu kontaktieren. Wenn Sie etwas zur Aufklärung des Mordfalls Stein beizutragen haben, können Sie mich gerne ab morgen früh um acht wieder anrufen. Bis dahin verbitte ich mir jeglichen persönlichen Kontakt.“

Köhler hörte Irene Sennefeld-Bauernfeind enttäuscht ausatmen.

„Okay. Entschuldigung, ich bin zu weit gegangen", sagte sie mit normaler Stimme. „Das ist eigentlich nicht meine Art. Ich weiß auch nicht, was du mit mir gemacht hast."

„Frau Sennefeld-Bauernfeind, ich möchte Sie bitten, Vertraulichkeiten zu unterlassen."

„Lass doch wenigstens den Bauernfeind weg. Von dem Arsch habe ich mich vor fünf Jahren scheiden lassen, ich schleppe nur noch den Namen mit mir rum."

Köhler blieb reserviert. „Haben Sie mir etwas zum Fall Stein mitzuteilen oder nicht, Frau ... Sennefeld?"

„Im Moment nicht", bekannte sie. „Sind Sie denn schon einen Schritt weitergekommen?"

„Ich kann während der laufenden Ermittlungen keinerlei Informationen an Unbeteiligte herausgeben."

„Ich bin keine Unbeteiligte", protestierte die Metzgerstochter.

„Ich fürchte, ich kann Ihnen keine Auskunft geben."

„Wenn ich irgendetwas zur Aufklärung beitragen kann ...", bot sie an.

„Können Sie?"

„Ich fürchte nicht. Bleibt mir nur zu hoffen, dass Sie den Mörder bald schnappen und wir dann endlich normal miteinander reden können."

Köhler wollte noch etwas erwidern, doch Irene Sennefeld-Bauernfeind hatte bereits aufgelegt. Er atmete tief durch und ging zurück auf die Terrasse zu seinem Bier.

Enttäuscht warf Irene Sennefeld-Bauernfeind das Handy auf den Schreibtisch ihres Vaters und sagte: „Entweder ist er schwul oder er ist der sturste Hund im Polizeipräsidium."

„Du wirst auch älter, Liebes."

„Was soll das denn heißen?", schnappte sie.

„Dass du keine zwanzig mehr bist und deine Reize wohl nur noch durch die Hand des Chirurgen erhalten werden können."

„Für mein Alter bin ich bestens in Schuss." Sie prüfte ihre Figur im sich spiegelnden großen Fenster des Büros. „Andere würden töten für diesen Körper."

Heinz Sennefeld rollte mit den Augen. „Dein Plan ist nicht aufgegangen, der Junge ist immun gegen deine Grazie. Du bist fast vierzig, akzeptiere es. Wir brauchen einen anderen Plan."

„Was liest du da, Grotte?", fragte Köhler mehr aus Neugierde als aus echtem Interesse.

„Den forensischen Bericht." Grotewohl hatte sich in die Papiere vertieft, die vor ihr auf dem Schreibtisch lagen.

„Und was gefunden?"

Sie hob den Blick, rieb sich die Augen und streckte sich. „Nicht wirklich. Ich lese ihn jetzt zum dritten Mal und kann immer noch keinen Ansatz entdecken."

Köhler seufzte. „Ich habe bei der Neuen Presse angerufen, wegen der Anzeige."

„Und?"

„Ein Glückwunsch für Bud Spencer wurde da in den letzten vierzig Jahren nicht abgedruckt."

„Was heißt das jetzt?"

„Da gibt es mehrere Möglichkeiten." Köhler verfiel ins Dozieren. „Zum einen kann es sein, dass man sich anderweitig geeinigt hat. Zum anderen, dass der Brief nie abgeschickt wurde." Er hob den Finger. „Oder aber man hat nicht mit Stein verhandelt, sondern ihn gleich kaltgemacht. Wann wurde der Brief geschrieben?"

„Gespeichert wurde er zuletzt am zwölften Oktober letzten Jahres."

Köhler legte die Hand ans Kinn.

„Bud Spencer hat am einunddreißigsten Oktober Geburtstag. Das würde zu der gesetzten Frist passen. Allerdings geschah der Mord diesen Mai."

„Das wäre dann ein recht langer Zeitraum." Grotewohl stand auf und trat ans Fenster. „Diese Spekuliererei geht mir auf den Sack. Wir brauchen endlich Fakten und Beweise."

„Sehr guter Ansatz, Grotte", dröhnte Ballauf, der, von den Kollegen unbemerkt, den Raum betreten hatte. „Gibt's was Neues?"

„Wir haben auf Frau Steins Laptop den fertigen Erpresserbrief gefunden", sprang Köhler seiner Kollegin zur Seite. „Leider bringt der uns auch nicht viel weiter, weil wir nicht wissen, wer erpresst werden sollte und womit."

Ballauf zog sich einen Stuhl heran und setzte sich. „Zeigen Sie mir mal den Brief."

Grotewohl ging zu ihrem Schreibtisch zurück, griff nach dem Ausdruck und gab ihn Ballauf.

Der las ihn sich durch und legte ihn an seinen Platz zurück. „Verdammt!", sagte er schließlich. „Wirklich sehr allgemein gehalten."

Das Telefon klingelte.

Köhler nahm ab. „Ja?"

„Da möchte Sie eine Frau Becker sprechen", hörte er eine Mitarbeiterin der Zentrale sagen.

„Notieren Sie die Nummer, ich rufe zurück." Köhler legte auf.

„Tut mir leid, Frau Becker, Herr Köhler ist in einer Besprechung. Kann ich ihm was ausrichten?"

„Nein, ich muss persönlich mit ihm sprechen." Christa Becker flüsterte beinahe. Sie saß an ihrem Schreibtisch im Vorzimmer der Sennefelds und hatte große Angst. „Wann kann ich ihn denn erreichen?"

„Ich notiere Ihre Nummer und gebe sie an ihn weiter. Dann meldet er sich bei Ihnen."

Sie gab ihre Handynummer an und legte auf. Christa Becker fühlte sich furchtbar. Seit sie die Sennefelds belauscht hatte, schlief sie schlecht. Was führten die beiden im Schilde? Sie hatte lange mit sich gerungen, ob sie die Polizei informieren sollte. Aber nachdem sie von der Juniorchefin dermaßen schäbig behandelt worden war, war ihr Entschluss gereift. Sie würde zwar ihren Job verlieren, aber sie hatte nur noch ein paar Jahre bis zur Rente und einiges auf der hohen Kante. Ein gutes Auskommen sollte kein Problem sein. Allerdings hätte sie nie gedacht, dass es so schwer sein würde, den zuständigen Beamten zu informieren.

„Was ist eigentlich mit der Absicherung?", wollte Ballauf wissen. „Haben wir das überprüft?"

„Müller ist da dran", antwortete Grotewohl.

„Müller!", brüllte Ballauf durch das Büro.

„Was?", kam es von nebenan.

„Komm mal her!"

Es klapperte und knarzte im Nachbarzimmer. Wenige Sekunden später stand Müller im Türrahmen und sagte muffig: „Sie haben geläutet, Eure Majestät?"

„Was ist denn aus der Absicherung geworden?"

„Verkaufen Sie jetzt nebenbei Versicherungen, Herr Ballauf?" Müller war in den Türrahmen getreten.

„Werd nicht frech, Müller", blaffte der Abteilungsleiter.

„Ich lass mich auch nicht gern beibrüllen wie ein Köter und muss es ertragen."

Ballaufs und Köhlers Blicke trafen sich. Köhlers Geste bedeutete dem Vorgesetzten, dass er seinem Mitarbeiter recht gab.

„Sorry. War blöd. Geb ich zu."

Müller nickte als Zeichen, dass er die Entschuldigung vernommen hatte. „Also, welche Absicherung meinen Sie?"

„Die aus dem Erpresserbrief."

„Ach so." Müllers Blick wurde wieder klarer. „Ich habe überall nachgefragt und sogar eine Rundmail an alle geschickt. Bisher keinerlei Ergebnis."

„Und was sagt uns das?"

„Dass er geblufft hat", schaltete sich Grotewohl ein.

„Es ist wie verhext", sagte Köhler.

Ballauf brauste auf. „Das ist eine Riesenscheiße! Wir haben eine Aufnahme, auf der Täter und Tat zu sehen sind, und schaffen es nicht, diesen Kerl zu schnappen. Das ist doch lächerlich!" Er sprang auf. „Zum Glück war der Stein ein kleines Licht. Wenn die Presse davon Wind bekommt, sind wir erledigt."

„Das war ein Profi", gab Köhler zu bedenken. „Der ist längst über alle Berge."

„Und jetzt?", fuhr Ballauf Köhler an. „Akzeptieren wir das einfach und sagen: ‚Sorry, kann man nix machen, war ein Profi'?"

„Mir schmeckt das auch nicht."

„Eine Scheiße ist das. Eine gottverdammte Schweinescheiße!" Ballauf stockte. „Ich will Ergebnisse, verdammt noch mal! Berner sitzt mir im Nacken, und überhaupt, das hier ist doch kein Karnevalsverein! Wenn der Mörder ein Profi war, muss er einen Auftraggeber haben. Finden wir wenigstens den. Und mit der Suche fangen wir bei Sennefeld an."

„Warum ausgerechnet da?", wollte Köhler wissen.

„Irgendwo müssen wir ja anfangen." Mit diesen Worten verließ Ballauf das Büro.

Eine Weile blickten die drei Ermittler ihm hinterher.

„Steht schon wieder eine Beförderung an, oder was ist los?", brach Müller das Schweigen.

„Keine Ahnung", sagte Köhler und griff nach seiner Jacke. „Komm, Grotte, wir haben zu tun."

Der Anwalt

Hasso Ohnesorg war ein schlechter Mensch. Als Anwalt war er allerdings in der Lage, so ziemlich jeden Schachzug der Justiz zu spielen. Er pfiff auf das Gesetz und bog es sich zurecht, wo er nur konnte. Vor Richtern hatte er nur scheinbar Respekt. In Wahrheit manipulierte er sie geschickt, sodass er auch aussichtslos wirkende Prozesse mühelos gewann. Er ging jeden Deal mit der Staatsanwaltschaft ein, solange seine Mandanten dabei nicht ins Gefängnis mussten. Alles andere war ein De-facto-Freispruch in den Kreisen, in denen er seine Anwaltskunst feilbot. Er war der Anwalt des Bösen. Klein, untrainiert, Bauchansatz, ein schlecht sitzender Anzug – das waren die Merkmale, die hängen blieben, wenn man auf ihn traf. Mal abgesehen von seinen geschmacklosen Krawatten. Man sollte nicht glauben, dass dieser Mann irgendetwas darstellen würde. Hasso Ohnesorg wusste um sein Erscheinungsbild und nutzte es zu seinem Vorteil. Nichts war für einen Anwalt eine bessere Waffe, als unterschätzt zu werden. Er war neunundvierzig, kaum größer als eins sechzig und hatte sich einen Haarkranz um sein kahles Haupt wachsen lassen, was ihn gut und gerne zehn Jahre älter wirken ließ. Seine Augen waren braun und lagen tief in seinem runden Schädel. Kurz und knapp: Er war hässlich.

In diesem Moment saß er in Heinz Sennefelds Büro und bediente sich an den auf dem Tisch bereitgestellten Naschereien. Neben dem Senior war auch dessen Tochter zugegen.

„Wie weit ist die Polizei mit ihren Ermittlungen?", fragte der Anwalt und leckte sich die klebrigen Finger.

„Die tappen im Dunkeln", antwortete Irene Sennefeld-Bauernfeind. Sie wirkte angespannt, denn jedes Mal, wenn Ohnesorg bei ihnen in der Firma auftauchte, wurde es unangenehm.

„Sie wissen, dass meine ...", er zögerte und machte eine einnehmende Geste, „... unser beider Geschäftspartner an einer schnellen und sauberen Aufklärung interessiert sind."

Heinz Sennefeld war anzusehen, dass er Angst hatte. „Wir unterstützen natürlich die Behörden, wo wir nur können."

„Sie sollen sie nicht unterstützen", sagte Ohnesorg ruhig, griff nach einem weiteren Bonbon, schob es sich in den Mund und fuhr mit kehliger Stimme fort: „Sie sollen sie dahin gehend manipulieren, dass diese dumme Sache für uns alle gut ausgeht und wir weiterhin unseren Geschäften nachgehen können."

„Wie mein Vater schon sagte ...", meldete sich Irene Sennefeld-Bauernfeind zu Wort, wurde aber von Ohnesorg unterbrochen.

„Sie ...", sagte er eindringlich, hielt kurz inne und blickte die Tochter des Metzgers mit einem stechenden Blick an. „Sie haben dieses elende Schlamassel erst herbeigeführt. Ihr Alleingang hat all das ausgelöst. Wie Sie sich sicher denken können, sind meine Mandanten nicht besonders erfreut über Ihr eigenmächtiges Handeln."

„Er war eine Gefahr", unternahm Irene Sennefeld-Bauernfeind einen Erklärungsversuch.

„Er war ein Dummkopf, den wir mit ein paar gebrochenen Knochen in den Griff bekommen hätten. Aber

Sie mussten ja gleich mit dem russischen Killerkommando auftauchen."

„Er ist Rumäne."

„Wen juckt's?", rief Ohnesorg und griff abermals in die Süßigkeitenschüssel. „Die Dinger sind der Hammer", kommentierte er den nächsten Happen. „Wie dem auch sei, Sie haben diese Dummheit begangen und werden dafür geradestehen."

„Könnten Ihre Mandanten uns denn nicht in irgendeiner Weise unterstützen?" Heinz Sennefeld hatte etwas Weinerliches an sich, als er diese Worte aussprach.

„Hören Sie auf mit dem Gejammer, das ist abstoßend!", entgegnete der Anwalt. „Ich bin hier, um Ihnen auszurichten, dass meine Mandanten es begrüßen würden, wenn die Sache möglichst bald zu einem Abschluss käme. Es ist außerordentlich schädlich, wenn in einem unserer Umschlagplätze die Polizei ein und aus geht. Das verstehen Sie sicherlich."

Beide Sennefelds nickten.

Der Anwalt wuchtete sich aus seinem Stuhl und griff ein weiteres Mal beherzt in die Süßigkeitenschüssel. Diesmal stopfte er sich zwei Bonbons auf einmal in den Mund und lutschte geräuschvoll darauf herum. „Sehen Sie zu, dass das aufhört. Ich kann nicht garantieren, dass meine Mandanten das noch lange mit ansehen."

„Ich bitte Sie …" Wieder hatte Sennefeld den weinerlichen Tonfall gewählt. „Wir tun alles in unserer Macht Stehende, um dieses Kapitel schnellstmöglich zu beenden."

Der Anwalt schwieg und sah erst den Senior und dann die Juniorchefin an. Dabei spielte er mit den Knollen im Mund. Schließlich grinste er breit und sagte: „Na dann … ist ja alles gut.“ Er griff nach seiner Tasche und ging zur Tür. Die Klinke in der Hand, hielt er inne und drehte sich noch einmal um. „Sie werden sicherlich verstehen, dass Ihr Betrieb bis auf Weiteres verbrannte Erde ist. Wir können das Risiko nicht eingehen, dass uns irgendein Dorfsheriff in die Suppe spuckt.“

„Was ist mit der Ware, die wir am Lager haben?“, wollte Irene Sennefeld-Bauerfeind wissen.

„Die wird noch heute abgeholt, und dann wird sämtlicher Nachschub erst mal gestoppt.“ Ohnesorg öffnete die Tür. „Ebenso Ihre Bezahlung, versteht sich. Einen schönen Tag noch.“ Er trat durch die Tür und ließ sie offen stehen. Nach wenigen Schritten verharrte er vor Christa Beckers Schreibtisch. „Liebe Frau Becker, Sie müssen mir unbedingt eine Kiste von diesen Bonbons besorgen. Die sind eine Offenbarung!“

Die Sekretärin lächelte verlegen und versprach, beim nächsten Einkauf daran zu denken.

„Verdammt, Harald!“, keifte Irene Sennefeld-Bauernfeind, nachdem sie das Werkstattbüro ihres Vorarbeiters betreten hatte. „Wie oft muss ich dir noch sagen, dass du hier nicht koksen sollst?“

Harald Aufseß wischte sich unbeholfen die Nase ab und versuchte sich in den Griff zu bekommen. „Wenn du hier auch einfach so reinplatzt.“

Aufseß war der Prototyp des Koksers. Schlank, gut trainiert, attraktiv und scheinbar immer auf der Überholspur. Seine schwarzen Haare lagen wie zufällig auf seinem Kopf. Sie waren dicht und naturbelassen. Kein graues Haar störte, trotz der immerhin vierundvierzig Jahre, die er bereits auf Erden wandelte. Im Kontrast dazu standen seine blauen Augen, die seinem knochigen Gesicht den letzten Schliff verliehen. Er sah aus wie Superman, nur ohne Strampelanzug.

„Du Idiot hast noch nicht mal die Rollos runtergelassen." Hastig erledigte die Metzgerstochter das Versäumte. „Wenn ich dich noch einmal erwische, dann …"

„Was dann?" Aufseß gebärdete sich aggressiv. Das Kokain begann bereits zu wirken. „Lässt du mich dann auch aus dem Fenster schmeißen, oder was?"

Irene Sennefeld-Bauernfeinds Blick wurde eiskalt. „Vielleicht."

Aufseß starrte sie an und senkte im nächsten Moment den Blick. Sie schien es ernst zu meinen. „Sorry", versuchte er die Situation zu retten und räumte hastig den Tisch auf. „Hast ja recht. Kommt nicht wieder vor."

„Das will ich schwer hoffen."

Er wischte sich erneut ungestüm über die Nase. Der Stuhl knirschte unter seinem Gewicht, als er wieder Platz nahm. „Was beschert mir die Ehre deines Besuches?"

„Die Bestände werden heute abgeholt. Ohnesorg war da und war nicht erfreut über die Situation."

„Was meinst du mit ‚Die Bestände werden abgeholt'?" Aufseß rutschte unruhig auf seinem Stuhl hin und her.

„Wir räumen das Lager, und dann ist erst mal Schluss."

Der Vorarbeiter sprang auf. „Das kann er nicht machen!"

„Offenbar doch."

Aufseß begann nervös auf und ab zu laufen. Er griff sich an den Kopf. „Ich brauch das Geld!"

„Da musst du dich wohl für ein paar Wochen einschränken."

„Das sagst du so einfach. Meine Kinder gehen auf eine Privatschule, mein Haus wurde gerade komplett umgebaut, meine Frau hat einen Urlaub in Mexiko gebucht und für meine Älteste habe ich einen BMW zum Geburtstag bestellt."

„Dann sag deiner Tochter, dass es nur für einen Dacia langt."

„Das ist nicht witzig." Aufseß wurde immer unruhiger. „Du verstehst das nicht. Ich habe mit dem Geld gerechnet." Er klang jetzt beinahe panisch.

Irene Sennefeld-Bauernfeind musste ihn beruhigen. „Du hörst nicht richtig zu, Harald. Wir haben eine Mordermittlung an der Backe. Die Bullen schnüffeln hier rum. Falls die auch nur ein Gramm Kokain finden, wandern wir alle in den Knast. Dann kannst du den BMW deiner Tochter durch die Gitter bewundern, wenn dich deine Familie einmal im Monat besuchen kommt." Sie lachte humorlos. „Sofern sie den BMW nicht einkassieren."

Aufseß schwieg. Er saß wieder auf seinem altersschwachen Bürostuhl und starrte vor sich hin.

„Jetzt mach hier nicht die Drama Queen, Harald. Ich bieg das wieder hin."

Zweifelnd hob er seinen Blick. „Wie denn?" Seine Augen verengten sich. „Du hast doch den blöden Russen engagiert, der alles vermasselt hat."

„Rumäne."

„Was?"

„Er ist Rumäne!"

„Das ist doch scheißegal." Aufseß fuchtelte mit den Armen. „Und wenn er vom Mars käme. Wie willst du denn aus der Nummer wieder rauskommen?"

„Indem wir einfach die Füße still halten. Die können uns nichts."

Aufseß lachte bitter.

„Harald, behalte bitte die Nerven. Was soll denn schon passieren?" Irene Sennefeld-Bauernfeind trat neben ihn und setzte sich auf die Tischkante. „Der Rumäne ist längst über alle Berge. Er ist noch am selben Abend in den Zug nach Nirgendwo gestiegen und trinkt irgendwo in der Taiga einen Wodka auf uns."

„Der Typ ist ein beschissener Rumäne. Was soll der in der Taiga?"

„Ist doch auch egal", schnappte Irene Sennefeld-Bauernfeind. „Die Hauptsache ist ja wohl, dass sie den Typ nie schnappen werden."

„Wahrscheinlich wäre es besser, wenn sie es doch täten."

„Was meinst du?"

„Dann würden die den hinter Gitter bringen und wir könnten hier weitermachen."

Irene Sennefeld-Bauernfeind schüttelte verständnislos den Kopf. „Wie bescheuert bist du eigentlich?"

„Warum?"

„Wenn die ihn schnappen, dann schnappen die auch uns!"

Aufseß sah seine Chefin an, als käme sie aus der Zukunft. „Da ist was dran."

Sie schüttelte den Kopf und legte eine Hand auf seine Schulter. „Beruhige dich, ich regle das schon."

„So? Und wie?"

„Ich habe da so eine Idee."

Fahrlässig

Pamfil Badea dachte nicht im Traum daran, nach Borcut zurückzukehren. Dieses gottverlassene rumänische Kaff inmitten des Nirgendwo. Er hasste das Bauerndorf aus tiefstem Herzen. Dort hatte mit seiner Geburt das Elend begonnen. Seine Eltern waren kaum in der Lage gewesen, die Familie zu ernähren. Die Schule hatte er fast nur von außen gesehen und mit Ach und Krach hatte er Lesen und Schreiben gelernt. Seine Zukunft war zerstört, bevor sie begonnen hatte, und er verfügte weder über Bildung noch über Geld oder Beziehungen.

Aber er war stärker gewesen als alle anderen. Und er hatte früh gelernt, mit dieser Eigenschaft zu Geld zu kommen. Beim Militär hatte er auch noch das Töten gelernt und war auf diese Weise vollends zu einer Waffe geworden. Unehrenhaft entlassen, weil er einen Vorgesetzten bei einem Streit um eine Flasche Wodka beinahe erwürgt hatte, war er in die falschen Kreise geraten, damit jedoch zufrieden gewesen. Schnell war er innerhalb der Organisation aufgestiegen und hatte lukrative Auslandsaufträge bekommen. So wie den, der ihn nach Frankfurt gebracht hatte.

Pamfil Badea war ein Riese. Eins fünfundneunzig hoch und beinahe so breit wie ein Türrahmen. Immer wenn er einen Raum betrat, zog er den Kopf ein. Sein unförmiger Schädel war kahl. Etliche Narben waren darauf zu erkennen, insbesondere um die Augen herum. Sie waren Zeugen zahlreicher Schlägereien. Seine Augen waren schmal und ließen eine Farbe nur schwer erkennen. Irgendetwas zwischen Grau und Blau. Seine Nase war breit geschlagen und seine Zahnreihe lückenhaft. Kurzum: Ihm stand das Leben ins Gesicht geschrieben. In seinem linken Ohr steckte ein Brillant. Den hatte er sich von seinem ersten Auftragsmord finanziert. Seine Kleidung war einfach und weit geschnitten. In legeren Klamotten ließ es sich besser kämpfen. Jogginghose und Bomberjacke waren seine Uniform.

Dieser lächerliche Hänfling war ein Witz gewesen. Während er ihn aus dem Fenster warf, hatte er gedacht, er werfe einen Hund, so leicht, wie der gewesen war. Dass die Frau ins Zimmer geplatzt war, hatte er nicht ahnen können, es hatte aber keinen Unterschied gemacht. Ihm war es egal, ob er einen oder zwei vom Balkon warf. Zeugen konnte er nicht gebrauchen. Abgemacht war, dass er nach dem Job sofort das Land verlassen sollte. Aber das sah er nicht ein. Wenn er schon in einem Land wie Deutschland war, wollte er die Annehmlichkeiten des westlichen Kapitalismus auskosten. Frei verfügbarer Alkohol, Spielhallen, so gut wie keine Kontrollen durch die Behörden, und die Bullen durften hier gar nichts. Er wusste, dass er sich damit in Gefahr begab, aber der deutsche Knast war immer noch besser als sein schäbiges Haus in Rumänien. Die Zehntausend, die er für den Job bekommen hatte, würden für ein Jahr reichen, um die Familie am Leben zu halten. Aber was käme danach?

Seit einer Weile saß er in der Münchener Straße in einer heruntergekommenen Bar und betrank sich. Er überlegte, ob er sich nachher noch eine Asiatin kaufen sollte. Er mochte Asiatinnen. Sie waren so wunderbar zierlich. Außerdem lächelten sie die ganze Zeit. Badea schüttelte den Kopf und trank gegen die Einsamkeit an.

Er hob sein Glas, um dem Barkeeper zu signalisieren, dass er Nachschub brauchte, als eine Gruppe junger Männer in die Bar stolperte. Offensichtlich waren sie betrunken. Sie trugen T-Shirts mit irgendeinem Spruch darauf. Einer war in ein pinkfarbenes Hasenkostüm gekleidet. Badea fragte sich, ob das ein Brauch war. Gelangweilt verfolgte er, was die Männer taten.

Einer aus der Gruppe bemerkte den abfälligen Blick des Rumänen. „Hey, was glotzt'n so?", fragte er lallend.

Badea schwieg. Er verspürte keine Lust auf Ärger. Schon gar nicht mit einem betrunkenen Waschlappen wie diesem. Er wandte sich ab und hob sein Glas zum Mund.

Der Junge ließ nicht locker. „Ich rede mir dir!"

„Komm, Ralf, lass den Scheiß", sagte ein anderer aus der Gruppe und zog den Jungen von Badea weg. „Du bekommst am Ende eh die Fresse voll. Wie immer."

„Lass mich ..." Der Junge machte sich frei. Dabei verlor er das Gleichgewicht und stolperte gegen Badea, der beim Aufprall seinen Wodka verschüttete. Er prallte an Badea ab und stürzte zu Boden. Der andere half ihm auf und sagte zu Badea: „Sorry, er ist betrunken. Wir bezahlen dir dein Getränk. Kein Problem."

Badea legte einen bösen Blick auf und überlegte, ob er gleich beide, diesen Ralf und seinen Freund, in Stücke reißen sollte. Dann aber besann er sich. Bestimmt würde das unerwünschte Aufmerksamkeit auf ihn ziehen.

„Was soll das?", lallte Ralf und schlug um sich. „Der Typ da hat mich umgeschubst."

„Boah, Ralf, halt die Fresse und komm mit." Der andere zerrte an ihm. „Der ist 'ne Nummer zu groß für dich."

„Waaaas?", rief Ralf. „Der da?" Er zeigte mit dem Finger auf Badea und fuchtelte damit vor dessen Gesicht herum.

„Hey, Junge", mischte sich der Barkeeper ein. „Wenn du Stunk machen willst, kannste dich gleich wieder verpissen."

Ralf hob die Hände und sagte: „Okay, okay. Ich bin ja brav. Mach mal lieber 'ne Runde Sauergespritzte für meine Freunde." Er zeigte auf Badea. „Aber nicht für das Arschloch da."

Der Barkeeper warf Ralf einen bösen Blick zu und rührte sich nicht.

Ralf richtete sich auf und ordnete seine Kleidung. „Alles gut", lallte er. „Ich bin brav. Tut mir leid." Schließlich wandte er sich zum Gehen. Sein Freund war zufrieden und gesellte sich zu ihrer Gruppe, die sich in einer Ecke der Kneipe tummelte und lauthals grölte. Die Situation schien geklärt.

Auch Badea drehte sich wieder in Richtung Theke.

Währenddessen zog Ralf ein dickes Stromkabel aus seiner Tasche. Er trug es stets mit sich herum für den Fall, dass es mal Ärger gab. Mit seiner rechten Faust umklammerte er das Kabel und stürmte von hinten auf den Rumänen zu.

Der Schlag traf Badea unvorbereitet in die rechte Flanke, aber er steckte ihn weg. Eine Fähigkeit, die er sich während zahlreicher Schlägereien antrainiert hatte. Blitzschnell lokalisierte er die Waffe, griff danach und nahm sie dem betrunkenen Jungen ab. Dann nutzte er sie, um ihn mit ein paar gezielten Schlägen windelweich zu prügeln.

Bis Ralfs Freunde in der Ecke mitbekamen, was geschehen war, lag der Junge bereits bewusstlos am

Boden. Aus einigen Wunden am Kopf lief Blut. Badea ließ das Stromkabel fallen, warf einen letzten Blick in die erschrockenen Gesichter der Junggesellentruppe, legte einen Zwanzigeuroschein auf die Theke und verließ die Kneipe.

Ralf erwachte an diesem Abend nicht mehr. Und auch nicht am nächsten. Zehn Tage lang lag er im Koma. Als er endlich wieder zu sich kam, war er ein Pflegefall. Die Diskussion, warum er sich mit dem Typen angelegt hatte, verlief immer wieder gleich. Erst die Frage nach dem Warum, danach Kopfschütteln und Unverständnis. Dann die Frage nach dem anderen Kerl und was aus ihm geworden war. Ralf wusste es nicht genau. Man hatte es ihm erklärt, aber er konnte sich nicht mehr richtig konzentrieren und sein Gedächtnis ließ ihn immer häufiger im Stich. Er verstand nur, dass der Typ mehr auf dem Kerbholz hatte als eine Bande bankrotter Hafenarbeiter. Was der Rumäne mit ihm angestellt hatte, war im Vergleich zu dessen anderen Taten geradezu lächerlich. Ralf musste wohl damit leben, zukünftig von seiner eigenen Dummheit gezeichnet zu sein. Mitleid brachte man ihm nur selten entgegen. So ziemlich jeder, der seine Geschichte hörte, fragte sich, wie der Junge nur so dämlich gewesen sein konnte, in einer Spelunke in der Münchener Straße mit einem rumänischen Riesen Streit anzufangen.

Bereits als er die Kaiserstraße erreichte, hatte Pamfil Badea den Jungen vergessen. In derartigen Situationen war er bereits unzählige Male gewesen. Wie es schien, hatte er etwas an sich, was die Halbstarken anzog. Bisher hatte er noch jedem den Arsch versohlt. Erst als er am Hauptbahnhof im McDonalds-Restaurant saß und in seinen Cheeseburger biss, erinnerte er sich wieder an die Schlägerei. Dieser Depp hatte ihn unvorbereitet erwischt. Seine rechte Seite schmerzte tatsächlich. Dabei war er Schmerz gewohnt und er konnte einiges aushalten. Zum Test fasste er sich an den Brustkorb und zuckte unter der Berührung zusammen. Ohne sich etwas anmerken zu lassen, aß er seinen Burger auf und begab sich auf die Herrentoilette. Vor einem der Spiegel oberhalb der Waschbecken stehend, hob er sein T-Shirt an. Seine rechte Seite war dunkelblau und geschwollen. Leise fluchend überlegte er, was er tun sollte. In ein Krankenhaus wollte er auf keinen Fall. Er hatte ja nicht einmal eine Krankenversicherung. Wozu auch? Sein Onkel war Arzt und hatte ihm bisher in jeder Situation geholfen. Doch jetzt bis nach Borcut zu fahren, schien ihm ein Ding der Unmöglichkeit. Badea beschloss, sein Hotel aufzusuchen und sich über Nacht auszuruhen. Morgen würden die Schmerzen bestimmt nachgelassen haben. Es war ja nicht das erste Mal, dass er eine Schramme abbekommen hatte.

Doch Badea war schwerer verletzt, als er dachte. An Gleis 8 brach er zusammen. Das Nächste, was er wahrnahm, waren die grellen Deckenlampen der Notaufnahme in der Uniklinik. Er wollte sich wehren, wollte aufstehen, wurde aber von unzähligen Händen auf eine weiche Unterlage gedrückt. Außerdem war er vollgepumpt mit Medikamenten. Irgendjemand sprach in einem sachlichen Tonfall. Dann wurde ihm schwarz vor Augen.

Chatverlauf

An manchen Tagen spielten sie bei den Alten Herren nach dem Training Karten. Köhler war zwar nicht der ausgebuffteste Zocker, aber er war auch nicht schlecht. Außerdem war es eine willkommene Ablenkung. Der Fall Stein nervte ihn, weil sie damit einfach nicht vorankamen. Er hatte noch einmal die gesamte Akte durchgeackert. Sämtliche Ergebnisse und Protokolle, die er und sein Team gesammelt hatten, den Obduktionsbericht und die Durchsuchungsprotokolle sowie die Vernehmungen der Nachbarn. Am späten Nachmittag hatte er genug und schlug die Akte zu.

„Müller, ich mach mich vom Acker", sagte er und schnappte sich seine Jacke. „Bist du weitergekommen?"

Müller schüttelte den Kopf. „Ist ein Scheißfall."

„Jip", pflichtete ihm Köhler bei und ging zur Tür. „Wenn was ist, ruf mich auf meinem Handy an."

„Alles klar, Shaft. Schönen Feierabend!"

Und den hatte er auch. Das Kicken auf dem neuen Kunstrasenplatz war einmalig. Er ließ Ball und Gegner laufen und machte vier Tore, eines schöner als das andere. Seine Teamkameraden waren herrlich normal und lenkten ihn perfekt ab. Jeder von ihnen hatte seine eigenen Sorgen, aber die blieben zu Hause. Heute war Fußball angesagt und sonst nichts.

Nach dem Training warf er einen kurzen Blick auf sein Handy. Keine Nachrichten. Alles gut. „Na dann …", sagte er und klatschte in die Hände. „Karten raus, meine Herren!"

Irgendjemand holte ein Kartenspiel hervor und begann mit dem Mischen.

Köhler drehte sich zur Theke um und rief: „Addi, mach mir mal ein schönes kaltes Weizen!"

„Hell oder dunkel?", fragte der Wirt.

„Dunkel natürlich, du Mehlaach", rief Holger dazwischen, der neben Köhler saß. „Des is en Neescher. Was soll'n der mit 'em helle Bier?" Er schüttelte verständnislos den Kopf und kicherte.

Köhler hob die Brauen. Er wusste, dass Holger kein Rassist war. Im Gegenteil. Holger war stolz darauf, dass Köhler bei ihnen mitkickte. Er war halt immer noch ein Exot in diesem kleinen Dorf vor den Toren der großen Stadt, das offiziell zum Stadtgebiet zählte, aber nie wirklich dazugehörte.

„Hab isch was Falsches gesacht?", fragte Holger und blickte Köhler an.

„Nee, alles gut."

„Na dann, werf die Flocke uff'n Tisch, Shaft. Du bist dran."

Der Abend wurde heftig. Köhler kam erst um zwei Uhr morgens sturzbetrunken nach Hause.

Als ihn um sieben Uhr sein Handy weckte, warf Köhler einen Blick auf das Display. Vier verpasste Anrufe. Allesamt von Grotte. „Scheiße!", zischte er und hielt sich den schmerzenden Kopf. Eilig hörte er die Mailbox ab.

Nach der Ansage war Grottes Stimme zu hören. „Shaft, du Vollidiot. Ich hab's dir gesagt. Jetzt hat die Sennefeld-Bauernfeind dich beim Chef angezinkt. Lass dir bloß was einfallen." Es folgte eine wenig angenehme Belehrung in Sachen Moral und Polizeiarbeit, die Köhler jedoch überhörte. Er wusste, dass er in Schwierigkeiten steckte. Aber er wusste auch, dass er nichts Unrechtes getan hatte. Schließlich war die Aktion von Irene Sennefeld-Bauernfeind ausgegangen, und er hatte es abgeblockt. Im Moment hatte er zu viel mit sich und seinem Kater zu tun, als dass er über die Sache nachdenken konnte. Bestimmt würde sich das Problem in null Komma nichts auflösen.

Nachdem Köhler geduscht und ein hastiges Frühstück zu sich genommen hatte, war er ins Präsidium geeilt, wo ihn Grotte mit eisigem Blick empfing.

„Geh am besten gleich zum Chef", riet sie ihm.

Köhler trat an die Kaffeemaschine und goss sich eine große Tasse ein. In aller Ruhe nippte er an dem schwarzen Gesöff und sagte: „Erst mal ankommen."

„Du machst es nur schlimmer." Grotewohl war der Zorn anzusehen.

„Ich hab nichts gemacht."

„Du hast mit einer Zeugin rumgemacht."

„Gar nichts hab ich!" Köhler stellte die Tasse auf seinem Schreibtisch ab. „Sie hat mir diese Scheiße geschickt, und ich habe nicht darauf reagiert." Er hielt kurz inne. „Wieso zeigt die das eigentlich dem Chef?"

Grotewohl rutschte verlegen hin und her. „Eigentlich war es nicht sie …"

„Sondern?"

„Ihr Vater."

Köhler rollte mit den Augen. Dann nahm er seinen Kaffee und machte sich auf den Weg zu Ballauf.

„Was, zum Geier, hast du dir nur dabei gedacht?", fragte der sichtlich verärgerte Ballauf, während Köhler ihm gegenüber Platz nahm. Sie befanden sich in Ballaufs Büro, das ebenso schmucklos war wie das sämtlicher Kollegen. Zweckmäßigkeit wurde im Präsidium großgeschrieben. Grau in grau waren Möbel und Schränke im Raum aufgereiht. Nichts lenkte den Beamten von seiner Tätigkeit ab. Der Blick aus dem Fenster hatte etwas von einem Gefängnishof. Die Sonne erreichte an manchen Stellen nicht den Boden des Innenhofes. Der einzige Farbtupfer in Ballaufs Büro war das Bild seiner Familie, das vor ihm neben dem PC-Bildschirm stand.

Köhler gab sich unwissend. „Was genau meinst du?"

„Tu nicht so, als wüsstest du von nichts. Ich weiß, dass Grotte dich schon längst geimpft hat."

Köhler seufzte. „Irene Sennefeld-Bauernfeind hat mich angemacht und ich habe es nicht zugelassen." Betont gelassen nahm er einen Schluck von seinem Kaffee. „Ich habe ihr unmissverständlich klar gemacht, dass derartige Dinge nicht gehen."

„Das sieht ihr Vater aber anders." Ballauf lehnte sich nach vorne. „Der ist hier gestern kurz vor Feierabend reingeschneit, hat mir das Handy seiner Tochter gezeigt und behauptet, dass die Polizei – also eigentlich konkret du – seiner Tochter nachstellt und sie sexuell belästigt."

„Was nicht stimmt."

„Ist doch scheißegal, ob das stimmt!", ereiferte sich Ballauf. „Wenn das irgendwo bekannt wird, wissen wir beide ganz genau, was die daraus machen. Die Scheiß-Bild-Zeitung wird sich auf die Sache stürzen und bei Facebook sind wir die Deppen der Nation." Ballauf sprang auf. „Willst du deine schwarze Visage morgen auf der ersten Seite irgendeines Schmierblattes sehen?“ Er malte eine Schlagzeile in die Luft. „‚Frankfurter Bulle in Sexskandal verwickelt. Warum der schwarze Kommissar die Metzgerstochter vergewaltigt hat.‘“

„Jetzt übertreib mal nicht.“

„Du weißt, was ich meine.“

„Hast du dir den Chatverlauf auf dem Handy genauer angeschaut?“, wollte Köhler wissen.

„Nicht wirklich“, gab er zu. „Ich habe nur die Titten seiner Tochter gesehen und deinen Namen gelesen.“

„Und?“ Köhler blieb ruhig. „Du hast doch bestimmt auch meine Antworten gelesen.“

Ballauf blickte schuldbewusst drein. „Allerdings“, sagte er und zeigte mit dem Finger auf Köhler. „Du hast geschrieben, dass du sie jederzeit treffen könntest. ‚Wann immer du willst, Sweetheart!‘“, zitierte er und malte Gänsefüßchen in die Luft. „Für mich sah das nicht so aus, als ob du es ablehnen würdest, mit ihr in die Kiste zu hüpfen.“

„Ist ja auch nicht hässlich.“

„Shaft, lass den Scheiß und nimm die Sache gefälligst ernst!“ Ballauf war kurz vor der Explosion. „Das kann dich den Job kosten, ist dir das klar?“

Köhler riss sich zusammen und antwortete mit ernster Miene: „Ich war besoffen und hab ein wenig mit ihr geflirtet. Und wenn schon …“

„Du gottverdammter Idiot!“ Ballauf atmete hörbar aus und griff sich ins Gesicht.

Köhler war wütend. Nein, er war kein Idiot. Und er hatte sich nichts vorzuwerfen. „Sie ist lediglich eine Zeugin. Und das nur im weitesten Sinne. Sie hat nichts mit dem Fall zu tun. Dass sie rein zufällig Steins Chefin war, tut nichts zur Sache.“

Ballauf sah das anders. „Sie wurde in der Sache vernommen, also ist sie beteiligt", beharrte er. „Mensch, Köhler!" Ihm war anzusehen, dass er seinem Mitarbeiter helfen wollte, ihm jedoch die Hände gebunden waren. „Wenn Berner das rausbekommt, platzt der ganze Fall."

„Das ist doch Quatsch!" Köhler hatte Mühe, sich zu beherrschen. „Irene ist alt genug, da muss nicht der Papa antanzen und das für sie klären."

„Sind wir jetzt schon so vertraut mit ihr, dass wir sie beim Vornamen nennen?"

Köhler rollte mit den Augen. „Das ist einfacher als der blöde Doppelname."

„Bleib gefälligst sachlich."

Köhler atmete tief ein. „Ist der Alte noch da?"

„Wen meinst du?"

„Den besorgten Vater von Frau Sennefeld-Bauernfeind."

„Spar dir deinen Sarkasmus, Shaft." Ballauf warf ihm einen tadelnden Blick über seine kurz zuvor aufgesetzte Lesebrille zu. „Herr Sennefeld war gestern Abend hier und zeigte sich ziemlich aufgebracht."

„Es ist doch nichts passiert", verteidigte sich Köhler. „Ich verstehe die ganze Aufregung nicht."

„Gut", sagte Ballauf abschließend. „Wir machen Folgendes. Ich rufe Sennefeld jetzt an, um die Sache ein für alle Mal zu klären." Er suchte die Nummer raus und begann zu wählen. Bevor er die letzte Zahl eintippte, sah er Köhler eindringlich an. „Und du reißt dich am Riemen, ist das klar?"

Köhler verzog das Gesicht.

„Ob das klar ist?"

„Ja."

Ballauf aktivierte das Telefonat und wartete. Das Gerät war auf „Mithören" gestellt. Es klingelte ein paar Mal, bevor sich eine weibliche Stimme meldete.

„Sennefeld und Co. KG. Mein Name ist Christa Becker, was darf ich für Sie tun?"

Ballauf verlangte nach dem Chef und wurde verbunden. In knappen Worten klärte er Sennefeld darüber auf, dass Köhler vor ihm sitze und mithöre. Es folgte ein kurzes Gespräch darüber, dass Ballauf Köhler auf die Sache angesprochen und ihn über sein Vergehen aufgeklärt habe.

„Herr Sennefeld", schaltete sich Köhler alsbald in das Gespräch ein. „Ich möchte Ihnen versichern, dass ich Ihrer Tochter in keiner Weise nachgestellt habe. Sollte ich den Eindruck erweckt haben, möchte ich mich dafür entschuldigen. Ich befand mich in einem Moment der Schwäche, als mich die Nachricht Ihrer Tochter erreichte."

„Sagen Sie es doch, wie es ist, Herr Köhler", antwortete Sennefeld. Er wirkte aufgeregt. „Besoffen waren Sie und wollten meiner Tochter unter den Rock."

„So würde ich das nicht formulieren."

„Aber ich!"

„Es tut mir leid. Ich …" Köhler stockte. Er wechselte einen ratsuchenden Blick mit Ballauf. „Ganz ehrlich … ich weiß nicht, was Sie von mir wollen. Ihre Tochter ist Ende dreißig und die Initiative ging von ihr aus. Ich habe mir nichts vorzuwerfen."

„Mal sehen, wie das die Presse sieht, junger Mann. Ihr Ruf ist eh nicht der beste. Neuerliche Schlagzeilen dieser Art würden Ihrem Polizeipräsidenten, der im Übrigen mein Golfpartner ist, nicht unbedingt gefallen."

„Was genau wollen Sie von mir?“ Köhler war genervt.

„Halten Sie sich von meiner Tochter fern. Sie hat mit Ihresgleichen keinen Umgang. Bei allem Respekt, aber Sie sind eine Nummer zu klein für sie, Herr Köhler.“ Es klickte in der Leitung. Sennefeld hatte aufgelegt.

Ballauf hob missbilligend die Brauen. „Da hast du aber ganz schön was angerichtet, Köhler.“

„Wieso ich?“ Köhler war jetzt richtig wütend. „Da ist doch was faul, verdammt!“

„Jetzt siehst du aber Gespenster.“

Köhler wollte gerade etwas erwidern, als die Tür aufflog. Laußner stand im Türrahmen und hielt einen Zettel hoch.

„Kannst du nicht anklopfen?“, fuhr Ballauf ihn an. „Wir sind hier in einer Besprechung.“

„Scheiß drauf, Chef.“ Laußner grinste breit und wedelte mit dem Zettel. „Wir haben ihn!“

DNA

„Und du meinst, das funktioniert?“ Irene Sennefeld-Bauernfeind stand neben ihrem Vater, der gerade mit Ballauf telefoniert hatte.

„Es wirbelt auf jeden Fall schon mal was durcheinander.“ Sennefeld lehnte sich zufrieden zurück. „Solange die mit sich selbst beschäftigt sind, lassen sie uns in Ruhe.“

Irene Sennefeld-Bauernfeind hob die Brauen. „Wollen wir es hoffen.“ Sie grinste ihren Vater an. „Seit wann spielst du eigentlich Golf?“

Sennefeld lachte. Dabei wackelte sein massiger Körper. „War ein spontaner Einfall.“

„Hoffentlich geht der Schuss nicht nach hinten los.“

„Ach Quatsch!“

„Herr Ohnesorg ist da“, ertönte die Stimme Christa Beckers aus der Gegensprechanlage.

„Soll reinkommen“, befahl Sennefeld.

Sekunden später wurde die Tür geöffnet und der schmierige Anwalt betrat das Büro. Ohne Gruß knallte er seinen Aktenkoffer auf den Tisch und sagte: „Wir haben ein Problem.“

„Wen haben wir?“, fragte Ballauf. „Kannst du mal konkret werden, Laußner?“

„Den Mörder der Steins.“ Laußner grinste wie ein Honigkuchenpferd.

„Was macht dich da so sicher?“

„Die DNA-Analyse.“

„Jetzt mal ganz von vorn.“ Köhler bat Laußner, Platz zu nehmen.

Wenig später saß dieser vor den beiden Kollegen.

„Erzähl schon!“, forderte Köhler nach einer Weile, während der Laußner nur dümmlich vor sich hin gegrinst hatte.

„Ach so … ja.“ Laußner sammelte sich und begann mit seinem Bericht. „Wir haben eine Anfrage aus der Uniklinik erhalten, wegen eines unbekannten Toten.“

„Aha.“

„Genau.“ Laußner rutschte auf seinem Stuhl hin und her. Er war wirklich aufgeregt. Es kam selten vor, dass er solche Momente hatte, deshalb genoss er die Aufmerksamkeit in vollen Zügen. „Gestern Mittag wurde ein Mann am Hauptbahnhof bewusstlos. Die Rettungskräfte brachten ihn in die Uniklinik, wo er seinen inneren Verletzungen erlag, die er sich vermutlich bei einer Schlägerei eingefangen hatte. Details haben wir noch nicht, klären wir aber. Da der Mann keinen Ausweis oder sonst irgendwelche Identifikationspapiere bei sich hatte, kam ein Arzt auf die Idee, einen DNA-Vergleich zu machen. Dieser Arzt kennt eine unserer Laborratten.“ Laußner wedelte mit den Händen. „Wie das Ganze zustande kam, ist mir noch nicht klar, jedenfalls haben wir das Blut von diesem Kerl durch unsere Datei gejagt, und siehe da …“ Er machte eine theatralische Pause. „Die DNA des Toten passt zu der an unserem Tatort in der Nordweststadt gefundenen DNA.“ Laußner ließ sich in den Stuhl sinken und erwartete Applaus.

„Und?“, fragte Köhler. Er sah Laußner auffordernd an.

„Was und?“, wollte dieser wissen.

„Wie heißt er, wo kommt er her, wer hat ihn beauftragt und warum hat er die Steins vom Balkon geworfen?“

Laußner entglitten die Gesichtszüge. Er sprang auf. „Ihr seid solche ...“, murrte er, verkniff sich aber eine Beleidigung. „Da kommt man mit einem Durchbruch und ihr habt nichts Besseres zu tun, als die Neuigkeiten schlechtzureden.“

„Nichts für ungut, Laußner“, sagte Köhler konsterniert. „Aber wir sind hier nicht in einer Quizshow, sondern in einer Mordermittlung. Da brauchen wir mehr als nur eine Antwort.“

Laußner starrte Köhler an. Er war wütend, das war ihm anzusehen. „Du bist manchmal echt ein Arschloch, Köhler.“ Nur mühsam schien er sich beherrschen zu können. „Du gönnst wohl niemandem außer dir einen Erfolg.“ Er zog die Nase hoch. „Oder vielleicht noch Grotte. Aber wenn ich komme und was erreicht habe, dann werde ich erst mal runtergeputzt. Das ist so ...“, er überlegte und suchte nach dem passenden Begriff. „... erbärmlich.“ Er wischte sich über seinen Oberlippenbart. „Jawohl, erbärmlich!“, zischte er.

„Jetzt krieg dich doch mal wieder ein, Laußner“, rief Ballauf dazwischen. „Wo sind wir denn hier?“

„Is doch wahr“, maulte Laußner.

„Was willst du hören?“, fragte Ballauf. „Soll ich dir den Kopf tätscheln und sagen: ‚Gut gemacht, Laußner!‘?“

„Zum Beispiel.“ Seine Augen zuckten hin und her, dann fügte er an: „Nur ohne das Getätschel.“

Ballauf runzelte die Stirn. „Du hast deinen Job gemacht, fertig. Soll ich dich jetzt als Mitarbeiter des Monats ins Schaufenster stellen, oder was?“

Laußners Lippen bebten. Er fühlte sich zutiefst getroffen. Dabei war er so stolz auf seinen Ermittlungserfolg gewesen.

Köhler legte nach: „Davon mal abgesehen, lässt du dich hier für Kommissar Zufall abfeiern."

„Ach leckt mich doch ...", stieß Laußner aus und ging zur Tür.

„Warte!", rief ihm Ballauf hinterher.

Laußner stoppte. Erwartungsfroh drehte er sich um. Als Ballauf ihm die Hand entgegenstreckte, betrachtete er das als eine entschuldigende Geste. Erst als Ballauf die Hand auf und zu machte, erkannte er, dass er sich gar nicht entschuldigen wollte.

„Die DNA-Analyse bitte", forderte Ballauf.

Laußner knallte sie ihm in die Hand und ging.

„Unser Mann hat sich nicht an die Anweisung gehalten", sagte Ohnesorg.

„Was genau meinen Sie?", wollte Irene Sennefeld-Bauernfeind wissen. Sie wurde nervös.

„Er ist nach dem Auftrag nicht direkt nach Rumänien zurückgekehrt, sondern hat sich hier noch einen kleinen Urlaub gegönnt."

„Verdammt!", entfuhr es dem alten Sennefeld. „Wurde er etwa geschnappt?"

„Wie man es nimmt."

„Sie sprechen in Rätseln."

„Er ist tot."

Die Tochter nickte wohlwollend. „Dann ist doch alles gut."

„Da bin ich mir nicht so sicher."

„Würden Sie uns bitte umfassend informieren?" Der alte Sennefeld war aufgebracht. Er hasste es, wenn jemand um den heißen Brei redete. „Kommen Sie mal auf den Punkt!"

„Pamfil wurde bewusstlos in die Frankfurter Uniklinik eingeliefert. Er war wohl noch mal kurz bei Bewusstsein, verstarb aber gestern Abend in der Klinik."

„Wurde er erschossen?", wollte Irene Sennefeld-Bauernfeind wissen.

„Was genau mit ihm geschehen ist, kann ich nicht mit Gewissheit sagen", bekannte der Anwalt. „Meine Quellen sind gerade dabei, Näheres herauszufinden." Er setzte sich auf den nächstbesten Stuhl. „Das Blöde ist, dass die Polizei ihn mit dem Mord an den Steins in Verbindung bringt."

„Wie das?"

„Ich weiß nur, dass denen bekannt ist, dass er mit dem Mord zu tun hat. Ich vermute, sie haben eine DNA-Analyse gemacht, um ihn zu identifizieren."

„Ist das nicht ungewöhnlich?", gab Irene Sennefeld-Bauernfeind zu bedenken.

„Man ging von einer Straftat aus, und es gibt da wohl einen Arzt, der einen aus dem Polizeilabor gut kennt, und da hat man sich für den kurzen Dienstweg entschieden."

„Wo ist jetzt das Problem?", wollte Sennefeld wissen. „Der Mörder der Steins ist tot. Die Polizei hat ihren Fall aufgeklärt, also ist alles wieder im Lot."

Ohnesorg setzte eine düstere Miene auf. „Im Gegenteil", sagte er gewichtig. „Das Problem ist, dass die Polizei irgendwann dahinterkommt, dass Pamfil im Auftrag gehandelt hat."

„Was macht Sie da so sicher?"

„Dass er keinerlei Verbindung zu den Opfern hatte und es ziemlich eindeutig ist."

Irene Sennefeld-Bauernfeind wurde blass. „Was machen wir denn jetzt?“

„Die Füße still halten“, riet der Anwalt. „Nichts deutet darauf hin, dass wir in die Sache verwickelt sind.“ Er erhob sich und griff nach seiner Aktentasche. „Ich wollte Sie nur rechtzeitig informieren, damit Sie sich entsprechend verhalten.“ Er ordnete seine Kleidung. „Ich mache mir keinerlei Sorgen, denn Pamfil hat sich mit keinem von uns jemals getroffen. Alles ist professionell und diskret abgelaufen. Man kann uns nichts nachweisen.“

Die Sennefelds schienen erleichtert.

„Allerdings“, schob Ohnesorg nach, „sollten wir uns in den nächsten Tagen über das Drogengeschäft unterhalten. Meine Mandanten sind nicht glücklich.“

Hellhörig geworden hakte Sennefeld nach: „Was meinen Sie?“

„Ich will es mal so ausdrücken.“ Der Anwalt strich sich beiläufig über die Krawatte und entfernte einen imaginären Fussel von seinem Jackett. „Sie sind nicht mehr zuverlässig genug.“ Bevor einer seiner beiden Gesprächspartner etwas erwidern konnte, hob er eine Hand und sagte: „Das ist lediglich die Aussage meiner Mandanten. Ich bin nur der Überbringer der Nachricht.“

„Heißt das jetzt, wir sind raus?“, wollte Irene Sennefeld-Bauernfeind wissen.

„So in etwa.“

Heinz Sennefeld vermochte seine Wut kaum zu unterdrücken, als er sagte: „Sie wollen uns nach all den Jahren, die wir für Sie den Arsch riskiert haben, einfach so fallen lassen? Wegen dieser Kleinigkeit?“

Ohnesorg hob die Brauen. „Kleinigkeit?“ Er lachte freudlos. „Sie haben ohne Absprache zwei Menschen ermorden lassen, und das auch noch völlig dilettantisch."

Sennefeld sprang auf und haute mit den Händen auf den Tisch. „Sie mieser kleiner ..." Er sprach den Satz nicht zu Ende. „Sie haben uns diesen Pamfil verschafft. Sie wussten Bescheid." Es bereitete ihm große Mühe, nicht zu schreien.

Ohnesorg blieb gelassen. „Das muss ich von mir weisen", erwiderte er. „Ich habe Ihnen lediglich eine Adresse genannt, an die Sie sich wenden können. Ich wusste doch nicht, was das für Auswüchse annehmen würde." Er zeigte sich empört. „Wenn Sie mir gesagt hätten, was Sie vorhatten, hätte ich Ihnen dringend davon abgeraten."

„Mein Vater hat recht", schaltete sich Irene Sennefeld-Bauernfeind ein. „Sie sind ein mieser kleiner Winkeladvokat."

„Ich bitte Sie", sagte Ohnesorg. „Mit Beleidigungen kommen wir hier nicht weiter."

Die Augen der Juniorchefin hatten sich zu schmalen Schlitzen verengt, als sie weitersprach. „Was genau dachten Sie eigentlich, was wir vorhatten, als wir Sie damals nach einem Auftragskiller fragten?" Sie machte einen Schritt auf Ohnesorg zu. „Meinten Sie etwa, wir wollten die Nilgänse aus dem Frankfurter Ostpark vertreiben, oder was?"

Ohnesorg machte eine abwehrende Handbewegung. „Hören Sie, ich bin hier nur der Anwalt."

„Ein geldgieriger Drecksack sind Sie", zischte Sennefeld-Bauernfeind. „Sie haben die Provision eingesteckt und auf die Konsequenzen geschissen." Sie mäßigte sich, um nicht zu brüllen. „Ihnen war sehr wohl bewusst, welche Auswirkungen unsere Aktion haben würde. Sie waren sich der Risiken bewusst und haben uns ins offene Messer laufen lassen. So sieht's aus."

„Hören Sie", entgegnete der Anwalt. „Ich gebe zu, dass ich vielleicht so etwas geahnt habe. Aber jetzt mal ehrlich: Wenn ich Ihnen Pamfil nicht vermittelt hätte, wären Sie zu einem anderen gegangen. Sie waren ja wild entschlossen, diesen Stein loszuwerden. Was hätte das geändert?"

„Sie hätten uns davon abbringen müssen!", rief Sennefeld. „Nun haben wir den Salat an allen Fronten. Ihr bescheuerter Amateurrumäne hat sich nicht an den Plan gehalten, und jetzt drohen wir aufzufliegen. Als wäre das nicht genug, nehmen Sie uns auch noch unsere Haupteinnahmequelle weg."

„Herrschaften." Der Anwalt lachte auf. „Sie sind eine Großmetzgerei und beliefern bundesweit Hunderte Supermärkte mit Ihren Produkten. Sie sollten auf die paar Euro aus dem Drogengeschäft eigentlich nicht angewiesen sein. Ehrlich gesagt habe ich mich schon immer gefragt, warum Sie das überhaupt machen."

Vater und Tochter schwiegen. Ihre Blicke jedoch sagten mehr als tausend Worte.

Auch der Anwalt begriff schnell. „Sie haben sich verzockt." Er kniff ein Auge zu. „Nur interessehalber: War es die Börse? Immobilien? Die Spielbank?"

Wieder schwiegen beide.

„Ist ja auch egal." Er winkte ab und grinste breit. „Sie sind Geschichte, was das Drogengeschäft angeht, so viel steht schon mal fest. Und da lassen meine Mandanten auch nicht mit sich reden." Er hob die Hand. „Apropos reden …" Jetzt wurde er sehr ernst. „Sie wissen, was mit Leuten passiert, die in dieser Branche zu viel reden." Sein Blick wanderte zwischen Vater und

Tochter hin und her. Er ließ den Satz wirken. Dann stand er auf und knöpfte sich sein Jackett zu. Ohne eine Reaktion abzuwarten, verließ der Anwalt das Büro.

Auch die Sennefelds brauchten frische Luft. Sie beeilten sich, dem windigen Advokaten zu folgen und es so aussehen zu lassen, als würden sie ihn an die Tür begleiten.

Ohnesorg griff im Vorbeigehen in die Bonbonschüssel, präsentierte das Naschwerk und sagte freundlich zu der Sekretärin: „Denken Sie an meine Lieferung, Frau Becker?"

Christa Becker lächelte und nickte scheu.

Dann waren er und die Sennefelds verschwunden. Christa Becker war kreidebleich, was jedoch keiner der drei Verbrecher bemerkt hatte.

Was sie ebenfalls nicht bemerkt hatten, war die Tatsache, dass die Taste der Gegensprechanlage in Sennefelds Büro immer noch auf „Senden" stand.

Frau Becker

Christa Becker hatte die gesamte Unterhaltung mitbekommen. Ihre Zweifel, ob ihre Arbeitgeber schmutzige Geschäfte tätigten, waren durch dieses unfreiwillig mitgehörte Gespräch ad absurdum geführt worden. Sie hatte schon immer eine ausgeprägte Moralvorstellung gehabt und auch bei anderen Menschen einen hohen Maßstab angesetzt. Das war ihr Naturell. Christa Becker legte größten Wert auf Anstand.

Nachdem der Anwalt und die beiden Sennefelds das Büro verlassen hatten, blieb sie eine ganze Weile wie gelähmt an ihrem Schreibtisch sitzen. Das Gehörte löste einen regelrechten Schock in ihr aus. Gleichzeitig schämte sie sich dafür, dass sie das Gespräch mitgehört hatte. Als sie aus ihrer Starre erwachte, lief sie zuerst in Sennefelds Büro und schaltete die Gegensprechanlage ab. Als sie das antiquarische Gerät sah, fragte sie sich, wer um alles in der Welt so etwas heute noch benutzte, wo es doch moderne Telefonanlagen gab. Aber ihr Chef war halt noch vom alten Schlag und konnte sich mit neuer Technik nur schwer anfreunden. Ein Wunder, dass er die Firma so weit gebracht hatte.

Als sie wieder an ihrem Schreibtisch saß, ohne einen Finger zu rühren, kam Christa Becker der Gedanke, dass es um die Fleischfabrik vielleicht gar nicht so gut stand, wie alle immer glaubten. Wenn Sennefeld gezwungen war, Drogengeschäfte zu tätigen, und wenn er zudem selbst vor Mord nicht zurückschreckte, war es nur ein kurzer Schritt zu dem Verdacht, dass die Firma nicht lief und nur durch das Drogengeld am Laufen gehalten wurde. Ihr Kopf schien kurz vor der Explosion zu stehen. Zu viel mischte sich darin. Ihre Gedanken überschlugen sich. Was sollte sie denn jetzt machen?

„Alles in Ordnung mit Ihnen?"

Christa Becker zuckte zusammen, als sie die Stimme der Juniorchefin vernahm. Sie und ihr Vater waren in ihr Büro getreten und standen ihr auf einmal gegenüber. Sie starrte die beiden an und konnte sich nur mit Mühe zurückhalten, laut schreiend aus dem Raum zu laufen.

„Ich ...", begann sie, „... habe ein wenig ... ich muss was Falsches gegessen haben."

„Sie sind ja ganz blass, Frau Becker", zeigte sich Irene Sennefeld-Bauernfeind ungewohnt mitleidig. „Sie müssen nicht krank arbeiten. Das wissen Sie?" Sie wartete die Antwort nicht ab, sondern fuhr fort: „Vielleicht hätten Sie einfach noch ein paar Tage länger zu Hause bleiben sollen."

„Hm?" Christa Becker hatte die letzten Worte nur durch ein Rauschen gehört.

„Sollen wir einen Arzt rufen?" Es war Heinz Sennefeld, der nun wirklich in Sorge um das Wohl seiner Sekretärin war.

„Nein, nein." Christa Becker bekam sich langsam wieder in den Griff. Im Stillen zwang sie sich dazu, sich zusammenzureißen. „Es geht schon."

„Vielleicht sollten Sie für heute Schluss machen", schlug Sennefeld vor. „Es ist eh schon nach drei. Gehen Sie nach Hause."

„Aber die Bestellungen ...", protestierte Christa Becker und begann damit, Papiere, die vor ihr auf dem Tisch lagen, zu sortieren.

„Die können bis morgen warten." Sennefeld sprach sehr einfühlsam. Er ging zur Garderobe und griff nach Christa Beckers Tasche und Mantel. „Ich rufe Ihnen ein Taxi."

„Das ist nicht nötig. Ich kann selbst fahren."

„Sind Sie sich sicher?"

Die Sekretärin nickte. Sie beharrte auf ihre Selbstständigkeit. Alles in ihr sträubte sich dagegen, Hilfe von den Sennefelds anzunehmen.

Als Christa Becker vor dem Mehrfamilienhaus in Oberrad einparkte, wusste sie nicht, wie sie dorthin gekommen war. Erschrocken stellte sie fest, dass sie tief in Gedanken versunken von Rödermark bis nach Hause gefahren war. Sie konnte sich nicht an die Fahrt erinnern, zu sehr hatten sie die Gedanken an das mitgehörte Gespräch beschäftigt. Was sollte sie tun?

Ihre Loyalität gegenüber Heinz Sennefeld kämpfte mit der Abneigung gegen dessen Tochter Irene. Christa Becker war sich sicher, dass diese schmutzigen Geschäfte auf deren Mist gewachsen waren. Sicherlich hatte sie sich von ihrem Ex-Mann, dem feinen Herrn Bauernfeind, in die Sache reinziehen lassen. Wo steckte der Kerl überhaupt?

„Was mache ich denn jetzt?", murmelte sie. Noch immer saß sie hinter dem Steuer ihres Kleinwagens, unfähig zu irgendeiner Handlung. Da klopfte es an die Scheibe. Sie erschrak und stieß einen spitzen Schrei aus. Beim Blick durch das Fenster erkannte sie den Postboten, der sie verlegen angrinste. Erleichtert ließ sie die Scheibe herunter.

„Sorry, ich wollte Sie nicht erschrecken, Frau Becker", eröffnete der Postbote beschämt. „Aber ich habe hier ein Einschreiben für Sie. Wenn Sie kurz …" Er vollendete den Satz nicht, sondern hielt ihr einen Einlieferungsbeleg zur Unterschrift entgegen.

„Natürlich", sagte Christa Becker, nahm das Schreiben in Empfang und quittierte wie gewünscht. Der Briefträger entschuldigte sich erneut für den Schreckmoment und wünschte noch einen schönen Tag.

Christa Becker nickte freundlich und betrachtete das Einschreiben. Es war von ihrer Finanzberatung. Automatisch öffnete sie den Brief. In dem Schreiben wurde ihr angekündigt, dass in Kürze ein langjähriger Sparvertrag fällig wurde.

Zu früh gefreut

In der Ermittlergruppe wurde die Nachricht über den positiven DNA-Vergleich mit großer Erleichterung aufgenommen. Staatsanwalt Berner, der eine Besprechung mit allen an dem Fall Beteiligten anberaumt hatte, ergriff das Wort.

„Ich freue mich, dass wir den Täter ermitteln konnten", sagte er und es klang, als wäre es allein sein Verdienst. „Wieder einmal hat sich gezeigt, dass unser System funktioniert." Er grinste unter seinem Vollbart. „Und aufgrund der Tatsache, dass der Mann tot ist, ersparen wir dem Staat auch noch die Prozesskosten." Er lachte auf. „Sozusagen eine Win-win-Situation."

Allgemeines Gelächter war die Reaktion.

„Spaß beiseite", fuhr der Staatsanwalt fort. „Gute Arbeit, liebe Kolleginnen und Kollegen. Sie haben die Stadt wieder ein Stückchen sicherer gemacht. Hut ab!"

Köhler kommentierte diesen Satz mit einem kurzen, missbilligenden Lachen.

Berner entging der Protest nicht. „Sind Sie anderer Meinung, Herr Köhler?"

Köhler zog die Brauen hoch, richtete sich auf und sagte: „Ich bin der Meinung, dass Sie entweder nicht richtig informiert sind oder das alles ein wenig falsch einschätzen." Er hob den Zeigefinger und fügte an: „Um es mal freundlich zu formulieren."

Grotewohl, die neben Köhler saß, ahnte Schlimmes. „Lass gut sein, Shaft", raunzte sie.

„Er hat doch gefragt", verteidigte er sich.

„Hat er aber nur, weil du ihn provoziert hast."

„Warum könnt ihr beiden nicht einfach mal den Erfolg genießen?", schaltete sich Ballauf ein. „Müsst ihr immer stänkern?"

Grotewohl brauste auf: „Wieso ich? Was hab ich denn jetzt gemacht?"

„Ich seh's dir doch an, dass du genauso denkst."

„Ach, können wir jetzt schon Gedanken lesen, Herr Hauptkommissar?"

„Bitte", sagte Berner schlichtend und hob die Arme. „Hört mal auf mit diesem Kinderkram. Shaft, wo liegt das Problem?"

Köhler atmete durch und legte seinen Standpunkt dar: „Der Erfolg basiert auf einem – eigentlich illegalen – DNA-Vergleich, den wir nicht vorgenommen hätten, wenn dieser Dummkopf sich nach der Tat auf den Weg nach Rumänien gemacht hätte. Hätte er das nämlich getan, würden wir Weihnachten im Jahr 2234 immer noch nach ihm suchen. Das war der erste Zufall. Der zweite war, dass er sich allem Anschein nach auch noch verprügeln ließ. Als dritten Zufall können wir notieren, dass der zuständige Arzt unsere Laborratte persönlich kannte. Die Krönung der ganzen Zufallsorgie ist, dass hier scheinbar niemand merkt, dass es sich um eine Auftragsarbeit handeln muss. Demnach haben wir nur die Waffe gefunden, den eigentlichen Schützen aber nicht." Er lachte verächtlich. „Das alles als Ermittlungserfolg zu deuten, kränkt mich in meiner Berufsehre. Für mich ist der Fall noch lange nicht abgeschlossen. Im Gegenteil, er fängt jetzt erst an. Da draußen läuft jemand rum, der andere Menschen dafür bezahlt, Morde zu begehen. Wir wissen weder den Grund, noch wer es ist und ob er es wieder tun wird. Und wenn wir uns jetzt dafür abfeiern lassen, nur weil wir aufgrund eines dummen Zufalls einen Auftragskiller von vielen erwischt haben, sind wir mehr als erbärmlich. In meinen Augen ist der Fall noch nicht abgeschlossen." Köhler lehnte sich zurück und verschränkte trotzig die Arme vor seiner Brust.

Alle Augen im Saal waren zuerst auf ihn, dann peinlich berührt auf den Boden gerichtet.

Schließlich ergriff Ballauf das Wort. „Tja, Leute ...", begann er und stützte sich beim Aufstehen auf den Tisch. „Ihr habt ihn gehört. An die Arbeit!"

Niemand war mehr überrascht als Köhler selbst. Er saß wieder in seinem Büro und dachte angestrengt über die neue Situation nach.

Müller kam herein und sagte: „Geile Show vorhin, Shaft."

„Danke", war alles, was Köhler dazu einfiel. Er war tief in Gedanken versunken.

„Wie geht's jetzt weiter?" Müller loggte sich auf seinem PC ein. Als Köhler nach einer geraumen Zeit noch immer keine Antwort gegeben hatte, hakte Müller nach. „Erde an Shaft, bitte kommen!"

„Was?"

„Wo genau bist du?"

„Na, hier."

Müller erwiderte nichts. Sein Blick genügte.

Köhler schaute seinen Kollegen an. Schließlich warf er den Stift, auf dem er die ganze Zeit genagt hatte, an die Wand. „So eine Scheiße!", fluchte er und verließ das Büro.

Müller und Grotewohl sahen ihm nach und tauschten schließlich bedeutungsvolle Blicke. Beide schüttelten den Kopf und machten sich wieder an die Arbeit.

Köhler brauchte frische Luft. Im Gehen drehte er sich eine Zigarette. Auf dem Flur kam er an den Sitzbänken vorbei, die für Besucher aufgestellt worden waren. Auf einer der Bänke saß eine Frau. Er beachtete sie nicht weiter, bis sie ihn ansprach.

„Herr Köhler?“, hörte er sie fragen. Ihre Stimme klang zurückhaltend, beinahe nervös.

„Ja?“, antwortete er gehetzt, die Hand schon an seinem Feuerzeug.

„Ich muss mit Ihnen reden“, sagte die Frau. „Es geht um …“

Köhler würgte sie mit einer Handbewegung ab und ging weiter. „Geben Sie mir fünf Minuten, dann bin ich bei Ihnen. Es passt gerade nicht.“ Er hetzte den Flur hinunter und ließ die Frau ohne ein weiteres Wort zurück.

Christa Becker lehnte sich an die wackelige Rückseite der Bank und versuchte ruhig zu bleiben. Plötzlich hörte sie eine Stimme ganz in ihrer Nähe ihren Namen rufen. Sie schreckte zusammen, sah sich um und erkannte die Person, die sie gerufen hatte. Panik erfasste sie. „Hallo Frau Sennefeld-Bauernfeind“, sagte sie mit zittriger Stimme.

„Was machen Sie denn hier?“ Die Metzgerstochter kam herbeigeeilt. „Sollten Sie nicht beim Arzt sein?“ Sie setzte sich neben die völlig verängstigte Frau.

„Ich …“ Christa Becker fasste sich an die Stirn. „Da war ich schon … alles in Ordnung.“

„Und was machen Sie dann hier?“

Christa Becker lachte verlegen. „Mir ist doch tatsächlich die Handtasche gestohlen worden.“ Unwillkürlich griff sie nach der Tasche, die neben ihr auf der

Bank stand. „Das ist meine Ersatztasche“, fügte sie ungefragt an.

„Und die Anzeige machen Sie auf dem Präsidium?“ Irene Sennefeld-Bauernfeind zog die Brauen hoch. „Bei der Kripo?“

Wieder lachte Christa Becker verlegen. „Mein Arzt ist hier gleich um die Ecke, da dachte ich …“ Sie sah sich um. „Das hier ist also die Kripo?“

„Ja, das ist die Kripo.“

„Kein Wunder, dass die mich so lange sitzen lassen.“ Christa Becker stand auf und ordnete ihr Kostüm. „Man sagte mir, das wäre eine Polizeiwache wie jede andere auch.“

Irene Sennefeld-Bauernfeind lachte und entgegnete: „Im Prinzip ja. Aber die Wache ist im Erdgeschoss.“ Sie stand ebenfalls auf. „Kommen Sie, meine Liebe. Ich bringe Sie hin.“

„Nein, nein“, erwiderte Christa Becker etwas zu heftig. „Ich finde das schon. Ich will Sie nicht aufhalten.“ Sie stockte und fragte schließlich: „Was machen Sie eigentlich hier?“

Irene Sennefeld-Bauernfeind lächelte gutmütig. „Es ist noch mal wegen Herrn Stein. Man hat wohl den Täter gefunden.“

„Oh! Das ist gut, oder?“

„Ja, das ist es.“

Einen Augenblick sprachen die beiden Frauen nicht. Eine unangenehme Pause entstand.

„Tja“, löste Christa Becker die Starre. „Ich geh dann mal meine Anzeige machen.“ Ohne auf eine Reaktion zu warten, ging sie in Richtung der Aufzüge davon.

Irene Sennefeld-Bauernfeind sah ihr kopfschüttelnd hinterher.

Nachdem Köhler seine Zigarette geraucht und sich wieder beruhigt hatte, trat er den Rückweg zu seinem Büro an. „Was machen Sie denn hier?“, entfuhr es ihm, als er Irene Sennefeld-Bauernfeind auf der Bank sitzen sah. Er bemerkte, wie sich ihre Augen bei seinem Anblick vergrößerten. Es war eine seiner Angewohnheiten, Reaktionen seiner Gesprächspartner zu lesen. Das hatte er sich über die Jahre antrainiert. Es gab automatische Reaktionen des menschlichen Körpers, die sehr viel offenbarten. Das hatte ihm oft geholfen, die Glaubwürdigkeit seines jeweiligen Gegenübers besser einschätzen zu können.

„Herr Köhler!“ Irene Sennefeld-Bauernfeind gab sich überrascht. „Zu Ihnen wollte ich.“

„Dann stellen Sie sich hinten an“, antwortete der Kommissar wenig enthusiastisch. „Da ist noch jemand vor Ihnen dran.“ Er kniff die Augen zusammen. „Kann aber einen Moment dauern.“

„Sie meinen nicht etwa die Dame, die eben noch hier gesessen hat?“

„Genau die.“ Köhler sah sich um. „Wo ist sie überhaupt?“

„Die ist gerade in den Aufzug gestiegen.“ Irene Sennefeld-Bauernfeind zeigte auf die Aufzüge. „Vorher hat sie noch was von ‚keine Zeit mehr‘ und ‚Sauladen‘ geschimpft.“ Sie legte den Kopf schief und grinste. „Ach ja … und ich glaube, ein ‚Die können mich mal‘ gehört zu haben.“

Köhlers Gesicht verriet Frustration. „Dann sind Sie wohl doch früher dran.“

Irene Sennefeld-Bauernfeind sah auf ihre Uhr. „Was?“, rief sie übertrieben erschrocken. „Schon so spät?“ Sie griff nach ihrer Handtasche, die sie neben sich auf der Bank abgelegt hatte, und warf sie sich über die Schulter. „Jetzt haben wir so lange getrödelt, dass ich keine Zeit mehr habe." Sie erhob sich, tätschelte seinen Oberarm und ließ ihn stehen. „Ich komme dann ein andermal."

Sprachlos wandte sich Köhler zu der Metzgerstochter um. Sein Mund stand offen und sein Zeigefinger war erhoben. Sie war bereits bei den Aufzügen und drückte den Rufknopf. Als der Aufzug sein Kommen mit einem hohen Ton ankündigte, drehte sie sich kurz zu ihm um. Dann stieg sie grinsend in den Aufzug und verschwand.

„Weiber!", war alles, was Köhler dazu einfiel. Er schüttelte den Kopf. Insgeheim war er froh, dass sowohl die unbekannte Dame als auch die Sennefeld-Bauernfeind ihre Meinung geändert hatten. Er hatte weiß Gott genug zu tun.

Angst

Christa Becker konnte kaum atmen. Sie spürte den Herzschlag an ihrer Halsschlagader und schnaufte, als hätte sie gerade den Ginnheimer Spargel im Laufschritt erklommen. Es fehlte nur der Schweiß auf ihrer Stirn. Ihr war schlecht. An die Wand des Aufzugs gepresst würgte sie, konnte aber ein Erbrechen verhindern.

Mit einem *Bing* öffnete sich die Tür und gab die Lobby des Polizeipräsidiums frei. Ein Polizist stand vor dem Aufzug und wartete ab, ob sie heraustrat oder sonst eine Reaktion zeigte. Als das nicht geschah, fragte er: „Nach oben oder nach unten?"

Christa Beckers Blick wurde wieder klar. Sie schüttelte sich kurz und trat zwei Schritte vor. Dabei versuchte sie ein Lächeln zustande zu bringen, das jedoch gequält wirkte. Der Polizist lächelte, trat einen Schritt zurück und ließ sie passieren.

Wie in einem dunklen Tunnel suchte Christa Becker nach dem Ausgang; sie brauchte dringend frische Luft.

Endlich hatte sie den schmalen Vorplatz an der Adickesallee erreicht. Sie wandte sich nach rechts zur Eschersheimer Landstraße. Ihr Fluchtreflex trieb sie zur nächsten U-Bahn-Station. Ihren Wagen hatte sie nach ihrer kopflosen Fahrt lieber stehen lassen. Beinahe wäre sie gegen den repräsentativen Metallklotz gestoßen, der vor dem Präsidium stand. Sie betrachtete das Ungetüm und fragte sich, was es darstellen sollte und was es wohl gekostet hatte.

Doch schon Sekunden später drehten sich ihre Gedanken wieder um das unschöne Aufeinandertreffen vor wenigen Minuten. Wenn die Sennefelds wirklich in Drogengeschäfte verwickelt waren und sie herausfanden, dass sie es wusste, war sie so gut wie tot. Jedem war schließlich bekannt, dass in der Drogenszene keine Gefangenen gemacht wurden.

Noch im Aufzug griff Irene Sennefeld-Bauernfeind zu ihrem Handy. Wenige Augenblicke später hatte sie ihren Vater am anderen Ende der Leitung.

„Wir haben ein Problem", sagte sie mit gedämpfter Stimme.

„Prima", antwortete ihr Vater frustriert. „Leg es zu den anderen."

„Lass die Sprüche!", zischte Irene Sennefeld-Bauernfeind. „Die Becker weiß was."

Stille am anderen Ende der Leitung. Dann: „Was meinst du?"

„Ich war … bin im Polizeipräsidium und …"

„Was willst du denn da?", unterbrach sie ihr Vater.

„Ist doch egal", fauchte sie. „Jetzt hör mir zu, verdammt noch mal." Sie machte eine rhetorische Pause. „Jedenfalls war ich bei Köhler. Und bevor du fragst: Ich wollte einfach nur wissen, was er weiß. Ich hatte gewiss nicht vor zu beichten."

„Das sei dir auch geraten."

Irene Sennefeld-Bauernfeind unterdrückte die aufkommende Wut und konzentrierte sich auf das Wesentliche. „Ich habe die Becker auf seinem Flur getroffen. Sie hat behauptet, den Diebstahl ihrer Handtasche anzeigen zu wollen."

„Ja und? Kann doch sein."

„Ja, kann sein … isses aber nicht. Denn sie wollte zu Köhler."

„Woher weißt du das?"

„Weil es mir Köhler selbst gesagt hat."

„Verdammt!"

„Ja, verdammt!"

Christa Becker war zutiefst beunruhigt und es gelang ihr nicht, ihre Gedanken zur Ruhe zu bringen. Was zur Hölle sollte sie tun? Wenn dieser blöde Bulle wenigstens eine Minute Zeit für sie gehabt hätte …

Jetzt war sie zum wiederholten Male in diesem Präsidiumskasten gewesen und war erneut nicht dazu gekommen, die *Sache* zu melden. Ein weiteres Mal würde es nicht geben, so viel stand fest. Sollten die Dummköpfe doch selbst rausfinden, was es mit dem Mord an den Steins auf sich hatte. Sie jedenfalls hatte genug davon. Und wenn die Sennefeld-Bauernfeind ihr die Lüge mit der Handtasche nicht abgekauft hatte, war sie sowieso erledigt. Wie der Anwalt gesagt hatte: Leute, die reden, sind in der Drogenbranche so gut wie tot.

Aber konnte sie mit der Kenntnis der Wahrheit leben?

Wenig später saß sie in der U3 in Richtung Innenstadt und schaute aus dem Fenster, das im Tunnel zu einem Spiegel wurde. Sie sah sich darin an und überlegte, was sie tun sollte. Schon bald befand sie sich in einem stillen Zwiegespräch mit ihrem Spiegelbild, das ebenso wie sie mit der Situation überfordert war und keine Lösung parat hatte. Die Bahn fuhr an der Hauptwache in den Bahnhof. Die gekachelten Wände, die unterbrochen von Werbeflächen die Station begrenzten, und die seltsam schmuddelige Atmosphäre nahm sie gar nicht wahr. Unbewusst schnappte sie auf, dass demnächst Peter Kraus in der Jahrhunderthalle ein Konzert gab. Sie mochte Peter Kraus.

Mechanisch stand sie auf, als sie aus der Sprechanlage die zahlreichen Umsteigemöglichkeiten vernahm. Sie musste hier aussteigen. Es fiel ihr schwer. Wollte sie überhaupt nach Hause? Kurz bevor die Türen wieder geschlossen wurden, huschte sie ins Freie. Jetzt stand sie wie angeheftet auf dem mattgrauen Boden der Station. Um sie herum hetzten die Fahrgäste in alle möglichen Richtungen. Christa Becker fühlte sich wie in einem Glaskasten. Irgendwie gelang es ihr, sich zu einer der Wartebänke zu schleppen. Sie ließ sich darauf nieder und starrte vor sich hin. Was, zum Teufel, sollte sie nur tun? Und war Peter Kraus nicht zu alt für die Bühne?

Falsch adressiert

Köhler und Grotewohl waren gerade von einer Raucherpause auf dem Balkon in ihr Büro zurückgekehrt und setzten sich einander gegenüber an ihre Schreibtische.

„Hast du ein Geschenk für meine Frau?", wollte Grotewohl wissen.

„Warum?", fragte Köhler.

„Das ist nicht dein Ernst?" Grotewohl fuhr aus ihrem Sitz hoch. „Das kannst du doch nicht vergessen haben, schließlich bist du eingeladen. Leonie wird heute dreißig!" Sie schäumte. „Das ist ein sehr wichtiger Geburtstag für eine Frau, das solltest du eigentlich wissen."

Köhler lachte schallend.

Grotewohl begriff. „Du hast mich verarscht."

„Jip." Köhler grinste breit.

„Mann, du blöder …", rief sie und ging auf ihn los.

Köhler stieß sich mit seinem Bürostuhl ab und entkam so der Attacke seiner Kollegin, die ihn verfolgte. Er lachte laut und rollte zur Tür, die genau in dem Moment geöffnet wurde, als er daran vorbeisauste. Um Haaresbreite verfehlte sie Grotewohls Gesicht. In der Tür stand ein junger Polizist, der sich erstaunt umschaute. Köhler bemerkte, dass die Situation für einen Außenstehenden nicht angemessen erscheinen konnte, und stoppte den Stuhl. Hastig stand er auf und parkte das Sitzmöbel an einem der Schreibtische. Verlegen räusperte er sich. „Sorry", entschuldigte er sich grinsend. „Wir … also, meine Kollegin und ich …" Er zeigte auf Grotewohl, die in diesem Augenblick hinter der Tür vorkam. „Wie soll ich es sagen …"

„Lassen Sie mal stecken", half ihm der junge Kollege. „Ohne ein wenig Bonmot kommen wir hier alle in die Klapsmühle."

Köhler und Grotewohl sahen einander entgeistert an. Sofort war der Schalk vertrieben.

„Ohne was?", fragte Grotewohl, die immer noch dicht an der Tür stand und erst jetzt von dem Kollegen wahrgenommen wurde.

„Bonmot", wiederholte der Polizist und sah beide so an, als müssten sie wissen, was er meinte. Als die Gesichter fragend blieben, erklärte er: „Ein witziger Einfall oder auch ein gelungener Scherz."

„Aaah!", machte Köhler und hob das Kinn. „Jetzt verstehe ich. Sie sind Franzose?"

„Äh … nein."

„Warum um alles in der Welt benutzen Sie dann dieses Wort?"

„Ich weiß nicht. Weil es so üblich ist vielleicht?"

„Nein, ist es nicht", setzte Grotewohl dem Jungen zu. Sie stemmte ihre Hände in die Hüften und sah ihn an, als hätte er Gummibärchen geklaut.

„Ich benutze das Wort ständig."

„Niemand benutzt das Wort ständig", legte Grotewohl nach.

„Ach, ist ja auch egal", beendete Köhler die für alle unangenehme Situation. „Was können wir für Sie tun, junger Mann?"

Der Kollege schien froh zu sein, dass er wieder dienstlich werden konnte. Er hielt einen Umschlag in der Hand. „Ich soll das hier abgeben", sagte er und hielt es Grotewohl hin, die nach dem Umschlag griff.

„Das ist aus Versehen in unserer Wache gelandet.“ Er lächelte schmallippig. „Sind wohl Fotos drin oder so.“

Grotewohl nickte und sah den Mann an, der sich nicht vom Fleck rührte. „Ist noch was?“, fragte sie.

Der junge Uniformierte zuckte zusammen. „Oh, Entschuldigung. Es ist nur …“ Er unterbrach sich. Erst als Grotewohl ihn mit einer Geste dazu aufforderte, seinen Satz zu Ende zu bringen, fuhr er fort: „Ich will ehrlich sein. Es ist mein Traum, mal bei der Kripo Mordermittlungen durchzuführen.“

„Ist nicht so dolle wie im Fernsehen“, entgegnete Köhler, während er einen Stapel Papiere sortierte. „Viel Kärrnerarbeit. Und Papierkram.“ Er hob einen Stapel Unterlagen in die Luft. „Aber ab und zu bleibt auch etwas Zeit für einen … Bonbon.“ Er grinste.

„Bonmot, du Kretin!“, verbesserte Grotewohl und grinste ebenfalls.

„Darf ich mich vielleicht ein wenig umsehen, wenn ich schon mal da bin?“ Dem jungen Polizisten war anzusehen, dass er gerade in seinem persönlichen Himmel angekommen war.

Grotewohl und Köhler tauschten einen Blick.

„Klar“, erlaubte Köhler die Besichtigung.

„Aber nix anfassen“, fügte Grotewohl hinzu und hob mahnend den Zeigefinger. „Sieht zwar nicht so aus, aber hier hat alles seinen Platz.“ Um zu zeigen, dass sie es ernst meinte, deutete sie mit zwei Fingern an ihren Augen das Überwachungszeichen an und zeigte schließlich auf ihn.

Der Kollege hob beide Hände und versprach, sich nur umzusehen. „An welchem Fall arbeiten Sie denn gerade?“, fragte er, während er seine Erkundung begann.

Grotewohl musterte den Polizisten jetzt zum ersten Mal. Ein echtes Schnuckelchen, dachte sie. Er war groß und sah sehr sportlich aus. Sein braunes Haar war modisch frisiert und seine Uniform saß wie für ihn gemacht. Sein Gesicht war glatt rasiert und klar strukturiert. Ein Muttermal über dem rechten Auge ergänzte den Gesamteindruck. Ein hübscher Kerl. Er trug eine schusssichere Weste und einen voll besetzten Gürtel mit Waffe, Handschellen, Schlagstock und Pfefferspray. „Wie ist denn dein Name?", fragte sie.

Köhler blickte von seinem Schreibtisch auf. Der Tonfall seiner Kollegin alarmierte ihn.

„Na, Brauer", sagte der Kollege schüchtern und tippte auf sein Namensschild. „Steht doch da."

Grotewohl grinste. „Lesen kann ich, Schätzchen." Sie stand auf und tippte ebenfalls auf das Namenschild. „Aber deine Eltern haben doch bestimmt einen schönen Vornamen für dich gefunden."

Köhler schnappte hörbar nach Luft. Jetzt wurde es interessant. Die überzeugte Lesbe Grotewohl flirtete mit dem Kinderpolizisten. Nein, es wurde nicht interessant, jetzt wurde es vogelwild!

„Klar", sagte der Uniformierte und grinste. Er schien für Grotewohls Charme empfänglich zu sein. „Sie gaben mir den Namen Sven."

„Sven Brauer?", fasste Grotewohl zusammen. Sie nickte anerkennend, als sie fortfuhr: „Fühl dich wie zu Hause, Sven Brauer. Vielleicht bist du ja bald einer von uns. Ich bin die Sabine." Sie deutete auf Köhler. „Und das ist der Christian."

Die beiden Männer nickten einander zu, bevor Brauer ins Nachbarbüro trat.

Die Arme vor der Brust verschränkt, suchte Köhler Grotewohls Blick.

„Was?", formte sie tonlos mit den Lippen.

„Der ist noch ein Kind!“, flüsterte er und deutete auf Brauer, der sich nebenan mit großen Augen umsah. Vermutlich malte er sich gerade aus, wie es wäre, wenn das sein Büro sei. „Und er ist eindeutig ein Schwanzträger.“

„Man wird doch noch mal gucken dürfen.“

„Du wirst bald Mutter“, argumentierte Köhler weiter. „Und du hast dich für die andere Seite entschieden.“

„Nichts ist in Stein gemeißelt.“ Grotewohl grinste schelmisch und täuschte vor zu arbeiten.

Augenblicke später rief Brauer von nebenan: „Die kenn ich … ist mir gerade im Aufzug begegnet.“

Alarmiert horchten Grotewohl und Köhler auf. Fast zeitgleich erhoben sie sich und steuerten das benachbarte Büro an.

„Wen meinst du?“, fragte Grotewohl und blieb neben Brauer stehen. Er stand vor dem Whiteboard, auf dem das Team Ermittlungseckpunkte markiert hatte. Dort hingen auch einige Bilder. Brauer deutete auf einen Abzug, auf dem mehrere Menschen zu sehen waren. Dazu gehörten Heinz Sennefeld und seine Tochter sowie Teile ihrer Belegschaft. Im Internet war dieses Foto mit „Unser Verwaltungsteam“ beschrieben.

Grotewohl und Köhler betrachteten die Frau, auf die Brauers Finger zeigte, mussten jedoch feststellen, dass sie ihnen nicht bekannt vorkam.

„Sieh mal nach, wer das ist, Grotte“, bat Köhler.

Grotewohl betrachtete die Frau auf dem Abzug genauer. Dann ging sie zu dem zweiten Whiteboard, auf dem sämtliche Personen, die mit dem Fall in Berührung gekommen waren, vergrößert dargestellt waren. Sie sah sich die Bilder der Reihe nach an. Schließlich schüttelte sie den Kopf. „Hier hängt sie nicht.“ Sie kehrte zurück und trat neben Köhler, der angestrengt nachdachte, mit wem sie es bei der Frau zu tun haben konnten. Schließlich gab er auf. „Keine Ahnung, wer das ist“, sagte er unsicher und blies die Backen auf. Er unternahm einen erneuten Versuch, die Frau zu identifizieren. Dabei hatte er die Augen zusammengekniffen und fixierte das unscharfe Bild. „Nee, keine Ahnung.“ Er sah Grotewohl an. „Was ist mit dir?“

„Lass uns mal auf der Firmenhomepage schauen, ob wir da was finden?“, schlug Grotewohl vor. Sie entfernte das Bild von der Pinnwand und eilte zu ihrem Schreibtisch, wo sie die Homepage des Fleischhandels Sennefeld aufrief. Tatsächlich gab es einen Link zu den Mitarbeitern der Firma.

„Das ist sie“, sagte Köhler schließlich und deutete auf ein Bild, auf dem er die Frau wiederzukennen glaubte. Er las den Namen vor, der unter dem Bild stand: „Christa Becker.“

„Das ist sie.“ Grotewohl lehnte sich zurück. Sie hielt das Bild, das sie vom Whiteboard mitgenommen hatte, daneben und nickte.

Brauers Ton war von Stolz getränkt, als er einwarf: „Ich kann mir Gesichter ausgezeichnet merken.“ Er tippte auf das Bild. „Diese Frau war vorhin im Aufzug. Da schwöre ich jeden Eid.“

Grotewohl starrte Köhler an. An ihrem Gesicht war abzulesen, wie ihr Gehirn begann, Verknüpfungen zu bilden. „Dann war das die Frau, die dich vorhin sprechen wollte.“

„Jetzt, wo ich sie mir genauer ansehe, könnte das die Frau von vorhin sein.“

„Wer soll es sonst sein? Und sprach Müller nicht auch davon, dass dich eine Frau Becker sprechen wollte?“

Köhler erinnerte sich nicht mehr so genau. Er schüttelte den Kopf. „Sennefeld-Bauernfeind hat behauptet, dass sie die Frau, die mich sprechen wollte, nicht kannte. Sie wird doch wohl ihre eigene Sekretärin erkennen."

Grotewohl zog die Stirn in Falten. „Es sei denn ..."

Köhler blickte gespannt. „Es sei denn ..." Er machte eine Geste, die Grotewohl dazu aufforderte, ihren Gedanken zu Ende zu bringen.

„Sie will nicht, dass die Becker mit dir spricht."

„Das ist doch absurd."

„Was wollte denn die Sennefeld-Bauernfeind von dir?"

Köhler hob die Schultern. „Keine Ahnung. Die musste auf einmal weg."

„Warum war sie überhaupt hier?"

„Was weiß denn ich?"

„Kommt dir das nicht alles ein bisschen merkwürdig vor?"

Köhler hatte einige Mühe, es auszusprechen, aber er tat es. „Ich fürchte, wie haben einen neuen Ermittlungsansatz."

Köhler und Grotewohl sahen Brauer an, der mit einem breiten Grinsen neben ihnen stand und vor Stolz schier platzte. Köhler war versucht, ihm den Triumph zu nehmen, indem er ihm über den Kopf streichelte und ihm ein „Fein gemacht" zurief, überlegte es sich dann aber anders. Er musste sich eingestehen, die Sache nicht ernst genug genommen zu haben. Er ärgerte sich über seine Arroganz und seine Nachlässigkeit. Statt dem jungen Kollegen den Moment zu nehmen, klopfte er ihm auf die Schulter und sagte: „Gut gemacht, Junge. Solltest du dich je für die Kripo bewerben, hast du in mir einen Fürsprecher."

Für Brauer war dies der schönste Moment in seiner gesamten bisherigen beruflichen Laufbahn. „Was werden Sie denn jetzt unternehmen?", fragte er aufgeregt und dackelte den beiden Ermittlern hinterher, als sie an ihre Schreibtische gingen.

„Wir werden Frau Becker einen Besuch abstatten", beschloss Köhler.

Grotewohl stieß einen Seufzer aus.

„Was?", fragte Köhler.

„Sagst du Leonie, dass es später wird?"

Köhler, der die Konfrontation scheute, entgegnete: „Es ist deine Frau!"

„Bütte, bütte", machte Grotewohl und setzte eine Bettelmiene auf. Sie legte den Kopf schief und blinzelte ihn an.

„Was ist mit dir? Hast du einen Schlaganfall?"

„Och menno, Shaft, du bist ein Monster!"

„Deine Frau, dein Problem."

Irene Sennefeld-Bauernfeind haderte mit sich und dem Schicksal, als sie am nächsten Morgen aufwachte. Weder sie noch ihr Vater hatten eine Lösung in der Causa Becker parat. Sie konnten doch nicht jeden umbringen, der ihnen zu nahe kam. Zumal sie jetzt auch keinen Auftragskiller mehr hatten, den sie kurzfristig bemühen konnten. Und selbst Hand anzulegen kam nicht infrage. Ihr Anwalt war gestern Abend nicht mehr zu erreichen gewesen. Die halbe Nacht hatte sie wach gelegen und gegrübelt, wie sie mit der Situation umgehen sollte. Ihr Vater hatte bestimmt selig geschlafen. Irgendwie hatte sie das Gefühl, dass ihm nicht in letzter Konsequenz bewusst war, in welchem Schlamassel sie steckten. Und das nicht nur wegen des Auftragsmordes. Auch finanziell bedeutete die Ausbootung des Drogenkartells erhebliche Einbußen. Schluss mit Luxus, hieß das. Ohne die Einnahmen aus dem Kokaintransport in Schweinehälften in aller Herren Länder mussten sie ihre Extras wie Segelboot in Starnberg und Finca in Magaluf überdenken. Das würde ihr nicht wirklich fehlen, zumal sie beides sehr wenig nutzte. Aber die Konten in der Schweiz waren noch nicht so gut gefüllt, als dass sie und ihr Vater hätten aufhören können, ohne einen erheblichen Statusverlust hinnehmen zu müssen. Die Kosten stiegen schließlich mit dem Anspruch.

Sie bereute ihre Entscheidung, diesen Dilettanten Pamfil in die Sache eingebunden zu haben. Auch wenn sie ihn nicht direkt engagiert hatte, war sein Einsatz letztendlich auf ihrem Mist gewachsen. Vielleicht hätten sie ihm mehr bezahlen sollen.

Sie war auch wütend auf Ohnesorg. Diese Karikatur von einem Anwalt hatte die Sache erst ins Rollen gebracht. Merkwürdigerweise fühlte sie sich nicht als Mörderin. Sie hatte getan, was getan werden musste. Entweder Stein oder sie und ihr Vater. Da war die Wahl nicht schwergefallen. Dieser bescheuerte Staplerfahrer hatte gedacht, er würde mit ihnen mithalten können. Er hatte ja keine Ahnung gehabt, wozu diese Drogenbarone fähig waren. Bei dem Gedanken an die Geschichten, die sie gehört hatte, was man in der Branche mit Verrätern machte, stellten sich ihre Nackenhaare auf. Sie schüttelte sich kurz, um den Schauder loszuwerden, und bog in die Einfahrt zur Metzgerei ein. Als der Pförtner sie sah, tippte er sich an den imaginären Hut und drückte die Schranke auf. Geistesabwesend winkte sie zurück und lächelte den Mann an. Nachdem sie auf ihrem Parkplatz vor dem Verwaltungsgebäude eingeparkt und den Motor abgestellt hatte, blieb sie noch eine Weile gedankenverloren hinter dem Steuer sitzen.

Ein zögerliches Klopfen an der Scheibe der Fahrertür ließ sie aufschrecken. Ihr fiel ein Stein vom Herzen, als sie den Pförtner erkannte. Mit fragendem Blick ließ sie die Scheibe herunter.

„Entschuldigung", sagte der Mann unterwürfig. „Ich wollte Sie nicht erschrecken, Frau Sennefeld-Bauernfeind."

„Ist schon in Ordnung, Gerhard." Sie lächelte ihn verständnisvoll an. „Was gibt es denn so Dringendes?"

Er reichte ihr einen Brief durch das Fenster. „Das hier hat vorhin Frau Becker bei mir abgegeben."

Irene Sennefeld-Bauernfeind nahm den Umschlag entgegen und nickte dankend.

Der Pförtner tippte sich ein weiteres Mal an die nicht vorhandene Hutkrempe und ging wieder an seinen Arbeitsplatz.

Die Juniorchefin starrte den Brief an, als wäre er vergiftet.

Flucht und Arroganz

Köhler und Grotewohl fuhren nach Oberrad, wo Christa Becker gemeldet war. Von der Adickesallee bis hinauf zum Grüne-Soße-Stadtteil brauchten sie etwas mehr als eine halbe Stunde. Sie quälten sich durch die Innenstadt, blieben in Sachsenhausen kurz stecken und konnten sich erst an der Offenbacher Landstraße in den fließenden Verkehr einfädeln. In der einsetzenden Dämmerung wachte der neue Henninger-Turm über den Stadtteil, als die beiden ausstiegen.

Sie klingelten mehrmals, doch niemand öffnete.

„Und jetzt?", wollte Grotewohl wissen. „Sollen wir die Tür aufbrechen?"

„Warum?" Köhler hob die Schultern. „Es gibt keinen Grund dafür. Vielleicht ist Frau Becker kurz einkaufen."

Sie warteten noch eine Dreiviertelstunde, nur um schließlich festzustellen, dass sie hier ihre wertvolle Zeit vergeudeten.

Grotewohl veranlasste, dass ein Suchauftrag an die zuständige Wache der Schutzpolizei herausgegeben wurde. Die dortigen Kollegen versprachen, stündlich zu Christa Becker zu fahren, zu klingeln und sofort Bescheid zu geben, wenn sie sie antrafen. Damit waren die beiden Ermittler ihrer Schuldigkeit nachgekommen und sie machten Feierabend. Ihre Verspätung hielt sich Gott sei Dank in Grenzen.

Die Geburtstagsfeier war ein einziges buntes Treiben. Aus der Musikanlage ertönte laute Jazzmusik.

Entgegen ihrer sonstigen Gewohnheit trug Leonie ein Kleid, was Köhler sofort auffiel. „Du siehst ja richtig schick aus, meine Liebe!", rief er gegen den Lärm an und gratulierte ihr.

„Ja, muss auch mal sein." Leonie machte sich nicht besonders viel aus Mode. Lieber kam sie hemdsärmelig daher. „Als werdende Mutter stellt man schließlich etwas dar, da muss man sich schon ordentlich präsentieren." Sie lachte herzhaft und nahm Köhler das Jackett ab. „Ich werfe es zu den anderen ins Schlafzimmer."

Köhler wollte protestieren. Er sah es ungern, wenn Teile seiner maßgeschneiderten Anzüge unter einem Berg Polyesterjacken begraben wurden. Aber er wollte nicht wie ein Snob dastehen und ließ Leonie gewähren.

„Wo ist mein Geschenk?", fragte sie, als sie aus der improvisierten Garderobe kam.

„In meinem Jackett." Eine Hand lässig in der Hosentasche, zeigte Köhler mit der anderen auf die Schlafzimmertür. Leonie lachte wieder. Ihr Lachen war ansteckend und klang ehrlich. Köhler grinste.

„Warte", sagte Leonie und hielt ihn davon ab, ins Schlafzimmer zu gehen. „Ich hole es dir." Sie lief erneut los. Durch den Türspalt sah Köhler, wie sie das Jackett von einem Kleiderbügel nahm, den sie an die Schranktür gehängt hatte. Als er seinen Kopf ein wenig nach links bewegte, entdeckte er einen Kleiderhaufen auf dem Bett. Tiefe Zuneigung überkam ihn. Leonie kannte seine Marotten und akzeptierte sie. Dafür war er ihr dankbar. Als sie zurückkam, musste er seine feuchten Augen verstecken. Er blinzelte seine Rührung weg und nahm das Jackett dankend entgegen. Schließlich griff er in die Innentasche und holte einen

Umschlag hervor. Lächelnd bemerkte er, wie sich Vorfreude in Leonies Gesicht zeigte.

Ihre Augen leuchteten und sie grinste breit. „Warte", sagte sie, „ich bringe nur schnell das Jackett wieder rein. Ich will es genießen." Sie nahm ihm das Kleidungsstück ab und hängte es, ordentlich über den Bügel gelegt, an den Schlafzimmerschrank. Dann kam sie zu ihm zurück und strich sich über das Kleid. Mit einer lässigen Handbewegung fuhr sie sich durchs Haar, schüttelte den Kopf und sagte: „So, jetzt bin ich bereit für dein Geschenk."

Köhler musste grinsen. Wenn Leonie nicht mit Grotte verheiratet gewesen wäre, hätte er sich um sie bemüht. Sie war bezaubernd!

„Hier, bitte schön", sagte er und händigte ihr den Umschlag aus.

Leonie trippelte mit den Füßen und riss ihn auf. Umständlich fingerte sie den Inhalt hervor und faltete ihn auf. Ein spitzer Schrei entfuhr ihrem Mund. Aufgeregt hüpfte sie vor ihm herum und fiel ihm um den Hals. Sie küsste ihn mehrfach auf die Wange und lachte dabei. Köhler fand es faszinierend, wie sie sich freuen konnte. Eine Gabe, die ihm beinahe gänzlich fehlte. Er zeigte seine Freude eher introvertiert. Leonie hingegen ließ sie einfach raus. Das gefiel ihm. Grinsend stand er vor der Frau seiner Partnerin und kam sich ein wenig verloren vor, zumal den anderen Gästen die Freudenschreie nicht entgangen waren. Jetzt kam sich Köhler blöd vor. Alle starrten ihn an und er konnte förmlich ihre Gedanken hören: Guck mal, der Großkotz mit der Kohle macht ihr teure Geschenke, um allen hier zu zeigen, wie toll er ist und wie mickrig unsere Geschenke dagegen sind.

Er wagte es nicht, jemandem ins Gesicht zu sehen. Seinen Blick auf den Boden geheftet, wünschte er sich, Leonie würde sich etwas weniger freuen. Diese wiederum lief ausgelassen zu ihrer Frau. Eigentlich hüpfte sie mehr, als dass sie lief. „Guck mal, Sabine, was Shaft mir geschenkt hat!"

Grotewohl, die gerade in ein Gespräch vertieft war, schaute auf und lächelte Leonie an. Sie wollte antworten, doch das aufgeregte Geburtstagskind ließ sie nicht zu Wort kommen.

„Zwei Karten für den Tigerpalast!" Leonie hielt die Karten in die Höhe und wedelte damit herum wie ein Börsenhändler in New York mit seinen Notizen.

Jetzt, wo jeder im Raum wusste, dass Köhler ihr keinen Porscheschlüssel überreicht hatte, entspannte er sich. Die Karten für das Frankfurter Varieté waren kein wirklich teures Geschenk. Nicht ganz billig, aber auch nicht ruinös. Aus dem Augenwinkel nahm er wahr, wie der ein oder andere mit den Augen rollte, weil er Wunder gedacht hatte, was Köhler da mitgebracht hatte. Ein enttäuschtes „Ach so", gefolgt von einem „Pfff", war ebenfalls zu vernehmen. Köhler entspannte sich und mischte sich unters Volk.

Der größte Teil der Partygäste war ihm bekannt und er fand schnell einen Gesprächspartner. Die Geburtstagsfeier war eine willkommene Abwechslung, hingen ihm doch die Ereignisse des Tages noch in den Knochen. Er war froh, es überhaupt zur Feier geschafft zu haben. Ebenso schien es Grotewohl zu ergehen. Als sich ihre Blicke in der Menge trafen, tauschten sie einen vielsagenden Blick aus. Die geräumige Wohnung auf dem Frankfurter Riedberg war ein Geschenk von Grotewohls Eltern gewesen. Leonie hatte sich zunächst dagegen gewehrt, dort einzuziehen. Aber ihre Frau hatte sie ausdauernd bearbeitet, bis sie endlich zugestimmt und das Angebot angenommen hatte.

Grotewohl war als Einzelkind aufgewachsen. Ihre Eltern hatten recht erfolgreich mit Immobilien gehandelt, bis sie sich vor zwei Jahren zur Ruhe gesetzt hatten. Unter anderem hatte ihr Vater ein paar Wohnungen und Häuser im Luxussegment auf Ibiza vermittelt. Aus den Erlösen hatten ihre Eltern ein voluminöses Wohnmobil gekauft und sich auf Europatour verabschiedet. Wegen dieser Abenteuerreise war die Wohnung, in der das junge Paar jetzt lebte, sozusagen frei geworden. Allerdings hatte Grotewohl eine Weile gebraucht, um sich an den Wohnstil zu gewöhnen. Mit zweihundert Quadratmetern Penthouse plus Dachterrasse und Blick auf den Taunus musste man erst mal klarkommen. Insbesondere wenn man bis dahin sein Leben in einer beengten Wohnung in einem der typischen Frankfurter Häuserblocks verbracht hatte. Aber sie hatte sich schnell eingelebt und genoss den exklusiven Ausblick ein ums andere Mal mehr.

Als ihr die Party drinnen zu hitzig wurde, schob sie die Glasschiebetür der Terrasse zur Seite und trat ins Freie. Dort fand sie Köhler, der einsam am Glasgeländer der Terrasse stand und rauchend die Aussicht genoss. Lächelnd stellte sie sich neben ihn. „Biete mir mal eine an“, sagte sie ruhig.

Köhler hielt ihr wortlos die Packung hin. „Die hast du nicht von mir“, sagte er im Hinblick auf Leonie, die es immer noch nicht gerne sah, wenn ihre Frau rauchte.

„Schon klar“, sagte Grotewohl und ließ das Feuerzeug klicken. Der erste Zug ging bis in die letzte Alveole. Sie hielt den Rauch für einen Moment in ihren Lungen gefangen und atmete ihn dann aus. „Verdammtes Rattengift!“, zischte sie und betrachtete die brennende Kippe. „Aber irgendwie steh ich drauf.“ Sie zog eine gleichgültige Grimasse und nahm einen weiteren Zug.

„Wilder Tag heute, was?“, fragte Köhler, den Blick immer noch in Richtung Taunus gerichtet, der dunkelgrün vor ihnen lag.

„Das kannst du laut sagen.“

„Wilder Tag heute, was?“, rief Köhler laut.

„Blödmann.“

Beide lachten.

Sie stieß ihn leicht an. Köhler grinste und nahm sie in den Arm.

„Wie geht's jetzt weiter?“, wollte Grotewohl nach einer Weile wissen, in der sie schweigend geraucht hatten.

„Wir sollten schleunigst Sennefelds Sekretärin finden“, sagte er.

„Das lassen wir mal schön die anderen machen“, entgegnete Grotewohl. „Komm, wir gehen wieder rein und lassen Leonie hochleben. Sie liebt doch ihren Geburtstag so.“

Christa Beckers Panik war ungebremst. Seit sie das Polizeipräsidium verlassen hatte, verspürte sie einen unbändigen Drang zur Flucht. Den Entschluss, diesem nachzugeben, fasste sie in der Linie 16 am Buchrainplatz in Oberrad, als sie aus dem Fenster schaute und zusammenzuckte, weil sie glaubte, Irene Sennefeld-Bauernfeind auf der Straße gesehen zu haben. Zu Hause angekommen, packte sie für mehrere Wochen. Danach klingelte sie bei der Nachbarin und bat sie unter einem Vorwand, für ein paar Tage auf die Katzen aufzupassen, was diese nur allzu gerne übernahm. Im Anschluss daran schrieb sie ihre Kündigung, um diese beim Pförtner in Rödermark abzugeben, was sie auf dem Weg in ihre ungewisse Zukunft auch tat. Sie ging an den nächsten Geldautomaten und reizte ihr Tageslimit aus. Dasselbe würde sie am Tag darauf wiederholen, bis sie wusste, was sie mit ihrem angehäuften Vermögen zu tun gedachte. Ihr war bewusst, dass es nicht ewig reichen würde, aber für eine Weile würde sie damit klarkommen. Als sie alles erledigt hatte, stieg sie in ihr Auto und fuhr los.

Im Tannheimer Tal im Hotel der Familie Gugger angekommen, kam sie ein wenig zur Ruhe und dachte nach. Hier würde sie so schnell keiner finden. Dieses wunderbare Stück Allgäu hatte sie einst durch einen Zufall entdeckt. Sie hatte sich verfahren und war dabei hier herausgekommen. Sie fuhr nun schon seit ein paar Jahren an diesen Ort, um in Ruhe zu wandern und die gute österreichische Küche zu genießen. Wenn die südlichen Nachbarn eines konnten, dann kochen.

Sinnierend saß sie auf dem Bett ihres Hotelzimmers und starrte auf den Boden. Ihr Koffer stand noch immer so, wie sie ihn beim Betreten des Zimmers vor etwa einer Stunde abgestellt hatte. Schließlich fasste sie einen Entschluss, hob den Koffer auf ihr Bett und entnahm ihm ihren Laptop. Sie verband sich mit dem Hotelnetzwerk und schrieb eine E-Mail an die Frankfurter Polizei. Diese adressierte sie direkt an Christian Köhler. Dafür wählte sie, dem üblichen Muster folgend, dessen Namen und die Endung *@polizei.hessen.de* und hoffte, dass die Nachricht ankam.

„Wie konnten wir nur so dämlich sein?“ Köhler saß auf dem Sofa neben Grotewohl und ärgerte sich zum wiederholten Male über seine Arroganz. „Wir hätten schon viel weiter sein können.“

„Ist mir doch auch passiert“, versuchte Grotewohl ihren Kollegen zu trösten. „Und bis morgen können wir eh nichts machen. Jetzt entspann dich mal.“ Sie prostete ihm mit ihrer Bierflasche zu und trank.

Köhler nippte nur an seinem Bier und sagte: „Ich steh da wie der letzte Depp.“

„Der du ja auch bist“, neckte Grotewohl. „Und jetzt komm mal wieder runter. Wir haben Freizeit, und die Becker finden wir schon.“

„Was ist, wenn die anderen sie zuerst finden?“

Grotewohl seufzte. „Noch ist nichts sicher. Das sind alles nur Vermutungen und Beschuldigungen. Vielleicht spinnt die Alte ja auch.“

„Glaub ich nicht.“ Köhler stand auf. „Mir ist nicht nach Feiern, ich geh jetzt heim.“

„Vergiss es!“, sagte Grotewohl und zog ihn aufs Sofa zurück. „Wir trinken jetzt erst mal einen, und morgen sehen wir weiter.“

Verwandtschaft

„Zuhören!“, rief Ballauf in die Runde. „Es hat sich was getan!“

Das Gemurmel im Besprechungsraum verstummte.

„Gestern gegen dreiundzwanzig Uhr erreichte uns eine Mail von Frau Christa Becker.“

„Wer iss'n das?“, wollte Laußner wissen und strich sich ein paar Krümel vom Hemd. Dabei warf sein Kinn mehrere Falten.

„Christa Becker ist die Sekretärin von Heinz Sennefeld.“

„Ja und?“

Ballauf wirkte beherrscht, als er antwortete: „Wenn du mal einen Moment deine unqualifizierte Klappe hältst, kann ich es für alle erklären.“

Laußner ließ seinen Blick schweifen. An den Gesichtern seiner Kollegen konnte er ablesen, dass sie nicht auf seiner Seite waren.

Schmidt stieß ihn an und sagte: „Halt einfach die Fresse.“

Laußner schmollte und blieb stumm.

„Christa Becker hat in einer Nacht-und-Nebel-Aktion ihren Job gekündigt und ist mit uns unbekanntem Ziel abgereist. Wir wissen inzwischen, dass sie versucht hat, ihr Konto zu plündern, aber am Limit gescheitert ist. Wir gehen davon aus, dass sie bald versuchen wird, noch mehr Geld abzuheben. Es ist nur eine Frage der Zeit, bis wir sie finden. Eine europaweite Fahndung ist auch schon raus.“ Er verteilte einige Kopien. „Hier für jeden ein Ausdruck der Mail an den Kollegen Köhler. Frau Becker beschreibt darin, dass der Mord an den Steins auf die Kappe von Irene Sennefeld-Bauernfeind und ihrem Vater Heinz geht. Sie behauptet, dass sie ein Gespräch mitgehört hat, in dem die beiden den Mord, oder zumindest den Auftrag dazu, bestätigt haben. Auch irgendein Anwalt ist darin verwickelt. Der Typ heißt Hasso Ohnesorg." Er blickte in die Runde. „Schmidt, scann den Anwalt mal."

„Läuft, Chef."

„Frau Becker liefert keinerlei Beweise für ihre Anschuldigungen. Es kann also durchaus sein, dass wir es hier mit der Racheaktion einer unzufriedenen Mitarbeiterin zu tun haben. Deshalb bitte ich um sensibles Vorgehen von allen Seiten. Ich wiederhole: Es ist nichts bewiesen und belegt. Wir haben es mit reinen Behauptungen zu tun. Shaft, übernimm bitte ab hier." Er sah Köhler an und nahm Platz.

Köhler nickte und stand auf. „Frau Becker ist circa sechzig Jahre alt und hervorragend beleumundet. Deshalb gehen wir im Moment davon aus, dass sie die Wahrheit sagt. Allerdings müssen wir die Anschuldigungen und Behauptungen mit Beweisen untermauern." Er nahm einen Schluck aus der vor ihm stehenden Kaffeetasse. „Das Problem ist: Wenn sie recht hat, scheuchen wir die Sennefelds auf und sie haben Zeit, sich vom Acker zu machen oder Beweise zu vernichten. Tun wir nichts und es stimmt, sind wir die Gelackmeierten und finden den wahren Täter nie. Es ist ein heißes Eisen, das solltet ihr stets vor Augen haben. Wir müssen extrem vorsichtig vorgehen."

Alle im Raum nickten zustimmend.

„Der Inhalt dieser Mail rechtfertigt keinen Durchsuchungsbefehl. Wir haben heute Morgen schon mit dem Richter gesprochen. Auch er verlangt verständlicherweise Fakten, bevor er den Laden hochgehen lässt."

„Irgendwelche Ideen?", fragte Ballauf in die Runde.

Köhler wollte gerade antworten, aber Grotewohl war schneller. „Ich schlage vor, wir gehen die Mail noch mal durch, lesen zwischen den Zeilen, interpretieren behutsam und mit Hirn und arbeiten Punkt für Punkt ab, bis wir auf belastendes Material stoßen."

Ballauf nickte. „Tun Sie das, Grotte." Er hob den Zeigefinger. „Und was ist mit den Sennefelds?"

„Ich schlage eine Beschattung vor", warf Schmidt ein.

„Sinnlos", entgegnete Köhler.

„Warum?"

„Ich glaube kaum, dass die im Moment mit Drogen handeln oder sie irgendwohin schmuggeln."

„Warum nicht?"

„Weil sie seit Beginn der Mordermittlungen jeden Tag damit rechnen müssen aufzufliegen. Ich glaube kaum, dass wir irgendwas finden, wenn wir jetzt reinplatzen."

„Aber die Metzger suchen bestimmt selbst nach der Becker."

„Gut möglich. Ich glaube jedoch kaum, dass sie das persönlich tun. Dafür haben die ihre Lakaien."

Ballauf nickte nachdenklich.

„Wir müssen einfach schneller sein", sagte Laußner. „Außerdem würde ich jemanden vor die Wohnung der Ollen stellen." Er warf einen Blick in die Runde. „Entweder kommt sie wieder zurück und wir haben sie, oder die Sennefelds durchsuchen die Bude nach Hinweisen, wo sie sich verkrochen haben könnte. Wenn sie das tun, dann haben wir sie."

„Respekt, Laußner", sagte Ballauf. „Du denkst ja wie ein Bulle!"

„Bin ja auch einer." Seine Brust schwoll an. Er streckte sich im Stuhl und sah sich Beifall heischend um.

„Dann mach dich mal auf die Socken", forderte Ballauf ihn auf.

Laußner sackte wieder zusammen. „Wieso ich?"

„Du bist entbehrlich. Lass dich in ein paar Stunden von Schmidt ablösen."

„Was hab ich denn jetzt gemacht?", fuhr Schmidt auf.

„Ihr seid Partner. Mitgehangen, mitgefangen."

„Boah", machte Schmidt. „Kannst du nicht *einmal* deine blöde Fresse halten, Laußner?"

„Was denn? Die Idee war doch super."

„Macht's nicht besser, du Depp, und jetzt beweg deinen Kadaver nach Oberrad und ruf ja nicht vor Mittag an."

Laußner trollte sich. Er überlegte, kurz nachzufragen, wer die Nachtschicht übernehmen sollte, besann sich aber eines Besseren.

Grotewohl beugte sich zu Köhler und sprach sehr leise: „Soll ich dem Chef sagen, dass wir das 8. Revier bereits angewiesen haben, dass sie ein Auge auf die Wohnung der Becker werfen sollen?"

Köhler grinste. „Lassen wir die beiden Trottel noch ein wenig ihre schlechte Laune genießen. Kurz bevor Laußner losfährt, sage ich Ballauf Bescheid."

Grotewohl musste ein dreckiges Lachen unterdrücken.

Grotewohl und Köhler saßen zusammen vor einem Computer und zerlegten die Mail von Christa Becker in ihre Einzelteile.

„Hat die IT eigentlich schon rausgefunden, wo die Nachricht herkam?“, fragte Grotewohl und hob den Kopf, um über den Bildschirm zu schauen.

Auf der anderen Seite des Tisches saß Müller und durchsuchte gerade irgendeine Akte. „Was?“ Er schien nicht zugehört zu haben.

„Ob die Nerds schon wissen, wo die Becker ist?“

Müller verzog das Gesicht. „Du meinst, ob unsere Computerexperten bereits den Standort des PC ermitteln konnten, von dem diese Mail verschickt wurde?“

Grotewohl verzog das Gesicht. „Wenn du es so ausdrücken willst, bitte schön.“ Sie schüttelte den Kopf. „Also, gibt es was Neues von den … Computerexperten?“

„Unsere Fachleute haben einen Antrag auf Rückverfolgung bei der Staatsanwaltschaft gestellt und warten derzeit auf die Genehmigung, um den Betreiber des Netzwerks, das Frau Becker benutzt hat, anzufragen.“

„Also nicht?“

„Nein.“

„Warum schwätzt du dann so gestelzt?“

Köhler schubste Grotewohl und gab ihr zu verstehen, dass sie es gut sein lassen sollte.

Sie warf einen kurzen Blick zu Müller, der sich wieder seinen Unterlagen zugewandt hatte. Dann sah sie Köhler fragend an.

„Erklär ich dir nachher“, raunte er und zeigte auf den Bildschirm, damit Grotewohl weitermachte. Nach einer Weile lehnte er sich zurück und sagte: „Also für mich klingt das plausibel, wenn auch abenteuerlich.“

Grotewohl zog zweifelnd die Stirn in Falten. „Wie wir wissen, hat die Becker gekündigt." Sie zeigte auf den Bildschirm. „Das steht ja in ihrer Mail."

„Blöd nur, dass wir das nicht überprüfen können", ergänzte Köhler. „Wenn wir jetzt bei den Sennefelds anrufen und nach der Becker fragen, scheuchen wir sie vielleicht schon auf."

Grotewohl nickte. Dann schob sie sich vom Schreibtisch weg und stand auf. „Wie können wir den ganzen Kram überprüfen, ohne Gefahr zu laufen, dass die Sennefelds, sofern das alles stimmt, was die Becker sagt, es spitzkriegen?"

„Lass uns das in der Kantine besprechen", schlug Köhler vor. „Ich hab Hunger."

Wenig später betraten die beiden Ermittler die Kantine und nahmen sich jeder ein Tablett. Die Schlange an der Essensausgabe war überschaubar. Kurz vor ihnen stand Sven Brauer. Ihre Blicke trafen sich und sie nickten einander zu. Brauer ließ jemanden vor, um bei Köhler und Grotewohl zu stehen.

„Und?", fragte er fröhlich. „Gibt es schon einen Erfolg zu vermelden?"

„Bisher noch nicht", antwortete Grotewohl und schob ihr Tablett weiter. „Aber wir haben es bald."

„Wissen Sie, was lustig ist?"

„Nein?"

„Mein Onkel arbeitet bei Sennefeld. Deshalb kam mir die Frau auch so bekannt vor." Er stieß Grotewohl verschwörerisch an und grinste. „Der hatte mal was mit der."

„Aha", machte Köhler. „Wann war das? Und hör auf, uns zu siezen, wir sind Kollegen."

Brauer grinste dankbar und fuhr fort: „Die Affäre ist schon ein paar Jahre her."

„Arbeitet dein Onkel noch dort?"

Grotewohl beobachtete Köhler. Immer wenn er eine Idee hatte, nahm sein Gesicht einen besonderen Ausdruck an. So auch jetzt. Sie zuckte innerlich zusammen, denn meistens waren diese Ideen gefährlich oder gar illegal.

„Klar. Der ist da sogar der Vorarbeiter."

„Aber nicht zufällig Harald Aufseß?", fragte Grotewohl.

„Woher kennt ihr meinen Onkel?"

„Wir haben mit ihm gesprochen", erklärte Köhler. „Im Rahmen der Ermittlungen zum Mord an den Steins."

Alle drei schoben ihr Tablett ein Stück weiter und wählten als Erstes einen Nachtisch.

„Wie nahe stehst du denn deinem Onkel?" Jetzt hatte auch Grotewohl eine Idee.

„Er ist mein Patenonkel. Außerdem spielen wir zusammen Billard. Mindestens einmal pro Woche. Ab und zu auch mal eine Runde Golf in seinem Club." Er hob die Hände „Nicht dass ich mir das leisten könnte, aber mein Onkel regelt das immer für mich." Brauer verlangte nach dem Nudelgericht, nahm die ihm gereichte Portion entgegen und stellte sie auf sein Tablett.

Köhler griff nach dem Hackbraten und Grotewohl bestellte sich das vegetarische Menü. Gemeinsam setzten sie sich an einen Tisch. Brauer wollte zunächst nicht dazukommen, doch Köhler bestand darauf.

„Wie ist denn dein Onkel so?", fragte Köhler zwischen zwei Bissen.

„Super Typ“, schwärmte der junge Kollege. „Gelegentlich nimmt er mich mit auf sein Boot und wir schippern damit über den Main. Das macht einen Riesenspaß.“ Er schob sich etwas von seinen Nudeln in den Mund. Während des Kauens kam ihm ein Gedanke. Er hob den Zeigefinger und kaute zu Ende. „Außerdem darf ich mit meiner Freundin ab und zu mal in seinem Ferienhaus in Büsum wohnen. Das ist toll!“

„Der verdient scheinbar ganz ordentlich als Vorarbeiter“, merkte Grotewohl an.

„Er ist sehr großzügig“, sagte Brauer und schaufelte sich das Essen rein, als gäbe es morgen nichts mehr. Er grinste, während er kaute. „Ja, man könnte sagen, dass er mein Lieblingsverwandter ist.“

„Kein Wunder“, murmelte Köhler.

„Meinst du, wir können uns mit ihm treffen?“, fragte Grotewohl. „Ich würde mich gerne mal mit ihm unterhalten.“

Brauer unterbrach die Nahrungsaufnahme und legte sein Besteck neben den Teller. Sein Gesichtsausdruck hatte sich verändert. Auf einmal wirkte er seltsam bedrückt. „Ihr denkt doch nicht, dass mein Onkel da mit drinsteckt?“

„Was könnte denn deiner Meinung nach ‚da‘ sein?“ Grotewohl musste jetzt Vorsicht walten lassen.

„Na, nicht dass er in diese Mordsache verwickelt ist.“

Köhler war da weniger diplomatisch. „Mein lieber Kollege Brauer. Wenn du darüber nachdenkst, müsstest du eigentlich als guter Kriminalist selbst drauf kommen.“

„Sie sind doch verrückt!“, entfuhr es Brauer wütend. „Onkel Harald ist nicht in der Lage, auch nur einer Fliege ein Leid zuzufügen. Ich verbitte mir solche Anschuldigungen."

„Niemand hat hier irgendwen beschuldigt", versuchte Grotewohl die Situation zu retten. „Aber denk doch mal darüber nach, was du uns gerade erzählt hast."

„Was meinst du?"

Köhler war drauf und dran, Brauer als völlig verblödet zu bezeichnen, verzichtete aber aus diplomatischen Gründen darauf. „Du hast uns erzählt, dass dein Onkel, der Vorarbeiter in einer Großmetzgerei ist, dermaßen gut verdient, dass er sich ein Haus in Büsum, eine Golfmitgliedschaft und ein Boot auf dem Main leisten kann."

Brauer schwieg.

„Oder ist deine Tante vermögend?", warf Grotewohl ein.

„Sie ist Erzieherin", sagte Brauer tonlos. Er schien etwas zu verarbeiten. „Halbtags."

„Dann ist sie ja wohl auch nicht der Goldesel", stellte Köhler fest.

Brauer saß vor seinem Tablett und starrte ins Leere. Dann schaute er auf sein halb aufgegessenes Mittagessen und schob es von sich. „Super", sagte er genervt. „Jetzt ist mir der Appetit vergangen."

Als sie nach der Mittagspause ins Büro zurückkehrten, saß Müller steckensteif hinter dem PC und begrüßte seine Kollegen mit den Worten: „Es ist mir eine Freude, euch zurück am Arbeitsplatz zu sehen, liebe Vorgesetzte!"

„Willst du uns verarschen?", blaffte Grotewohl.

„Mitnichten, nichts liegt mir ferner."

Grotewohl wollte ihn gerade zur Schnecke machen, aber Köhler hielt sie zurück. „Müller hat eine neue Flamme, und die hat ihm gesagt, dass er zu vulgär spricht. Jetzt übt er sich darin, sich gewählt auszudrücken."

Grotewohl sah Köhler ungläubig an, doch dieser hob nur verständnislos die Brauen. Dann ging sie zu Müller und sagte: „Du hast zwei Möglichkeiten, mein Junge." Sie drehte ihn in seinem Stuhl zu sich herum, bis sie ihm direkt in die Augen schauen konnte. „Entweder du redest wieder normal und bist der, der du bist, oder du lässt dich weiter von deiner neuen Trulla verbiegen und redest hier kein Wort mehr in dieser Form." Sie packte ihn an den Schultern. „Ist das angekommen?"

Müller nickte.

„Entweder sie nimmt dich so, wie du bist, oder gar nicht, klar?"

Müller schien erleichtert. „Danke", sagte er. „Ich hätte das auch nicht mehr lange ertragen. Davon wird einem ja ganz schlecht!"

Spurensuche

„Warum sagst du mir das erst jetzt?", rief Heinz Sennefeld.

„Weil ich dich erst jetzt sehe." Irene Sennefeld-Bauernfeinds Tonfall hatte etwas Vorwurfsvolles. „Du spielst ja lieber mit deinen Gäulen, als zu verhindern, dass wir in den Knast kommen."

„Ein Gestüt pflegt sich nicht von allein", verteidigte sich der Alte. „Außerdem haben die nichts gegen uns in der Hand."

„Was macht dich da so sicher?"

„Dass sie sonst schon längst hier gewesen wären."

Irene Sennefeld-Bauernfeind entspannte sich ein wenig.

„Trotzdem", beharrte sie schließlich. „Die Becker muss etwas bemerkt haben. Vielleicht hat sie an der Tür gelauscht."

„Quatsch!", machte Sennefeld. „Dafür hat sie viel zu viel Schiss. In all der Zeit, die sie für mich als Sekretärin gearbeitet hat, war sie immer loyal."

„Und was hat sie dann auf dem Polizeipräsidium gemacht?"

„Eine Anzeige wegen Diebstahls aufgegeben."

„Humbug! Die wollte mit dem Köhler sprechen. Das hat er selbst gesagt. Außerdem hatte die Becker die Tasche bei sich, die sie jeden Tag ins Büro schleppt. Von wegen Ersatztasche!"

„Und was sollen wir deiner Meinung nach jetzt machen?" Sennefeld war mit all dem überfordert. „Wir können doch nicht jeden umlegen lassen, der uns querkommt."

„Warum nicht?"

Sennefeld sah seine Tochter entsetzt an. „Du bist so kalt wie deine Mutter."

„Lass Mama aus dem Spiel."

Sennefeld lachte humorlos. „Warum? Weil du nicht wahrhaben willst, dass sie uns im Stich gelassen und uns ausgenommen hat wie eine Weihnachtsgans?"

„Du hättest sie halt nicht ständig betrügen dürfen, dann wäre sie vielleicht bei dir geblieben."

„*Das* hat sie dir erzählt?" Sennefeld machte eine verächtliche Geste. „Das sieht ihr ähnlich."

„War es denn nicht so?"

„Sie hat mich betrogen. Und zwar nicht nur sexuell." Er stützte den Kopf in seine Hände. „Was denkst du denn, warum ich mich mit dieser verdammten Drogenbande eingelassen habe?"

„Gier?"

„Deine Mutter hat sich ihren Fitnesstrainer und unser Geld geschnappt und ist abgehauen."

Irene Sennefeld-Bauernfeind zeigte sich verwundert. „Warum hast du sie nicht zurückgeholt – oder wenigstens das Geld?"

„Weil dann alles ans Licht gekommen wäre. Sie wollte immer mehr. Als du auf die Welt kamst, war alles wunderbar. Aber ich musste mich um die Firma kümmern. Da blieb nicht viel Zeit." Sennefeld schnaubte. „Das Geld hat sie genommen und mit beiden Händen ausgegeben."

„Das sind doch alles Ausreden." Die Metzgerstochter weigerte sich zu glauben, dass ihr Vater gezwungen worden war, Drogen in Schweinehälften zu schmuggeln. „Es war deine Entscheidung, und mich hast du mit reingezogen."

„Ich erinnere daran, wer von uns beiden die Idee hatte, den Schmuggel auszuweiten, um noch mehr Kohle zu scheffeln. Und jetzt fliegt uns der ganze Mist um die Ohren, weil du unbedingt diesen bescheuerten Killer anheuern musstest, der kurzerhand Stein umgebracht und ungefragt auch noch dessen Frau hinterhergeworfen hat."

„Was hättest du denn getan?"

„Ich hätte Stein ein paar Euro gegeben, damit wäre die Sache erledigt gewesen."

„Er wäre wiedergekommen und hätte mehr verlangt."

„Na und?", rief Sennefeld. „Dann hätten wir ihn auf die Drogen-Gehaltsliste gesetzt und in Ruhe darüber nachgedacht, was wir mit ihm machen. Aber gleich diesen dummen Riesen auf ihn zu jagen, war eine Schnapsidee, die uns Kopf und Kragen kosten wird."

„Wer konnte denn ahnen, dass dieser Vollidiot ausgerechnet eine mit Kokain gefüllte Schweinehälfte mit dem Gabelstapler aufschlitzt?" Irene Sennefeld-Bauernfeind schlug mit der flachen Hand auf den Tisch und drehte sich weg.

„Streng genommen ist der Aufseß schuld an der Misere." Sennefeld kratzte sich den schütteren Haarkranz und blickte ins Leere. „Er hatte schließlich strikte Anweisung, die gefüllten Schweinehälften persönlich zu verladen, um genau so etwas zu verhindern." Er stand auf und ging zu seiner Tochter, die am Fenster stand und mürrisch hinausblickte. Unten im Hof der Fabrik ging alles seinen gewohnten Gang. „Wo ist der Kerl überhaupt?"

„Hat sich heute Morgen krank gemeldet."

Sennefeld stutzte.

Auf seinen Blick hin fuhr seine Tochter fort: „Er ist wirklich krank, mach dir keinen Kopf. Ich hatte ihn am Telefon, er ist total verschnupft."

Sennefeld nickte und schien zufrieden.

„Die können uns nichts nachweisen, Papa", sagte Irene Sennefeld-Bauernfeind plötzlich, ohne überzeugend zu klingen. „Pamfil ist tot, und Ohnesorg oder Aufseß werden gewiss nicht reden. Die sind ja nicht bescheuert und liefern sich mit ans Messer. Zumal Ohnesorg den Killer aufgetrieben hat." Sie schnaufte durch. „Der Aufseß braucht die Kohle, das hat er mir selbst gesagt."

„Und die Becker?"

„Was soll die denn schon wissen? Alles nur Gerede …"

„Trotzdem, ich fühle mich nicht wohl dabei. Wenn wir das nicht ein für alle Mal regeln, sind wir erledigt. Ohne das Drogengeld können wir die Kosten nicht mal annähernd decken. Vielleicht ein oder zwei Jahre, aber dann ist Schluss."

„Dann müssen wir halt kleinere Brötchen backen. Verkauf doch deine Boote, deine zahlreichen ungenutzten Ferienhäuser oder dein Gestüt." Der Sarkasmus in Irene Sennefeld-Bauernfeinds Stimme war nicht zu überhören.

„So weit kommt's noch." Sennefelds Blick wurde eiskalt. „Die Becker ist die Einzige, die uns gefährlich werden kann." Er ließ seine Worte wirken.

„Was willst du damit sagen?"

„Sie muss weg!"

„Was ist denn jetzt mit der Becker?", wollte Grotewohl wissen, als sie in Köhlers Mercedes einstiegen.

„Und warum müssen wir überhaupt immer mit dieser Protzkiste fahren?"

Köhler schloss die Augen und atmete durch. Wenn jemand etwas gegen sein Auto sagte, wurde er giftig. Er riss sich zusammen, weil es sich bei diesem Jemand um Grotewohl handelte. Dennoch konnte er ihr das nicht durchgehen lassen. Er wartete, bis sie eingestiegen war.

„Du befindest dich in einem zeitlosen Klassiker, ist dir das bewusst?" Er machte eine kurze Pause und drehte sich zu ihr. Er sprach eindringlich. „Dieses Fahrzeug, meine Liebe, ist ein Stück deutsche Geschichte. Damals war die Benzin-Direkteinspritzung eine Weltneuheit bei einem Viertakter, du Ignorantin. Dieses Fahrzeug ist eine Rarität, die emotional und materiell unbezahlbar ist."

Grotewohls Blick war ungerührt. Sie sagte nichts.

„Ich möchte *dich* mal sehen, wenn du zweiundsechzig bist."

Grotewohl machte aus ihrem Desinteresse auch weiterhin keinen Hehl. „Super", sagte sie ungerührt. „Können wir dann los, oder muss die alte Dame vorher noch mal pinkeln?"

Köhler war kurz davor, einen Streit vom Zaun zu brechen. Er besann sich dann aber darauf, dass das kindisch gewesen wäre, schmollte jedoch während der restlichen Fahrt.

Aufseß wohnte in Offenbach. Die Gegend, in der sein Haus stand, war erstaunlich schön. Grotewohl fiel auf, dass die Gerüchte über Offenbach nicht stimmen konnten. „Ich dachte, hier wäre es überall potthässlich", kommentierte sie den mit Pflanzenbewuchs durchsetzten Straßenverlauf. Die Häuser waren ebenfalls beachtenswert. Sie pfiff anerkennend. „Und so was kann sich der Vorarbeiter einer Großmetzgerei leisten?“, entfuhr es ihr beim Anblick von Aufseß' Haus. „Nicht schlecht!“

Die beiden Ermittler stiegen aus und sahen sich um.

„Wohnt der allein in dem Kasten?“, fragte Köhler, der sich wieder beruhigt hatte, und zeigte auf die Villa, die imposant vor ihnen aufragte.

Grotewohl trat ans Hoftor. „Sieht ganz so aus.“ Sie deutete auf die messingbeschlagene Klingelbriefkastenkombination. „Steht jedenfalls nur ‚Aufseß‘ drauf.“

„Nicht schlecht.“ Köhler war beeindruckt und skeptisch zugleich. „Dann mal los!“, sagte er und drückte auf die Klingel.

Christa Becker war in ihrer Angst gefangen. Sie saß in ihrem Hotelzimmer und ignorierte den wunderbaren Ausblick auf die Berge des Tannheimer Tals. Aber nach der Schönheit des Tals stand ihr nicht der Sinn. Stattdessen kämpfte sie gegen die aufsteigende Panik an. Sie bereute bereits, die Mail an die Polizei geschickt zu haben. Andererseits würde sie wohl kaum hier gefunden werden, wenn sie sich nicht bemerkbar machte. Wie sollten die denn wissen, dass sie ins Allgäu gefahren war? Ihr Handy hatte sie gar nicht erst mitgenommen. Das lag in ihrer Wohnung in Oberrad. Sie brauchte es nicht. Niemand würde sie vermissen. Genau dieser Gedanke war es aber, der ihr Angst machte. Sollten die Sennefelds sie vor der Polizei finden, hatte sie ein ernsthaftes Problem. Denn eines war sicher: Die Flunkerei mit der gestohlenen Handtasche hatte ihr die Juniorchefin niemals abgekauft. Man konnte über das verzogene Gör sagen, was man wollte, aber dumm war sie nicht. Es war nur eine Frage der Zeit, bis sie ihre wahren Gründe für den Besuch im Präsidium herausfinden würde. Spätestens wenn die Polizei den Fakten aus ihrer Mail nachging.

Die Angst war beinahe lähmend.

Christa Becker beschloss, in Bewegung zu bleiben und von nun an in kurzem Wechsel ein jeweils anderes Hotel anzusteuern. Sie packte ihre Koffer, damit sie morgen in aller Frühe aufbrechen konnte. Aber das Frühstück wollte sie noch mitnehmen; es war ja schließlich schon bezahlt.

„Fährt die nicht immer nach Österreich zum Wandern?“, fragte Sennefeld seine Tochter. Seit mehr als zwei Stunden zerbrachen sie sich den Kopf, wo sie nach ihrer Sekretärin suchen sollten.

„Stimmt.“ Irene Sennefeld-Bauernfeinds Gesicht erhellte sich. „Die schickt doch jedes Mal diese bescheuerten Ansichtskarten. Wo hast du die? Bestimmt steht da drauf, wie der Ort heißt.“

Sennefeld schwieg.

„Die hast du doch aufgehoben, oder etwa nicht?“

„Na ja …“, sagte er gedehnt. „Ich hab letztens ausgemistet, und da …“

„… hast du sie weggeworfen“, vollendete die Tochter den Satz. Sie warf die Arme in die Höhe. „War ja klar!“, rief sie wütend.

„Ja, Mann, warum sollte ich den Mist auch aufheben? Hätte ich mir die Karten an den Kühlschrank pinnen sollen?“ Die Verteidigung war schwach, aber nachvollziehbar, weshalb Irene Sennefeld-Bauernfeinds Wut schnell verrauchte.

„Es war auf jeden Fall im Allgäu.“ Sie lief auf und ab. „Die hat uns doch jedes Mal genervt mit ihren

Schwärmereien, wie toll das da ist und was sie alles bewandert hat.“ Sie griff sich an die Stirn. „Warte mal“, stieß sie aus und ging um den Schreibtisch herum. Sie schob ihren Vater mitsamt seinem Bürostuhl zur Seite und tippte etwas in den vor ihr stehenden Laptop.

„Ist dir was eingefallen?“

Irene Sennefeld-Bauernfeind schwieg und gab etwas in die Suchmaschine ein. Es dauerte nur ein paar Sekunden, dann öffneten sich Bilder von Berglandschaften. Sie grinste zufrieden und sagte: „Ich glaube, ich weiß, wo sie ist.“

„So?“, fragte Sennefeld zweifelnd. „Was macht dich da so sicher?“

Seine Tochter grinste ihn an. „Ich erinnere mich daran, dass sie beim letzten Mal etwas davon erzählt hat, dass sie einen Berg bestiegen hat, der ‚Einstein‘ hieß.“ Sie tippte sich seitlich an die Stirn. „Und das habe ich mir gemerkt, weil ich mich gefragt habe, wer da wohl nach wem benannt wurde, der Berg nach dem Wissenschaftler oder der Wissenschaftler nach dem Berg.“ Sie deutete auf den Laptop. „Dann habe ich mal ‚Einstein Berg‘ gegoogelt, und das ist dabei rausgekommen.“

Sennefeld beugte sich vor, um besser auf den Bildschirm schauen zu können. „Da könnte was dran sein. Wie heißt die Gegend?“ Er zeigte auf die Bilder und kniff die Augen zusammen. „Lies mal vor, ich kann das nicht lesen. Zu klein geschrieben.“

„Da steht: ‚Der Einstein im Tannheimer Tal‘.“

„Das ist es!“

Jagd

Harald Aufseß meldete sich an der Gegensprechanlage. Seine Stimme klang rau und nasal. „Hallo?", krächzte es aus dem Lautsprecher.

Köhler stellte sich und Grotewohl vor und bat um ein Gespräch.

„Das passt jetzt aber gar nicht!", kam es zurück. „Ich bin krank und fühle mich hundeelend."

„Es wäre wirklich dringend, Herr Aufseß", drängelte Grotewohl.

Die Anlage blieb stumm.

„Herr Aufseß?", rief Köhler.

„Bitte gehen Sie!"

„Es dauert nur eine Minute, dann sind wir wieder weg."

„... und kommen mit einem Gerichtsbeschluss zurück", fügte Grotewohl an.

Köhler warf ihr einen fragenden Blick zu.

Grotewohl hob die Schultern an, als wollte sie sagen: „Was denn?"

Aufseß gab nach. „Sie haben eine Minute." Die Tür summte.

Grotewohl sah Köhler triumphierend an und öffnete die Tür.

An der Haustür wartete bereits der Hausherr. Er trug einen Bademantel und wirkte derangiert. Es war offensichtlich, dass er krank war.

„Was kann ich für Sie tun?", fragte er, nachdem er die beiden Polizisten in sein Wohnzimmer geführt hatte.

Das Haus war sehr geschmackvoll eingerichtet und geräumig. Durch eine breite Glasfront konnte man in den gepflegten Garten schauen, der mehr als ausreichend Platz bot. Köhler und Grotewohl waren beeindruckt.

„Schön haben Sie es hier", bemerkte Grotewohl und sah sich um.

„Ich weiß", sagte Aufseß. Er blieb stehen und bot den beiden weder einen Platz noch Getränke an. Es war offensichtlich, dass er den ungebetenen Besuch schnellstmöglich wieder loswerden wollte. „Können wir dann bitte zum Grund Ihres Eindringens kommen?" Er deutete an sich herunter. „Wie Sie unschwer erkennen können, bin ich nicht auf Besuch eingerichtet."

„Sicher …" Köhler ging im Zimmer umher und betrachtete die zahlreichen Bilder. Er tat das bewusst langsam.

Währenddessen stellte Grotewohl die erste Frage. „Herr Aufseß, können Sie sich denken, warum wir hier sind?"

„Nein, nicht wirklich. Ich habe mir nichts zuschulden kommen lassen. Geht es vielleicht um meinen Sohn? Hat er wieder was angestellt?"

„Hat er das denn in der Vergangenheit getan?", warf Köhler ein.

„Wie Jungs in dem Alter halt so sind."

„Wie alt ist Ihr Sohn?"

„Siebzehn."

Grotewohl nickte.

„Sagen Sie mal, sind die alle echt?" Köhler deutete auf eines der Bilder.

„Ich stehe nicht so auf Kopien", gab Aufseß eine Spur zu arrogant zurück.

Köhler nickte anerkennend und sah sich weiter um.

„Könnte ich jetzt bitte den Grund Ihres Besuches erfahren?", fragte Aufseß und hustete demonstrativ.

„Sicher", antwortete Grotewohl. Ihre Stimme klang geschäftig. „Was wissen Sie über den Mord an Dennis und Jennifer Stein?"

Aufseß wurde blass. Er schluckte trocken und öffnete den Mund, aber es kam kein Laut heraus. Nach ein paar Sekunden hatte er sich wieder gefangen. „Nichts", sagte er nur und senkte den Blick.

„Aber Sie haben doch mit ihm zusammengearbeitet?"

„Ja. Sicher."

„Und Sie werden ja wohl von der Sache gehört haben."

„Sicher." Aufseß zeigte auf Grotewohl. „Sie waren doch letztens bei mir, und da habe ich Ihnen alles gesagt, was ich weiß." Er hob die Schultern und fuhr fort: „Ich kenne quasi nur das Gerede in der Firma."

„Was wird denn da so geredet?", hakte Köhler nach, seinen Blick noch immer auf den Wandschmuck geheftet.

Aufseß hob die Schultern. „Keine Ahnung … dass er halt aus dem Fenster geworfen wurde."

„Vom Balkon", korrigierte ihn Köhler.

„Meinetwegen." Aufseß hatte sich wieder gefasst. „Aber was wollen Sie denn jetzt von mir? Ich habe ihn da nicht runtergeworfen."

Köhler lachte kurz auf. „Das wissen wir, Herr Aufseß. Der Mörder ist bereits gefunden." Er trat ein paar Schritte auf den Hausherrn zu und blieb vor ihm stehen. Er überragte den Metzger um Haupteslänge, weshalb er sich ein Stück zu ihm herunterbeugte, während er sprach. „Wir sind darin ziemlich gut. Wussten Sie, dass die Aufklärungsrate bei Mord seit vielen Jahren konstant bei über 95 Prozent liegt?" Er trat einen Schritt zurück. „Wohingegen es bei Taschendiebstahl gerade einmal lächerliche fünf Prozent sind." Er machte eine kurze Pause. „Ist das nicht erstaunlich?"

„Durchaus", antwortete Aufseß gelangweilt. „Ich verstehe aber immer noch nicht, was Sie von mir wollen." Kaum hatte er den Satz vollendet, verriet ein Geräusch, dass die Haustür aufgeschlossen und anschließend geöffnet wurde. „Das wird meine Frau sein", sagte der Hausherr. „Sie entschuldigen mich, ich muss sie auf Ihren Besuch vorbereiten."

Grotewohl reagierte mit einer zustimmenden Geste.

Die beiden Ermittler hielten inne und horchten. Genaues konnten sie nicht verstehen, aber Frau Aufseß schien wenig geneigt zu sein, die ungebetenen Besucher zu begrüßen. Sie schimpfte kurz und verschwand im Nebenraum.

„Sie werden verstehen, dass meine Frau nicht gerade begeistert ist …"

„Das sind wir gewohnt, Herr Aufseß." Köhler hob beruhigend die Hand. „Eine Frage noch, und dann sind wir auch schon wieder weg."

Aufseß schien erleichtert und nickte.

„Wissen Sie etwas von irgendwelchen Drogengeschäften, in die Herr Stein verwickelt war?"

„Das geht jetzt zu weit, Herr Kommissar!" Aufseß brauste auf. „Ich kenne Herrn Stein nur von der Arbeit. Er war nicht der beste Mitarbeiter, das steht fest. Darüber hinaus hatte ich keinen Kontakt zu ihm, dennoch bedaure ich seinen Tod und die Umstände, die dazu geführt haben."

„Wir wissen aus einer sicheren Quelle, dass es sich bei dem Mord um einen Auftrag aus dem Drogenmilieu handelt. Allerdings war Herr Stein da nur ein kleines Licht. Wir werden das Gefühl nicht los, dass viel mehr dahintersteckt."

„Was geht mich das an?

Ungerührt sprach Köhler weiter. „Darf ich fragen, wie hoch Ihr monatliches Einkommen ist?"

„Nein, dürfen Sie nicht." Aufseß wurde jetzt ungemütlich.

„Sicher, da haben Sie natürlich recht. Ich frage mich nur, wie Sie sich dieses herrliche Haus, das Boot und das Haus in Büsum mit dem Gehalt eines angestellten Metzgers leisten können." Köhler hob abwehrend die Hände. „Aber machen Sie sich keine Umstände, wir finden Ihren Finanzstatus schon heraus. Bei einer Mordermittlung haben wir doch ziemlich viele Möglichkeiten der Informationsbeschaffung." Er grinste breit. „Aber wissen Sie was? Ich glaube Ihnen. Sie haben mit der Sache nichts zu tun. Kommen Sie, Frau Grotewohl, ich denke, wir haben Herrn Aufseß zur Genüge belästigt."

Grotewohl war verwirrt. Sie wusste nicht, welches Spiel ihr Partner spielte, vertraute ihm aber. Irgendwas führte er im Schilde.

Sie verabschiedeten sich und gingen zurück zum Auto.

„Was war denn das für eine komische Nummer? Wieso quatschst du unsere Ermittlungsergebnisse aus?" Grotewohl sah ihren Kollegen fragend an.

Köhler stieg in seinen zeitlosen Klassiker und grinste. „Geduld, meine Liebe. Geduld."

„Okay." Grotewohl kannte ihren Partner gut genug, um zu wissen, dass es besser war, ihm zu vertrauen.

„Hast du gesehen, dass er ein Kokser ist?", fragte Köhler, während sie im Auto warteten und das Haus beobachteten.

„Nee. Wie kommst du darauf?"

„Ich habe auf einem Beistelltisch einen kleinen Spiegel gesehen und daneben lag ein Röhrchen. Außerdem war auf dem Spiegel weißes Pulver. Ich glaube kaum, dass das Traubenzucker war. Hatte er wohl vergessen wegzuräumen."

„Bist du dir sicher, dass wir das selbst erledigen sollten?", fragte Irene Sennefeld-Bauernfeind ihren Vater. „Wir brauchen ein wasserdichtes Alibi, wenn die Becker das Zeitliche segnet."

„Hast du einen Vorschlag?" Sennefeld war angefressen. Ihm passte es gar nicht, seine langjährige Sekretärin zu töten, aber sie war selbst schuld. Neugier tötete die Katze. „Ich sehe nämlich ein Problem auf uns zukommen, was die Wahl des Killers betrifft. Der letzte war ja wohl alles andere als professionell."

Irene Sennefeld-Bauernfeind rollte mit den Augen. „Wie oft willst du mir das noch unter die Nase reiben." Sie hob den Zeigefinger. „Ich habe wenigstens gehandelt, und wenn mir der Ohnesorg sagt, dass der Mann hundertprozentig verlässlich ist, dann muss ich das ja wohl glauben. Oder hast du zufällig noch einen alten Jugendfreund, der heute als Auftragskiller arbeitet?"

„Spar dir deinen Sarkasmus." Sennefeld war hin- und hergerissen. „Sie hat mehr als dreißig Jahre für mich gearbeitet."

„Und jetzt kann sie dich für den Rest deines Lebens in den Knast bringen." Irene Sennefeld-Bauernfeind lachte freudlos und fügte an: „Bei dir sind das ja nur noch ein paar Jahre, aber ich habe das halbe Leben noch vor mir und möchte das nicht im Preungesheimer Frauenknast verbringen. Da habe ich bessere Pläne."

„Wir sind uns ja noch nicht mal sicher, ob die Becker überhaupt irgendwas weiß, geschweige denn ausgeplaudert hat. Vielleicht sollten wir einfach abhauen."

„Wohin denn?"

Sennefeld hob die Schultern. „Was weiß ich? Irgendwohin, wo sie nicht nach Deutschland ausliefern."

„Und dann? Willst du irgendwo im brasilianischen Regenwald versauern und von Würmern leben?"

„Mit Geld kann man sich alles kaufen", beharrte Sennefeld.

„Ja, einen goldenen Käfig."

Vater und Tochter schwiegen eine Weile, jeder mit den eigenen Gedanken beschäftigt.

„Es hilft nichts", schlussfolgerte Irene Sennefeld-Bauernfeind. „Die Becker muss weg. So oder so."

Sennefeld seufzte. Ihm war anzusehen, dass ihm die Entscheidung schwerfiel. Aber auch er sah keinen anderen gangbaren Weg. „In Ordnung, aber wie stellen wir das an?"

Überraschungen

„Warum hocken wir hier noch rum?", fragte Grotewohl, nachdem sie zum zweiten Mal vom Rauchen in den Mercedes zurückgekehrt war. Köhler hatte ihr verboten, in seinem Auto zu rauchen, obwohl das Verdeck offen war. Da war er sehr penibel.

„Weil ich mein Handy da drinnen gelassen habe."

„Du hast was?" Grotewohl war entsetzt. „Warum?"

„Ich habe den Rekorder angemacht."

Grotewohl traute ihren Ohren nicht. „Bist du irre?", entfuhr es ihr. „Das sind illegale Methoden. Damit zerstörst du den ganzen Fall, das ist dir schon klar?"

„Ach, Grotte." Köhler seufzte. „Sei nicht immer so eine Beamtin. Ich beschaffe uns nur ein paar Informationen. Der Rest kommt beim Bügeln."

„Echt jetzt?"

Köhler, der während der ganzen Zeit Aufseß' Haus im Auge behalten hatte, drehte sich zu seiner Kollegin um. „Er wird seiner Frau erklären müssen, warum die Bullen bei ihm waren. Da bin ich einfach mal neugierig, wie er das anstellt."

„Shaft, du bist echt unmöglich!"

Köhler hob gleichgültig die Schultern. An Grotewohls Gesichtsausdruck konnte er ablesen, dass sie ihn insgeheim für seine Kreativität bei der Ermittlungsarbeit bewunderte. Dennoch fügte er erklärend hinzu: „Wir hören da jetzt ein bisschen mit und werden vielleicht ein paar entscheidende Informationen bekommen. Wenn nicht … auch nicht schlimm. Aber wenn doch, haben wir immerhin die Gewissheit, auf der richtigen Spur zu sein."

„Das wird kein Richter der Welt anerkennen."

„Muss er ja auch nicht." Köhler wandte seinen Blick wieder zum Haus. „Viele Wege führen nach Rom. Was wir uns gerade holen, ist nur die Landkarte. Vertrau mir."

Er stieg aus und ging zum Haus. Grotewohl wollte mitkommen, doch Köhler hielt sie zurück. „Es wirkt echter, wenn ich allein gehe." Wenig später drückte er auf die Türklingel.

„Ja?", tönte die Stimme des Hausherrn durch den Lautsprecher.

„Köhler von der Kripo Frankfurt. Ich fürchte, ich habe mein Handy bei Ihnen verloren. Könnte ich bitte noch mal reinkommen und nachschauen?"

Ohne eine Antwort zu geben, betätigte Aufseß den Türsummer. Augenblicke später befand sich Köhler erneut im Wohnzimmer des Hauses. Er tat so, als suche er alles ab, wohl wissend, wo er das Handy platziert hatte. Er ging auf die Knie und ließ seinen Blick über den Boden schweifen. „Aah … da ist es ja!", rief er, rappelte sich auf und nahm das Handy an sich, das neben dem Heizkörper auf dem Boden lag. Dann präsentierte er es dem Hausherrn und sagte: „Ohne das Ding bin ich aufgeschmissen." Er lächelte verlegen. „Danke, dass ich noch mal reinkommen und danach suchen durfte. Da bin ich echt erleichtert. Schönen Tag noch!" Beim Hinausgehen fiel sein Blick ins Schlafzimmer der Aufseß'. Was er dort sah, alarmierte ihn.

Entgegen seiner üblichen defensiven Fahrweise gab Köhler seinem Mercedes die Sporen. In Rekordzeit kehrten sie ins Präsidium zurück. Grotewohl war überrascht, sagte aber nichts. Erst als Köhler im Büro immer noch gehetzt wirkte, entschied sie sich zu intervenieren.

„Was ist denn los mit dir?"

„Warum?", fragte Köhler, der in seinem Schreibtisch nach einem Ladekabel für sein Handy suchte. „Das Scheißding muss doch hier irgendwo sein!", fluchte er und riss sämtliche Schubladen auf. Schließlich fand er es und schloss das Telefon an.

„Warum bist du denn so hektisch?"

„Weil wir keine Zeit haben, der Aufseß will abhauen!"

Grotewohl war erstaunt. „Woher weißt du das?"

„Als ich mein Handy rausgeholt habe, sah ich im Schlafzimmer zwei Koffer auf dem Bett liegen."

„Das muss nichts heißen, Shaft", versuchte Grotewohl ihn zu beruhigen.

Köhler warf ihr einen Blick zu, der keinen Zweifel daran ließ, dass er sich bei seiner Einschätzung sicher war. Er hielt das Handy hoch. „Schließ die Tür ab, wir brauchen Ruhe. Außerdem ist es besser, wenn die Aktion unter uns bleibt."

Grotewohl gehorchte. Als sie sich sicher sein konnte, dass niemand ungefragt hereinplatzte, setzte sie sich neben ihren Kollegen.

Köhler suchte nach der App, die den Rekorder steuerte. Als er feststellte, dass eine Aufnahme darauf war, grinste er. „Es hat funktioniert." Er öffnete die Datei und spulte den Teil vor, auf dem sie beide zu hören waren. „Jetzt wird es interessant."

Als Nächstes hörten sie, wie sie sich von Aufseß verabschiedeten. Nur eine Sekunde später rief Aufseß nach seiner Frau. „Katharina!", bellte er. Dann lauter: „Katharinaaaa!"

„Was ist denn?“, fragte eine Frauenstimme. „Was wollten die von dir?“

„Wir müssen weg.“

„Was?“ Aufseß' Frau lachte ungläubig. „Hast du zu viele Krimis gesehen, oder was?“

„Katharina, bitte!“ Aufseß sprach sehr eindringlich. „Pack deinen Koffer. Jetzt!“

„Wie stellst du dir das vor?“ Sie schien sich nicht zu bewegen. „Was hast du angestellt?“

„Nichts.“

„Und weshalb sollen wir dann Hals über Kopf das Haus verlassen?“

„Nicht das Haus … das Land!“

Wieder lachte sie. „Willst du mich verarschen?“

„Katharina, bitte. Es ist wirklich ernst.“

„Ich tue gar nichts, bevor du mir nicht erklärst, was hier los ist.“

Es gab eine kurze Pause. Aufseß schien mit sich zu ringen.

„Ich glaube, ich bin dir eine Erklärung schuldig“, sagte er schließlich.

Köhler und Grotewohl hörten Schritte. Als das Ehepaar Aufseß wieder sprach, waren ihre Stimmen wesentlich lauter und klangen deutlicher. Allem Anschein nach waren die beiden ins Wohnzimmer gegangen.

„Es ist besser, du setzt dich. Das, was ich dir zu sagen habe, wird ziemlich verstörend sein.“

„Du machst mir Angst, Harald!“

„Es hilft nichts, wir müssen Ohnesorg einschalten“, resümierte Sennefeld.

Seine Tochter, die am Besprechungstisch saß und kurz vor der Verzweiflung stand, zuckte zusammen.

„Auf gar keinen Fall." Sie sprang auf und trat zu ihrem Vater. Den gesamten Vormittag hatten sie hier verbracht, in diesem Büro, das erst vor Kurzem komplett renoviert worden war. Für die kommenden Wochen war geplant, dass auch ihr Büro renoviert würde. Doch daran verschwendete im Moment keiner von ihnen einen Gedanken. Hier ging es schlicht darum, den eigenen Hals aus der Schlinge zu ziehen. Sie stemmte sich auf dem Schreibtisch ihres Vaters ab und sagte eindringlich: „Wenn wir Ohnesorg damit beauftragen, die Becker zu beseitigen, wissen es die Leute vom Kartell."

„Na und? Die halten uns doch eh für unfähig." Sennefeld wirkte deprimiert.

„Noch können wir das Vertrauen, das man in uns gesetzt hat, wiederherstellen. Es geht hier um Millionen, Papa. Viele Millionen! Noch ein paar Jahre, und wir haben so viel Geld, dass wir uns zur Ruhe setzen können. Alle beide!"

Der Blick ihres Vaters traf sie bis ins Mark. Er wirkte auf einmal sehr zerbrechlich. „Mein Schatz", sagte er leise. „Du denkst, die lassen uns einfach so gehen?" Er schüttelte den Kopf. „Vielleicht ist es sogar besser, wenn wir jetzt die Chance nutzen und uns absetzen."

Irene Sennefeld-Bauernfeind starrte ihren Vater an. „Was redest du da?"

„Du glaubst", erklärte er, „dass man so einfach kündigen kann? Man kündigt nicht im Drogengeschäft. Entweder man zieht das durch, und zwar nach deren Spielregeln, oder man wird getötet. Da gibt es keine Wahl. Wir wissen einfach zu viel."

„Das ist doch Quatsch. Wir wissen gar nichts. Alles ist über Ohnesorg gelaufen. Nie haben wir einen von denen zu Gesicht bekommen."

Der Metzger lächelte traurig. „Das interessiert die nicht. Ich habe mich sowieso gewundert, dass sie uns nach dem Desaster mit Pamfil am Leben gelassen haben."

„Du übertreibst, Papa." Der Stimme der Tochter war anzumerken, dass sie es mit der Angst zu tun bekam. Das, was ihr Vater da von sich gab, verstörte sie. „Ich glaube nicht daran, dass die uns irgendwas antun, wenn wir die Becker kaltmachen." Es war, als redete sie sich selbst Mut zu. „Sie ist die Einzige, die uns auffliegen lassen kann. Vielleicht hat sie der Polizei schon was geschrieben oder sie hat bei denen angerufen."

„Dann wären die doch längst hier."

„Die haben nichts in der Hand." Irene Sennefeld-Bauernfeind lachte seltsam. Sie war zutiefst verunsichert. Als sie mit dem Kokainschmuggel angefangen hatten, schien doch alles so einfach und vor allen Dingen ertragreich gewesen zu sein. Wie hatte das in die Brüche gehen können? Sie verfluchte den Tag, an dem sie diesen Stein eingestellt hatte. „Wenn wir nicht reagieren, sind wir geliefert, verstehst du?", sagte sie eindringlich. „Ich rufe Ohnesorg jetzt an. Zumindest will ich seine Meinung dazu hören." Sie griff zum Telefon und wählte die Nummer des Anwalts. Er versprach, innerhalb einer Stunde bei ihnen zu sein.

Grotewohl und Köhler saßen vor dem Handy und lauschten der Aufnahme.

„Ich habe dir nicht die Wahrheit gesagt", hörten sie Aufseß sagen.

„Was genau meinst du?", fragte seine Frau mit zittriger Stimme.

Aufseß seufzte und schien mit sich zu kämpfen. „Ich habe dir doch erzählt, dass mir meine Eltern einen

Fonds hinterlassen haben, der uns das Haus hier und das in Büsum finanziert hat."

„Ja, und? Was ist damit?" Sie schien kurz davor zu sein, in Tränen auszubrechen. „Haben wir etwa Schulden? Sind wir pleite?"

„Nein, das nicht. Aber ..." Er holte tief Luft. „Das Geld stammte nicht von meinen Eltern."

„Sondern?"

„Ich habe dabei geholfen, Kokain durch die Republik zu schmuggeln."

Danach war es für eine Weile still.

„Du hast was?", krächzte Aufseß' Frau.

„Bitte beruhige dich, Katharina."

„Ich soll mich beruhigen?", rief sie. „Du erzählst mir gerade, dass du ein verdammter Kokaindealer bist, und ich soll mich beruhigen?"

„Ich bin kein Dealer", wehrte er ab.

„Das ist doch scheißegal, du hast mit Kokain zu tun!", schrie sie. Sie war völlig außer sich. „Bist du noch zu retten? Denkst du mal an unsere Kinder?"

„Das habe ich ja."

Sie lachte auf. „So? Wie denn genau? Sollen sie in Zukunft ihren Vater im Knast besuchen?"

„Ich komme nicht ins Gefängnis, da bin ich mir sicher."

„Deswegen war auch die Polizei schon hier, ja klar!" Ihr Sarkasmus war beißend. „Die haben nur gefragt, ob sie auch mal ein wenig von dem Zeug für ihre Weihnachtsfeier haben können, oder was?"

„Jetzt beruhige dich. Alles ist gut."

„Ein Scheiß ist gut, Harald! Ich bin mit einem verdammten Kokainschmuggler verheiratet, und du willst mir erzählen, dass alles gut ist?"

„Bitte, Katharina. Hysterie hilft uns jetzt nicht weiter."

„Ich geh zu meiner Mutter. Und du kannst dir schon mal einen Scheidungsanwalt suchen."

„Die Kohle hast du aber gern genommen und die Häuser und die Urlaube."

„Weil ich dachte, das hätten wir von deinen Eltern geerbt, du Arsch! Aber doch nicht von der Drogenmafia!" Sie war außer sich. „Du mieser Lügner!"

„Was hätte ich denn tun sollen?"

Die beiden schienen den Raum zu verlassen, denn ihre Stimmen waren von nun an schlechter zu hören.

„Wenn ich dir gesagt hätte, woher das Geld stammt, wärst du gleich ausgeflippt. So wie jetzt."

„Ja, und weißt du auch, womit? Mit Recht, mein Freund, mit Recht!"

Irgendetwas rumpelte im Hintergrund. Offenbar schien sie ihre Sachen zu packen.

„Katharina, jetzt hör mir doch erst mal zu!"

„Lass mich!"

„Ich bieg das wieder gerade."

„Das kannst du gar nicht."

„Ich erzähle dir alles. Bitte hör mich an. Wenn du dann immer noch willst, kannst du gehen. Aber bitte hör mich vorher an!"

„Wollen Sie jetzt alles niederschießen, was Ihnen im Weg steht?" Hasso Ohnesorg war alles andere als begeistert von der Idee, einen weiteren Mord in Auftrag zu geben.

„Was schlagen Sie denn vor?", fragte Irene Sennefeld-Bauernfeind.

„Zuerst einmal müssen wir wissen, ob Frau Becker etwas weiß, und wenn ja, was genau das ist und ob sie es beweisen kann.“ Ohnesorg zündete sich eine Zigarette an. Die Sennefelds duldeten es, obwohl im gesamten Gebäude Rauchverbot herrschte. Aber die Situation ließ eine diesbezügliche Diskussion nicht zu. Der Anwalt inhalierte den Rauch und blies ihn wieder aus. „Wir müssen herausfinden, ob sie uns gefährlich werden kann.“

„Wie sollen wir das feststellen?“

„Ich denke, das haben wir schon.“

Vater und Tochter Sennefeld tauschten einen verwirrten Blick aus.

Der Anwalt lachte.

„Würden Sie sich bitte erklären?“ Die Juniorchefin war genervt von der Arroganz des Advokaten.

„Sehen Sie“, begann er und suchte etwas, um seine Zigarette abzuaschen. Irene stand auf und nahm einen Aschenbecher aus dem Schrank. Der Anwalt schnippte die Asche hinein und fuhr fort. „Sehen Sie … Wenn Frau Becker Beweise hätte, wüsste ich das.“

„Woher?“

„Ich habe genügend … nennen wir sie inoffizielle Mitarbeiter bei der Polizei.“

„Sie haben Spitzel im Präsidium?“

Ohnesorg grinste nur. Dann drückte er seine Kippe aus und stand auf. Er knöpfte sein Jackett zu und richtete seine Manschetten. „Auf der Fahrt hierher erreichte mich die Information, dass die Polizei im Mordfall Stein sehr wohl den Täter, aber nicht den Auftraggeber gefunden hat. Und Letzteren wohl auch niemals finden wird.“

„Was macht Sie da so sicher?“, fragte Sennefeld.

„Man hätte Sie längst verhaftet, wenn die Becker irgendetwas Belastbares über Sie vorbringen und es auch beweisen könnte." Er nahm seine Aktentasche. „Frau Becker ist seit mehr als vierundzwanzig Stunden verschwunden, hat ihr Konto leer geräumt und ihr Handy zurückgelassen. Glauben Sie mir, die ist über alle Berge."

„Und was sollen wir jetzt tun?"

„Das, was Sie schon immer getan haben: Fleisch verkaufen. Ich kümmere mich um den Rest."

Christa Becker warf noch einen Blick über das wunderschöne Tal. Sie seufzte und lud ihr Gepäck in den Kofferraum. Eigentlich wollte sie gar nicht woanders hin. Aber ihr Instinkt sagte ihr, dass sie hier nicht bleiben konnte. Sie ging um ihr Auto herum und vernahm den unvergleichlichen Klang einiger Kuhglocken sowie den Gesang der Vögel, die ein Lied der Gemütlichkeit und des Friedens angestimmt hatten. Sie schnaufte durch und gönnte sich einen letzten Spaziergang durch das Tannheimer Tal. Am Fuße des Einsteins nahm sie den Höhenweg in Richtung Grän und genoss die Aussicht und die wärmende Morgensonne. Sie hatte erstaunlich gut geschlafen, war erst gegen acht Uhr aufgewacht und hatte schließlich ausgiebig gefrühstückt. Dabei hatte sie überlegt, wohin sie als Nächstes fahren sollte. Kurzerhand hatte sie beschlossen, in Richtung Zugspitze aufzubrechen. Je mehr Menschen, desto besser. Sie wollte in der Masse untertauchen. Sie würde ein paar Tage in Garmisch-Partenkirchen bleiben und dann weiter nach Berchtesgaden reisen. Stets auf touristischen Pfaden. Sie war unauffällig genug, um dort unterzutauchen. Niemand würde sich an sie erinnern, da war sie sich sicher.

Während sie ihren Gedanken nachhing, vergaß sie die Zeit, und ehe sie sichs versah, war sie in Grän an der Talstation der Gondel angekommen. Sie warf einen Blick auf ihren Gästepass, der ihr eine freie Fahrt pro Tag garantierte, und beschloss, einen letzten Blick von oben auf das Tal zu werfen. Sie fuhr hinauf auf das Füssener Jöchle und nahm in der dortigen Hütte einen Snack zu sich. Dann machte sie sich schweren Herzens auf den Weg hinunter, um endgültig das Weite zu suchen. Sie lief den Weg zurück entlang der Vils. Dabei kam ihr in den Sinn, dass ein Leben auf der Flucht nicht dem entsprach, was sie sich unter ihrem bevorstehenden Ruhestand vorstellte. Sie fragte sich, wie lange sie über die Schulter zurückblicken konnte, ob sie mit der Zeit paranoid werden würde und ob sie sich das wirklich antun sollte.

Blickwinkel

Grotewohl und Köhler saßen noch immer wie gebannt vor dem Handy. Dabei vergaßen sie Raum und Zeit.

„Ich will dir nicht zuhören", wetterte Aufseß' Frau. Sie schien wieder ins Wohnzimmer zu gehen. Ihre Stimme wurde lauter, kurz darauf auch die ihres Mannes.

„Katharina, bitte!"

„Lass mich los!"

„Ich habe das doch nur für euch getan."

„So … spielst du jetzt die Familienkarte?" Die Frau schien sich ein wenig zu beruhigen. „Okay, du hast fünf Minuten. Aber nur der Kinder wegen. Nicht deinetwegen, mit dir bin ich durch."

„Das sehen wir dann", sagte Aufseß und fing nahtlos mit seiner Erklärung an. „Das ganze Problem war dieser Vollidiot von Stein. Der hat es verbockt."

„Was hat der denn mit uns zu tun?" Eine kurze Pause entstand, in der keiner der beiden etwas sagte. Dann war wieder die Stimme von Katharina Aufseß zu hören. „Du hast doch nicht etwa was mit seinem Tod zu tun?"

„Nein … nicht direkt."

„Oh mein Gott!" Sie schien in Panik zu verfallen. „Was hast du getan?"

„Gar nichts, jetzt beruhige dich, ich habe niemanden umgebracht."

„Aber du hast etwas damit zu tun!"

„Nein … jetzt hör mir doch mal zu, verdammt!“

Sie schwieg. Wenig später war ein leises Wimmern zu hören. Offenbar war die Frau überfordert mit der Offenbarung ihres Mannes.

„Wir müssen jetzt einfach die Nerven behalten.“

„Pah! Du sagst mir, dass du ein Kokaindealer und zudem in einen Mord verwickelt bist, und ich soll die Nerven behalten? Entschuldige, aber das gehört nicht zu den alltäglichen Dingen in meinem Leben.“

„Ja, ich weiß. Aber ich bin kein Monster.“ Aufseß sprach beruhigend weiter. „Vor ein paar Jahren kamen die Sennefelds auf mich zu und machten mir ein Angebot, das ich nicht ablehnen konnte.“

„Da bin ich aber mal gespannt.“

Aufseß ignorierte die Spitze und fuhr fort: „Sie boten mir an, innerhalb kürzester Zeit so viel Geld zu verdienen, dass es für Generationen reichen würde. Alles, was ich tun musste, war, irgendein Zeug in ein paar Schweinehälften zu stopfen und die Klappe zu halten.“

„Und da hast du dich nicht gefragt, was das für ein Zeug war?“

„Doch, schon. Aber es hat mich erst mal nicht interessiert. Wir hatten eine Menge Schulden und Sandra war unterwegs, da kam das Angebot gerade zur rechten Zeit.“

„Und mir hast du die ganze Zeit vorgespielt, dass du eine Erbschaft gemacht hast.“

„Es tut mir leid, was hätte ich denn tun sollen?“

„Zur Polizei gehen?“

„Und dann?“

„Nicht im Knast landen. Und deinen Kindern ein Vorbild sein.“

„Die hätten mich doch eiskalt abserviert. Wir wären pleite gewesen – und ich ein toter Mann. Hinzu kommt, wie schon gesagt, dass du schwanger warst. Tolle Aussichten!“

Wieder war es für einen Moment still, bevor Aufseß weitersprach.

„Es hat ja auch alles funktioniert, bis dieser Arsch von Stein eines Tages mit dem Stapler ein Kokainschwein angestochen hat.“ Er schnaufte kurz durch. „Er hat eins und eins zusammengezählt und uns erpresst. Der konnte den Hals nicht voll genug bekommen, da haben ihm die Sennefelds diesen Schläger geschickt. Der sollte ihn eigentlich nur einschüchtern, aber das hat er wohl nicht so ganz verstanden.“

„Und das macht es besser, oder was?“ Katharina Aufseß schien unversöhnlich zu sein. „Du kannst mir erzählen, was du willst. Du bist in einen Mord verwickelt. Das allein zählt.“

„Ich habe weder den Mord beauftragt, noch habe ich ihn gutgeheißen oder sonst irgendwie unterstützt.“

„Aber du hast davon gewusst und es geduldet.“

„Was hätte ich denn tun sollen?“, rief Aufseß, der jetzt ehrlich verzweifelt klang. „Wenn ich zur Polizei gegangen wäre, hätte es keinen Tag gedauert und die hätten mich vom Balkon geworfen. Hättest du das gewollt?“

„Allemal besser, als jahrelang angelogen und betrogen zu werden.“

„Ich habe dich nie betrogen.“

„Du hast mich glauben lassen, dass wir das alles hier und das Haus in Büsum von deinen Eltern geerbt haben. In Wahrheit hast du Kokain unter die Leute gebracht.“ Schritte waren zu hören und die Stimmen wurden leiser. „Hast du denn niemals daran gedacht, was du mir und unseren Kindern damit antust?"

„Ich wollte immer euer Bestes, Katharina", beteuerte Aufseß, „das musst du mir glauben."

„Mach dich nicht lächerlich. Du warst genauso gierig wie die Sennefelds. Das ist der wahre Grund. Den Hals nicht voll bekommen, das war deine Motivation. Sonst nichts."

„Ich …"

Die Stimme von Katharina Aufseß klang jetzt gefasst. „Deine fünf Minuten sind um, Harald. Ich gehe. Und du wirst mich und die Kinder nie wiedersehen."

„Katharina … bitte!" Aufseß jammerte und flehte, bis wenige Minuten später die Türklingel ertönte.

„Das ist wohl der Moment, in dem du die Party gestört hast", bemerkte Grotewohl.

Köhler grinste.

„Und jetzt?", fragte Grotewohl.

„Wissen wir wenigstens, was passiert ist."

„Bleibt nur, es zu beweisen."

Christa Becker war völlig überfordert mit der Situation. Die Sennefelds konnten unmöglich von ihrer Mail an Kommissar Köhler wissen; es sei denn, der Kommissar hatte ihnen davon erzählt. Aber das würde er nicht tun, weil er sie damit in Gefahr bringen würde. Oder doch? War sie ihm womöglich egal und nur das Mittel zum Zweck?

Sie stand auf, trat auf den Balkon und atmete tief ein. Frische Luft flutete ihre Lungen. Sie konnte die Kälte in ihrem Brustkorb spüren. Ein herrliches Gefühl, das sie beruhigte. Sie schloss die Augen und versuchte, ihre Gedanken zu ordnen.

Was sollte sie tun?

Sie verzweifelte. Diese Ungewissheit war nicht auszuhalten. Sollte sie versuchen, Kommissar Köhler anzurufen? Sollte sie noch eine Mail schreiben mit der Bitte um Rückmeldung? Oder war es das Beste, wenn sie zurückfuhr und ein weiteres Mal zur Polizei ging?

Aber alles, was sie wusste, stammte aus dem mitgehörten Gespräch. Sie hatte keinerlei Beweise. Würde das überhaupt genügen, um die Sennefelds zur Rechenschaft zu ziehen? Vermutlich nicht.

Sie ging zurück ins Zimmer und setzte sich an ihren Laptop. Die Mail hatte sie vor drei Tagen abgeschickt. Wenn die Polizei darauf reagiert hätte, müsste schon längst etwas in der Zeitung zu finden sein. Sie durchblätterte sämtliche Portale, die sie finden konnte, und suchte nach einem Artikel, der die Verhaftung der Sennefelds meldete. Oder musste das noch irgendwie vorbereitet werden? Hatte die Polizei ihre Mail überhaupt ernst genommen? Konnten die aufgrund einer bloßen Behauptung – zumal auch noch per E-Mail – eine Verhaftung durchführen? Musste da nicht ein Richter eine Anordnung schreiben? Oder der Staatsanwalt … oder wer auch immer. Und viel wichtiger: Waren ihr die Schläger der Drogenbande schon auf den Fersen?

Sie klappte den Laptop zu und stieß einen tiefen Seufzer aus. „Was soll ich nur machen?“

„Gut, fassen wir zusammen“, sagte Grotewohl und stieß sich vom Tisch ab. Auf ihrem Bürostuhl rollte sie zur Wand, an der ein Whiteboard stand. In einer fließenden Bewegung stand sie auf, griff nach einem Marker und zog die Kappe ab.

„Wir haben die Mail von der Becker." Sie notierte das auf der Tafel. „Dann haben wir das abgehörte Gespräch." Sie notierte auch das, strich es aber gleich wieder durch. „Was wir nicht verwenden dürfen, weil es illegal aufgenommen wurde."

„Aber es bestätigt die Aussage der Becker", fügte Köhler an.

„Korrekt", stimmte Grotewohl zu. „Allerdings ist es nicht relevant für die Akten." Sie schloss den Stift und tippte sich damit nachdenklich an die Unterlippe. „Was wir brauchen, ist ein belastbarer Grund für einen Haftbefehl und einen Durchsuchungsbefehl."

„Was haben wir denn noch?", fragte Köhler und stand auf. Er trat ebenfalls an die Tafel.

Grotewohl hob die Schultern.

„Okay, ich stelle die Frage anders." Köhler nahm ihr den Stift aus der Hand und entfernte die Kappe. Dann schrieb er an die Tafel: *„Was brauchen wir?"*

„Gute Idee, Shaft", sagte Grotewohl. „Das verschafft uns einen anderen Blickwinkel auf die Sache." Sie griff nach einem weiteren Stift und schrieb in Großbuchstaben *„BEWEISE"* darunter.

Köhler warf ihr einen tadelnden Blick zu. „Sehr witzig, Grotte."

„Was denn?", wehrte sie ab. „Wir haben nur die Mail von der Becker, die auch von einer frustrierten Angestellten stammen könnte."

„Die wir noch nicht einmal nutzen können, weil wir, wenn die Becker recht hat, die Bande aufscheuchen und die wiederum alle Beweise verschwinden lassen. Und die Becker ist zudem auch noch verschwunden."

„Es ist zum Mäusemelken", sagte Grotewohl enttäuscht.

„Was ist denn, wenn wir die Sache anders angehen?"
„Wie denn?"
„Wir fangen an zu tricksen." Köhler grinste. „Und ich habe da auch schon eine Idee."

„Und?", fragte Irene Sennefeld-Bauernfeind am nächsten Morgen ihren Vater, der hinter seinem Schreibtisch saß und eine Stellenanzeige für eine Sekretärin und einen Lageristen formulierte. „Was Neues von der Becker?"

Sennefeld starrte angestrengt auf den Bildschirm und schüttelte den Kopf. „Natürlich nicht." Er sah seine Tochter streng an. „Wir hatten doch beschlossen, die Sache erst mal ruhen zu lassen."

Irene Sennefeld-Bauernfeind zog die Stirn in Falten. Für sie schien die Sache noch nicht erledigt zu sein. „Was machst du da?", fragte sie und zeigte auf den Laptop.

„Ich gebe eine Stellenanzeige auf." Sennefeld tippte ein paarmal auf die Tastatur und fuhr mit der Maus hin und her. „Ist total einfach, geht alles online heutzutage."

„Ja, ich weiß. Ich bin damit aufgewachsen, schon vergessen?"

„Früher war das ein Staatsakt. Du musstest da anrufen, das schön formulieren und darauf hoffen, dass die Dame am anderen Ende der Leitung alles richtig machte. Und dann war es nur in der Zeitung. Aber heute …" Er deutete auf den Bildschirm. „Tick, tack, klick – und die ganze Welt weiß, dass du eine neue Sekretärin brauchst."

„Vergiss nicht, ‚m/w/d' reinzuschreiben", gab die Metzgerstochter gelangweilt zurück.

Sennefeld lachte.

„Ich würde ja gerne mal so ein ‚d' einstellen. Das ist bestimmt total lustig."

„Warum? Was soll denn daran lustig sein?"

„Na ja, das sind doch sicher total merkwürdige Gesellen."

„Nein, sind sie nicht. Die sind wie du und ich, nur eben divers."

„Was?"

„Komm mal aus den Siebzigern zurück, Papa!"

„Ach, das ist mir alles zu kompliziert."

„Was ist denn daran kompliziert?" Irene Sennefeld-Bauernfeind war genervt. „Das ist doch ganz einfach. Jeder kann sein, was er ist, und dem anderen ist es wurscht. Was ist daran kompliziert, einfach nur den Menschen und nicht sein Geschlecht zu beurteilen?"

Sennefeld sah seine Tochter mit großen Augen an. Diese Seite kannte er von ihr noch gar nicht. Dann lenkte er ein. „Hast ja recht, Liebes."

„Ich weiß." Sie setzte sich vor dem Schreibtisch auf einen Besucherstuhl. „Also, haben wir jetzt die Becker gefunden?"

„Dazu müssten wir sie erst mal suchen." Er schien genervt. „Wir halten uns an Ohnesorgs Anweisung."

Irene Sennefeld-Bauernfeind sprang auf. „Was stimmt nicht mit dir?" Sie griff sich in die Haare. „Du weißt schon, dass die uns ans Messer liefern kann."

„Glaub ich nicht." Ihr Vater blieb erstaunlich ruhig.

„Was genau lässt dich so entspannt bleiben? Und seit wann hören wir jetzt auf diesen Winkeladvokaten? Du hast doch gesehen, was er uns mit Pamfil für einen Schrott besorgt hat."

Der Senior klickte auf die Maus und machte ein zufriedenes Gesicht. „Vergiss nicht, dass unser Anwalt aus sicherer Quelle erfahren hat, dass die nichts gegen uns in der Hand haben."

„So?" Irene Sennefeld-Bauernfeind schnaubte. „Wissen wir denn, wie sicher diese Quelle ist?"

Sennefeld sah seine Tochter pikiert an. „Dir ist bewusst, dass das Kartell eine Menge Informanten bei der Polizei hat, oder?"

„Bisher bin ich nur davon ausgegangen. Wir mussten ja noch nie ausprobieren, ob da was dran ist."

„Egal ..." Er machte eine wegwerfende Handbewegung. „Jedenfalls wissen wir aus dieser Quelle, dass die Becker sich bei der Polizei gemeldet hat und uns beschuldigt, in krumme Geschäfte verwickelt zu sein, mehr aber auch nicht."

„Das findest du nicht beunruhigend?"

„Nein, tu ich nicht." Sennefeld nahm seine Lesebrille ab und konzentrierte sich auf das Gespräch. „Aber ... ich will nicht, wie bei den Steins, den Fehler mit einer überstürzten Handlung noch mal machen. Wir werden jetzt einfach die Beweise und auch die Hinweise ausrotten und uns von aller Schuld befreien."

„Damit wären wir aus dem Geschäft, das ist dir klar, oder?"

„Danke für den Hinweis!" Der Sarkasmus war unverhohlen. „Aber ich habe lieber weniger Geld in der Tasche, als gesiebte Luft zu atmen."

Irene Sennefeld-Bauernfeind entspannte sich. „Die Polizei war noch nicht hier."

„Weil Sie keine Beweise haben. Sie haben lediglich die Anschuldigungen der Becker."

„Aber den müssen sie doch nachgehen."

„Die Becker hat uns nicht offiziell angezeigt. Sie hat uns nur denunziert."

„Das macht es nicht besser.“

„Sie hat einfach ein paar Behauptungen aufgestellt.“

„Schlimm genug.“

„Das ist nur der Frust, weil wir sie gefeuert haben.“

„Sie hat gekündigt!“

„Das ist doch wurscht. Dann hat sie halt gekündigt, weil wir so böse zu ihr waren, und dann hat sie sich überlegt, dass sie uns zum Dank in die Pfanne haut.“ Sennefeld lächelte überheblich. „Und wenn die doch kommen, finden die nichts. Es ist alles sauber.“

„Ich weiß nicht ...“ Irene Sennefeld-Bauernfeind war noch nicht überzeugt. Fragend sah sie ihren Vater an.

Der hob den Zeigefinger. „Wir werden nicht noch einen Mord in Auftrag geben. Wir können von Glück reden, wenn wir mit der Sache hier durchkommen. Zwar sind wir nicht mehr im Geschäft, aber wir haben immer noch den Betrieb, der uns beide gut ernähren kann.“ Er warf seiner Tochter einen entschlossenen Blick zu. „Dann kannst du eben nicht nach Monaco zum Formel-1-Rennen jetten. Dann ist es nur noch der Hockenheimring.“

Irene Sennefeld-Bauernfeind schwieg. Sie liebte den Luxus. Es würde ihr schwerfallen, auf das viele Geld aus dem Drogengeschäft zu verzichten. Insbesondere ihr Freundeskreis würde ihren sozialen Abstieg schnell bemerken und sie schneiden. Man würde sich das Maul über sie zerreißen und Mitleid mit ihr haben. Sie spürte, wie ihr jetzt schon die Scham in den Kopf stieg. Vielleicht konnte sie einen anderen Weg finden, die Verluste zu kompensieren. Allerdings passte ihr das gar nicht. Aber sie würde sich damit arrangieren müssen.

„Gut, Papa", sagte sie schließlich. „Dann ist es so. Wir halten die Füße still und die Becker bleibt am Leben."

„Jetzt wirst du vernünftig, Liebes."

Schicksal und Entscheidung

„Guten Tag, Herr Aufseß."

„Lassen Sie mich in Ruhe."

Köhler hatte den Metzger an seiner Haustür abgefangen. „Wir sollten uns aber dringend unterhalten."

„Reden Sie mit meinem Anwalt." Aufseß ließ den Kommissar stehen und ging zu seinem Auto.

„Sie können schadlos aus der Nummer herauskommen."

Aufseß hielt inne. „Aus welcher Nummer?"

Köhler lächelte. „Ich weiß von Ihren Drogengeschäften und vom missglückten Einschüchterungsversuch des Herrn Stein, der in dessen Ermordung und der seiner arglosen Frau mündete. Ich weiß auch, dass die Sennefelds das zu verantworten haben."

„Was wollen Sie dann von mir?"

„Sie stecken in der Sache mit drin."

Aufseß lachte auf. „Sie haben keine Beweise."

„Da haben Sie recht."

„Dann verpissen Sie sich." Aufseß stieg in seinen Wagen und fuhr davon.

Köhler blieb zurück und wartete, bis der Mann außer Sichtweite war, dann drehte er sich um und reckte beide Daumen in die Höhe. Hinter einer Platane stand Grotewohl und hatte die Szene fotografiert. Der erste Teil der Show war geschrieben.

Christa Becker reiste ab. Sie konnte die Angst, jeden Augenblick entdeckt zu werden, nicht abschütteln. Unruhig setzte sie sich in ihren Polo und fuhr drauflos. Den Gedanken, nach Garmisch-Partenkirchen zu fahren, hatte sie, ebenso wie einige andere, verworfen und hatte stattdessen die Grenze nach Österreich passiert. Ziellos kurvte sie jetzt durch die Alpen. Immer wieder blickte sie dabei in den Rückspiegel.

Als sie auf einen geschotterten Parkplatz fuhr und den Wagen mit Blick ins Tal parkte, genoss sie die Aussicht. Sie trank einen Kaffee hinter dem Steuer und sah dem Spiel der Wolken zu, die von den Hängen zerrissen wurden und die Szenerie in eine düstere Atmosphäre tauchten. Das Grün der Bäume wirkte gesättigt. Gerade so, als würden sie den Regen aus der Luft trinken und ihn in der Farbe ihrer Blätter und Nadeln speichern.

Einige Meter neben ihr hielt ein schwarzer SUV. Sie beobachtete ihn mit Argwohn. Seine Scheiben waren getönt, sodass sie nicht erkennen konnte, wer und wie viele Leute darin saßen. Niemand stieg aus. Der Wagen stand einfach nur da.

Christa Becker wurde nervös. Sie beeilte sich, ihren Kaffeebecher leer zu trinken. Wenige Augenblicke später startete sie den Motor und fuhr los.

Die Straße war kurvenreich und führte steil bergab. Christa Becker war nicht die sicherste Fahrerin. Beim Blick über den Straßenrand hinaus sah sie den Abgrund, der nur durch ein paar Leitplanken von ihr getrennt war. Sie trat auf die Bremse und drosselte das Tempo. Plötzlich sah sie den schwarzen SUV im Rückspiegel. Er fuhr dicht auf. Wie es schien, hatte dessen Fahrer kein Problem mit den engen Kurven.

Die Nervosität wuchs. Christa Becker fühlte sich gehetzt. Dann kam ihr der Gedanke, dass die Sennefelds ihr den SUV auf den Hals gehetzt hatten. Panik stieg in ihr auf. Ihr Herz schlug wie wild. Sie konnte kaum noch etwas sehen. Der einsetzende Nieselregen verschmierte die Scheiben ihres Wagens und die aufsteigenden Tränen taten ihr Übriges. Sie schnaufte angestrengt. Nur mit Mühe hielt sie sich auf der Straße.

Dann heulte der Motor des SUV auf und setzte zum Überholen an. Dröhnend zog das riesige Gefährt an ihrem in die Jahre gekommenen Polo vorbei. Christa Becker war darauf gefasst, dass der Fahrer versuchen würde, sie abzudrängen, und klammerte sich an das Lenkrad. Doch der SUV fuhr weiter und entfernte sich rasch.

Christa Becker zitterte. Schweiß stand ihr auf der Stirn. An der nächsten Haltebucht fuhr sie rechts ran, drehte den Schlüssel im Schloss herum und fing an zu weinen.

„Hallo, Herr Aufseß, so ein Zufall!", sagte Köhler und ließ sich neben dem Vorarbeiter der Metzgerei Sennefeld in einen freien Stuhl fallen.

„Was soll das?" Aufseß war sichtlich erbost. Köhler hatte ihn im Lang's Gusto in Rödermark überrascht. Er saß an der großen Fensterscheibe, die den Blick zur Straße freigab, was Köhler in die Karten spielte. Die zu einer Großmetzgerei gehörende Suppenküche war Anlaufpunkt für die Mittagspause des Vorarbeiters. Er saß dort jeden Nachmittag, aß die Tagessuppe, las Zeitung und bestellte sich zum Nachtisch einen Cappuccino. „Beschatten Sie mich etwa?"

„Ach, Quatsch", antwortete Köhler. „Ich bin rein zufällig vorbeigekommen, und da dachte ich: Das ist doch der Herr Aufseß, da sag ich doch mal Guten Tag."

Aufseß ließ die Zeitung sinken und erwiderte: „Was zum Geier wollen Sie?"

„Wissen Sie was?" Köhler grinste. „Eigentlich gar nichts."

„Wollen Sie mich mürbe machen?"

„Nein, ich will nur mit Ihnen gesehen werden, Herr Aufseß." Köhler winkte die Kellnerin heran und bestellte einen Kaffee.

„Milch und Zucker?", fragte sie.

Köhler lachte und fuhr mit beiden Händen an seinem Körper herunter. „Wie trinke ich wohl meinen Kaffee?"

„Keine Ahnung?" Die Kellnerin blieb neutral und wartete auf eine Antwort.

„Ich trinke meinen Kaffee schwarz."

„Sehr wohl."

„Ihre Selbstironie funktioniert wohl nicht immer?", kommentierte Aufseß und grinste. „Also, was soll diese Scharade?"

„Sehen Sie da drüben die Hausecke?", fragte Köhler und deutete aus dem Fenster auf die gegenüberliegende Straßenseite.

„Ja, warum?"

„Hinter dieser Ecke lungert meine Kollegin Grotewohl herum und fotografiert uns beide. Die ganze Zeit schon."

„Was soll der Scheiß?" Aufseß war alles andere als begeistert. „Sie lügen doch!" Sein Blick heftete sich an die Hausecke.

„Warten Sie, ich beweise es Ihnen." Köhler holte sein Handy heraus und wählte eine Nummer. Dann sah er wieder aus dem Fenster. „Hallo Grotte, kannst du mal einen Schritt nach vorne treten?" Er deutete auf die Stelle, an der er sie vermutete. Tatsächlich tauchte an der Hausecke eine Frauengestalt auf. „Sehen Sie, Herr Aufseß", sagte Köhler und winkte durch die Scheibe. „Das ist Frau Polizeihauptkommissarin Grotewohl", er lachte affig, „aber die kennen Sie ja bereits. Die macht gerade ein paar schöne Bilder von uns." Wieder winkte er.

„Was wollen Sie?"

Christa Becker sah jetzt permanent in den Rückspiegel und konzentrierte sich kaum noch auf die Fahrbahn. Schon mehrere Male hatte sie sich in den Gegenverkehr verirrt und war dabei zweimal nur knapp einem Frontalzusammenstoß entkommen. Sie schwitzte. Panisch hielt sie nach dem schwarzen SUV Ausschau. Was, wenn der an der nächsten Ecke auf sie lauerte? Als sie einen kleinen, namenlosen Ort erreichte, entschloss sie sich zu einer Pause. Sie parkte den Polo so, dass sie ihn von ihrem Platz in einem kleinen Café an der Hauptstraße im Blick hatte.

Sie verschluckte sich beinahe an ihrem Milchkaffee, als ein schwarzer SUV neben ihrem Polo einparkte. Niemand stieg aus. Wieder war nicht zu erkennen, wer hinter dem Steuer saß. Es war gespenstisch. Wie in einem Stephen-King-Film.

Plötzlich überkam sie eine unbändige Wut. Sie hatte nichts Unrechtes getan, im Gegenteil: Sie hatte lediglich ihre Bürgerpflicht erfüllt. Geräuschvoll stellte sie die Tasse vor sich auf dem Tisch ab und sprang von ihrem Stuhl auf. Alle Köpfe im Raum drehten sich zu ihr um, doch sie nahm es nicht wahr, als sie auf den Parkplatz hinausstürmte und energischen Schrittes auf den SUV zusteuerte. Wenige Meter, bevor sie das riesige Fahrzeug erreicht hatte, öffnete sich dessen Fahrertür. Eine Frau stieg aus, riss die hintere Tür auf und ließ ein kleines Mädchen aussteigen. Sie schimpfte mit ihm in einer fremden Sprache.

Christa Becker blieb stehen. Angesichts ihrer Überreaktion starrte sie mit geweiteten Augen auf die Szenerie. Das Mädchen weinte jetzt trotzig und die Mutter zerrte an ihm herum. Als sich die Kleine beruhigt hatte, stiegen beide wieder ein und der SUV fuhr davon.

„Ich dreh noch durch!"

„Die Frage ist: Was wollen *Sie*, Herr Aufseß?"

Der Angesprochene starrte Köhler verwirrt an. „Wie meinen Sie das?"

„Na ja …", meinte Köhler. „Es ist eine Frage des Paragrafen 46b Strafgesetzbuch."

„Kommen Sie, lassen wir dieses Fachchinesisch und reden wir Klartext."

Köhler lehnte sich entspannt zurück und verfiel in einen konspirativen Tonfall. „Sie können es sich aussuchen. Entweder Sie werden unser Kronzeuge im Mordfall Stein und in der Drogengeschichte, die mich eher weniger interessiert, die Kollegen vom Drogendezernat aber schon. Sie sagen umfassend aus und bekommen Strafmilderung. Je nachdem, in welcher Tagesform die Staatsanwaltschaft ist, kann das für Sie ziemlich lukrativ werden. Ich denke, da Sie bisher nie aufgefallen sind, kommen Sie mit einer Bewährungsstrafe davon." Er hob abwehrend die Hände, als er weitersprach: „Was ich Ihnen allerdings nicht versprechen kann."

Aufseß lachte humorlos. „Sie sind wohl von allen guten Geistern verlassen." Sein Lachen riss ab. Bierernst beugte er sich nach vorne und zeigte mit dem Finger auf Köhler, der völlig gelassen blieb. „Sie haben nichts gegen mich in der Hand, Herr Kommissar. Absolut nichts! Sonst hätten Sie mich schon längst eingebuchtet und die Fleischerei durchsucht." Er entspannte sich. „Aber da Sie weder das eine noch das andere getan haben, können Sie mich gepflegt am Arsch lecken." Er machte Anstalten zu gehen. „Ich weiß überhaupt nicht, warum ich noch hier sitze."

„Ich würde an Ihrer Stelle sitzen bleiben und mir noch das *Oder* anhören."

„Es gibt kein Oder."

„Oh doch, mein Lieber!" Köhler ließ keinen Zweifel an seiner Entschlossenheit zu. „Bleiben Sie, wenn Ihnen etwas an Ihrer Familie liegt", befahl er.

Aufseß gab sich geschlagen, drohte jetzt aber seinem Gegenüber. „Lassen Sie gefälligst meine Familie aus dem Spiel, sonst lernen Sie mich kennen."

Köhler lächelte milde. „Wie gesagt: Entweder Sie werden mein Kronzeuge oder ich lasse die Bilder", er zeigte in Richtung der Hausecke auf der anderen Straßenseite, „den Sennefelds zukommen." Köhler wurde wieder ernst. „Was denken Sie wohl, wie die Branche auf Ihre Geschwätzigkeit und unser kleines Treffen reagieren wird?"

„Sie mieses Schwein, das ist Erpressung!"

„Korrekt."

Christa Becker saß jetzt seit zwei Stunden in dem kleinen Café irgendwo in den Bergen Österreichs. Sie war nicht in der Lage, die atemberaubende Landschaft um sich herum zu genießen. Nachdem der SUV mit der Mutter und dem Kind weggefahren war, hatte sie wieder an ihrem Tisch Platz genommen und sich einen Milchkaffee nach dem anderen bestellt. Der vierte schmeckte ihr schon gar nicht mehr, aber sie traute sich einfach nicht weiterzufahren. Ununterbrochen beobachtete sie die Straße. Jedes schwarz lackierte Auto trieb ihr den Schweiß auf die Stirn. Sie war komplett paranoid. Schließlich erkannte sie, dass das Café zu einer Pension gehörte. Kurzerhand ging sie zur Bedienung und fragte nach einem Zimmer. Ohne nachzusehen, gab die Frau an, dass noch ein Zimmer frei sei, es sei ja Nebensaison. Sie könne das Zimmer sofort beziehen. Christa Becker holte ihre Sachen aus dem Auto und wurde vom Hausherrn persönlich auf ihr Zimmer gebracht, das sie an diesem Tag nicht mehr verließ.

Gegen Abend hatte sie sich ein wenig beruhigt. Sie ging früh zu Bett, schlief aber in dieser Nacht kaum, obwohl sich ihr Zimmer unter dem Dach befand und sie sowohl Balkon- als auch Zimmertür verschlossen hatte.

Am nächsten Morgen wachte sie völlig derangiert auf, als ihr die Sonne durch einen Schlitz im Vorhang ins Gesicht schien und sie blendete. Sie blinzelte und hielt sich die Hand vor die Augen. Dann schreckte sie hoch, weil sie vergessen hatte, dass sie sich einquartiert hatte. Doch schnell erfasste sie die Umgebung als ungefährlich und entspannte sich. Sie stand auf und erledigte mechanisch ihre Morgentoilette. Die Zahnbürste im Mund, öffnete sie die Balkontür, um frische Luft hereinzulassen. Angezogen von der frischen Bergluft und dem Klang der Kuhglocken, trat sie auf den Balkon und ließ ihren Blick über die niedrigen Dächer der umstehenden Häuser, über Berge und Wiesen schweifen. Dann fiel ihr Blick auf den hauseigenen Parkplatz. Neben ihrem Polo parkte ein schwarzer SUV.

Augenblicklich erstarrte sie. Jemand verfolgte sie, da war sie sich sicher. Aber warum war sie dann noch am Leben?

Wahrscheinlich war sich ihr Verfolger seiner Sache sicher und kostete den Thrill der Jagd aus. Er spielte mit ihr.

Hastig putzte sie die Zähne zu Ende und spuckte den Schaum ins Waschbecken. Dann kam ihr ein Gedanke, wie sie ihrem Verfolger entkommen konnte.

„Ich werde Sie bei Ihrem Vorgesetzten melden, Herr Köhler", schimpfte Aufseß.

Köhler lachte. „Ist mir recht, kommt auf dasselbe raus."

Aufseß überlegte kurz. Schnell gelangte er zu dem Schluss, dass er nicht wusste, wie er den erpresserischen Kommissar melden sollte, ohne sich selbst dabei in die Bredouille zu bringen. Er konnte ja schließlich schlecht sagen, dass ihn dieser Hinterfotz von einem Polizisten damit erpresste, dass er in die Mordsache Stein verwickelt war.

„Sie gottverdammter ...", stieß er aus und lief rot an. Sein Zorn war unübersehbar. Dieser schwarze Drecksack in Designerklamotten hatte ihn am Haken.

„Herr Aufseß", sagte Köhler versöhnlich, „wir verfügen über ein Zeugenschutzprogramm für Sie und Ihre Familie. Sie bekommen eine neue Identität, ein Einkommen, das Ihnen ein angenehmes Leben garantiert, und wir bringen Sie dahin, wo die Drogenmafia Sie nicht findet. Außerdem werden Sie nach dem Prozess weiterhin bewacht, wenn Sie das möchten." Er lehnte sich nach vorne und sprach wie ein Freund, der einen anderen von einer Dummheit abhalten will. „Sie sind nicht vorbestraft, nur der Handlanger und ein Kronzeuge. Ich glaube kaum, dass Sie ins Gefängnis müssen, Herr Aufseß. Sie bekommen vielleicht eine Bewährungsstrafe, und das war's. Seien Sie doch vernünftig!"

„Sie haben nichts gegen mich in der Hand." Der Trotz in Aufseß' Stimme hatte an Stärke verloren.

„Es ist nur eine Frage der Zeit, bis wir Beweise finden." Köhler gab sich Mühe, selbstsicher zu klingen. Insgeheim setzte er alles auf diese Karte. Ansonsten war den Sennefelds nicht beizukommen. Mit fester Stimme fuhr er fort: „Das verzögert das Ganze nur, und am Ende müssen auch Sie in den Knast und Sie sehen Ihre Familie nie wieder. Ich nehme doch mal an, dass Ihre Frau alles andere als begeistert von Ihrer Nebentätigkeit ist." Köhler ließ die Worte wirken.

Eine Weile schwiegen die beiden Männer. Köhler bemerkte, wie Aufseß' Widerstand bröckelte. Dann setzte er zum finalen Schlag an. „Wir können auch Ihr ... Kokainproblem lösen."

„Wovon reden Sie?", fuhr Aufseß hoch. „Wie können Sie es wagen ..."

„Lassen Sie das, Aufseß", erwiderte Köhler ruhig. „Ich weiß, dass Sie kokainabhängig sind." Der Kommissar legte so viel Verständnis in die Stimme, wie er aufbringen konnte. „Wir besorgen Ihnen einen Therapieplatz. Ich denke, dass wird Ihrer Ehe auch nicht schaden."

Aufseß schwieg betreten.

Köhler legte nach. „Sie haben jetzt die einmalige Chance, Ihr Leben wieder in den Griff zu bekommen. Alles kann gut für Sie ausgehen."

„Ich brauche Bedenkzeit."

„Tut mir leid, aber die kann ich Ihnen nicht gewähren." Köhler wusste, dass er den Fisch jetzt an Land ziehen musste. Wenn er ihm Zeit ließ, würde er abhauen. „Jetzt kommen Sie aus der Sache noch mit einem blauen Auge raus."

„Ich …", Aufseß brach ab. Er sah sich um, hatte Tränen in den Augen. Angst zeichnete seine Gesichtszüge. „Verdammte Scheiße. Was soll ich bloß machen?"

Christa Becker packte einen Rucksack mit dem Nötigsten zusammen. Bewusst ließ sie ihr Zimmer so zurück, dass man davon ausgehen konnte, dass sie wiederkäme. Ihr Plan konnte nur funktionieren, wenn sie sich jetzt in aller Herrgottsfrühe auf den Weg machte. Sie wusste, dass hinter der Pension ein Wanderweg direkt in die Berge führte. Wenn Sie es schaffte, ungesehen dort hinzukommen, könnte es funktionieren. Sie schlich das Treppenhaus hinunter. Wenig später stand sie im kleinen Foyer der Pension. Niemand war zu sehen. Sie fand ein Schild, auf dem stand, dass der Skitrockenraum im Keller sei. Also begab sie sich noch ein Stockwerk tiefer. Der Trockenraum war leicht zu finden. Sie öffnete die Tür und fand, wie vermutet, einen Ausgang, der hinter das Haus führte. Sie schlüpfte hindurch, ging den kleinen Pfad entlang und wollte schon aufatmen, als sie die Stimme eines Mannes vernahm.

„Grüß Gott, Frau Becker! So früh schon auf der Piste?"

„Und? Wie ist es gelaufen?", fragte Grotewohl ungeduldig, als Köhler zu ihr gelaufen kam.

„Frag ihn selbst", antwortete er und deutete hinter sich. Wenige Meter hinter dem Kommissar kam Harald Aufseß über die Straße.

„Heißt das, es hat geklappt?"

„Jip."

Sie grinsten sich an.

„Dann mal los!"

„Ich ... äh ... nur eine schnelle Morgenrunde." Christa Becker hatte sich zunächst erschrocken. Als sie dann aber in dem Mann, der sie angesprochen hatte, den Hausherrn wiedererkannte, von dem sie tags zuvor auf das Zimmer geführt worden war, entspannte sie sich.

„Na dann genießen Sie die Aussicht." Der Mann tippte sich an einen imaginären Hut und trug einen Korb ins Haus.

Christa Becker atmete auf und stieg den steilen Pfad nach oben. Schon bald kam sie an ein gelbes Schild, auf dem sie ablesen konnte, dass sie ihr Ziel in etwa drei Stunden erreicht haben würde.

„Sie tun das Richtige, Herr Aufseß", lobte Grotewohl.

„Sie haben mich erpresst."

„Ich weiß von nichts."

„Sparen Sie sich das." Aufseß war ziemlich angefressen. Dennoch ging er bereitwillig mit. Köhler hatte seinen auffälligen Wagen um die Ecke geparkt, um den Überraschungseffekt nicht zu versauen.

„Alle Achtung!", sagte Aufseß beim Anblick des top gepflegten Oldtimers und hob die Brauen. „Das bezahlen Sie aber nicht von Ihrem mickrigen Polizistengehalt. Wohl auch Dreck am Stecken, was?"

„Nee. Mein Vater war mal Fußballprofi."

„Echt?“

„Ja.“

„Warum so einsilbig? War er beim OFC?“

„Nein …“ Köhler zögerte. „Er war sogar in der Premier League.“

„Respekt!“ Aufseß blieb stehen. „Kommen Sie, Sie schulden mir eine Antwort. Was ist passiert?“

Köhler musste sich eingestehen, dass er Aufseß etwas zurückgeben musste. Schweren Herzens entschloss er sich, dem Kronzeugen die Wahrheit zu sagen. Er versprach sich davon einen Vertrauensvorschuss. „Er war Tormann bei Bristol City in den Neunzehnhundertneunzigern. Als er auf dem Sprung zur Nummer eins war, hat er sich verletzt. Danach kam er nie wieder auf die Beine. Er hatte aber einen gut dotierten Vertrag in der Tasche, den er ebenso gut investiert hat.“

„Aber das ist doch keine Schande, da steckt doch mehr dahinter.“ Aufseß roch den Braten.

„Also gut.“ Köhler gab auf.

Grotewohl spitzte die Ohren. Auch sie kannte nicht die ganze Story.

„Er hat sich in einem Pub volllaufen lassen und ist dann bei einer Prostituierten aus dem Bett gefallen. Dabei hat er sich an der Schulter verletzt.“

Grotewohl senkte den Blick und unterdrückte ein Grinsen.

Aufseß war da nicht so rücksichtsvoll. „Der Mann hat Stil“, sagte er gönnerhaft.

„Ja, hatte er …“, antwortete Köhler schroff. „Und jetzt steigen Sie ein.“

Aufseß sah Grotewohl fragend an.

Während Köhler in seinen Wagen stieg, raunte Grotewohl Aufseß zu: „Belassen Sie es dabei. Sein Vater ist vor drei Jahren gestorben. Daran hat er immer noch zu knabbern."

Aufseß hob die Schultern. Ihm war es relativ egal, er hatte seine eigenen Sorgen. Dann stieg er ebenfalls ein und ließ sich von den beiden Polizisten zum Präsidium nach Frankfurt bringen.

Christa Becker war seit einer guten Stunde in den Bergen rund um das namenlose Dorf unterwegs. Ihr Plan sah vor, bis zum nächsten größeren Ort zu wandern und sich dort in einen Zug nach Italien zu setzen. So würde sie ihre Verfolger abschütteln. Was mit der offenen Rechnung in der Pension geschah, war ihr leidlich egal. Gewiss würden die Wirtsleute sie als vermisst melden, aber darüber machte sie sich keine Gedanken. Wenn die Polizei sie irgendwo aufgriff, konnte sie immer noch mit den Frankfurter Ermittlern zusammenarbeiten. Aber solange es sich vermeiden ließ, desto besser. Sie wollte nur noch weg.

Sie hatte den Gipfel des Berges bereits erklommen, von dem aus der Weg hinab ins Nachbartal führte, als sie eine kurze Pause machte. Sie genoss die Aussicht auf die wunderbare Bergwelt und wünschte sich, niemals diese verdammte Mail verschickt zu haben. Sie packte ihre Trinkflasche ein, stand auf und warf sich ihren Rucksack über die Schulter. Dabei verlor sie das Gleichgewicht und geriet ins Rutschen. Das Geröll unter ihr bot nicht genügend Halt. Sie rutschte mehrere Meter einen Abhang hinunter. Ein besonders großer, lockerer Stein nahm ihr letztendlich die Kontrolle über ihren Körper. So wurde sie zum Spielball des Berges. Als sie nach vorn stürzte, schlug sie hart mit der Schläfe auf. Ihr wurde schwummerig. Sie rutschte immer weiter nach unten. Alles um sie herum drehte sich in aberwitziger Geschwindigkeit. Sie verlor die Orientierung. Dann fiel sie ins Leere und dachte, es wäre ihr Ende, als sie wenige Sekunden später hart auf dem Boden aufschlug. Ihr blieb die Luft weg, irgendetwas in ihrem Körper war bei dem Aufprall zerbrochen. Noch wusste sie nicht, was es war. Von Schmerz gepeinigt lag sie auf dem Rücken und sah nach oben. Sie erblickte einen Absatz in etwa vier Metern Höhe. Den musste sie heruntergestürzt sein. Sie stöhnte und blieb liegen. Nach ein paar Minuten versuchte sie, sich zu bewegen. Zuerst die Arme. Beide funktionierten. Dann die Beine. Der rechte Knöchel schien zumindest verstaucht zu sein, denn er schmerzte. Sie versuchte sich auf die Seite zu rollen, um auf die Beine zu kommen. Langsam drehte sie sich nach links, Stück für Stück. Der Rucksack blockierte ihre Bewegung. Sie verstärkte ihre Anstrengungen und drückte sich weiter auf die linke Seite. Endlich hatte sie den Punkt erreicht, an dem sie den Widerstand des Rucksacks überwunden hatte. Sie rollte sich weiter nach links und streckte dabei ihren rechten Arm aus, um die Drehung zu stoppen. Doch der Arm griff ins Leere. Dort, wo sie den Boden vermutet hatte, war nichts. Sie bekam so viel Schwung, dass der Rest ihres Körpers dem rechten Arm folgte. Den Aufprall zwölf Meter tiefer spürte sie nicht.

Zur selben Zeit stieg in einem kleinen namenlosen Dorf in Tirol ein Salzburger Geschäftsmann missmutig in seinen schwarzen SUV, den er am Abend vor der Pension neben einem in seinen Augen schrottreifen Kleinwagen aus Deutschland geparkt hatte. Er hatte den ganzen Tag hinter dem Steuer verbracht, war von Kaff zu Kaff zu verschiedenen Kunden gefahren und hatte schließlich beschlossen, die Nacht in der Provinz zu verbringen, um sich am nächsten Tag auf den Rückweg nach Salzburg zu machen. Die Geschäfte in Tirol, für die er eigens angereist war, waren nicht besonders ertragreich gewesen, also hatte er sich zur Frustbewältigung auf Firmenkosten in der Pension volllaufen lassen.

Eine Frau namens Becker kannte er nicht.

Epilog

„Wie hast du das geschafft, Shaft?", war die erste Reaktion Ballaufs auf die Nachricht, dass Aufseß im Verhörraum saß und bereit war, umfassend auszusagen. Beide Männer standen im Nebenraum hinter dem Spiegelspion und starrten mit verschränkten Armen auf den schmalen Mann, der im Verhörzimmer saß und darauf wartete, wie es weiterging.

„Ich habe ihn gefragt." Köhler blieb äußerlich völlig gleichgültig. Im Inneren jedoch triumphierte er. Sein Blick war immer noch auf den Kronzeugen geheftet.

Ballauf drehte den Kopf zu Köhler. Er zweifelte an der Begründung, beließ es aber dabei. Einem geschenkten Gaul sah man nicht ins Maul.

„Weiß Berner Bescheid?", wollte Köhler wissen.

„Ist auf dem Weg."

„Sollen wir noch warten?"

„Er wird stinksauer sein, wenn wir ohne ihn anfangen."

Kaum hatte Ballauf den Satz vollendet, wurde die Tür aufgerissen und der Staatsanwalt stürmte in den Raum. Er wirkte gehetzt.

„Na, sind wir gerannt?", kommentierte Köhler abschätzig.

Berner hielt kurz inne. Er schien zu überlegen. „Ist ja gut, Shaft. Ich lasse dir die Respektlosigkeit noch mal durchgehen." Er holte tief Luft. „Aber nur, weil du mir diesen Goldfasan da erlegt hast. Wie hast du das geschafft?"

Köhler wollte gerade antworten, als Ballauf ihm zuvorkam und tonlos sagte: „Er hat ihn gefragt."

Berner schaute verwirrt, beließ es aber dabei. Auch er kannte das Sprichwort mit dem geschenkten Gaul. „Drauf geschissen", beschloss er und grinste. „Wer spricht mit ihm?"

„Das mach dann wohl ich", sagte Köhler und ging zur Tür. Die beiden anderen blieben zurück.

Sekunden später gesellte sich Grotewohl dazu. „Habt ihr schon angefangen?"

Statt ihr zu antworten, reckten Ballauf und Berner das Kinn in Richtung Spiegelscheibe, hinter der Köhler im Begriff war, gegenüber von Aufseß Platz zu nehmen.

Sven Brauer war froh, dass Aufseß sein Onkel mütterlicherseits war. Nicht auszudenken, was mit ihm geschehen würde, wenn er mit diesem Namen behaftet wäre. Der Fall schlug hohe Wellen und wurde zum Tagesgespräch in der Kantine. Auch sein Beitrag war Teil der Legende. Er versuchte aber immer wieder, diesen zu entkräften. Auf gar keinen Fall sollte irgendjemand herausfinden, dass Harald Aufseß sein Onkel war. Er spielte mit dem Gedanken, sich in eine benachbarte Stadt versetzen zu lassen. Wenn jemals bekannt wurde, dass er mit dem Kronzeugen verwandt war, hätte er sicherlich ein Problem. Wie sich aber schnell herausstellte, waren Köhler und Grotewohl so umsichtig gewesen, den Kollegen Brauer in ihrem Bericht mit keiner Silbe zu erwähnen.

Einige Wochen später trafen die drei in der Kantine aufeinander.

„Ich wollte mich noch mal bei euch bedanken, dass ihr mich aus den Akten herausgehalten habt", eröffnete Brauer das Gespräch, als sie bei Schnitzel und Pommes zusammensaßen.

Köhler lächelte milde.

„Sven“, ließ er einen väterlichen Ton hören. „Wir sind doch nicht aus Dummstadt. Außer uns weiß niemand davon, dass Aufseß dein Onkel ist.“

Brauer entspannte sich. „Ich schwöre, dass ich von der ganzen Sache nichts wusste.“

„Wissen wir doch“, beruhigte Grotewohl den jungen Kollegen. „Und? Hast du dein Umsetzungsgesuch zur Kripo schon eingereicht?“

„Nee.“

„Warum nicht?“

„Ist doch gerade nichts frei?“

Köhler und Grotewohl sahen sich an.

„Ich weiß, dass in den nächsten sechs Monaten allein vier Kollegen in Pension gehen“, sagte Köhler und spießte einige Pommes auf.

„Und ein paar haben mir gesteckt, dass sie zurück zur Schutzpolizei wollen“, fügte Grotewohl an.

Brauer legte sein Besteck nieder. „Wirklich?“

„Jip“, sagte Köhler.

„Ehrlich, da hat er recht“, ergänzte Grotewohl, als der junge Kollege sie fragend ansah.

Brauer grinste glücklich. „Dann werde ich doch nachher gleich mal was schreiben.“

Christa Becker wurde erst am nächsten Tag gefunden. Sie lag am Fuße der Knittelkarspitze, als würde sie schlafen. Weit und breit war keine Siedlung. Ein Wanderer fand sie zufällig, als er austreten musste. Aber da kam schon jede Hilfe zu spät. Es dauerte eine Weile, bis man die Tote identifiziert hatte, da ihr Ausweis beim Sturz in den Tod verloren gegangen war. Aber auch hier war wieder ein Wanderer hilfreich, der Tage später den Ausweis aus dem kleinen Bach namens „Namloser Bach" herausfischte und ihn bei der Polizei abgab. Die Ermittlungen ergaben, dass Christa Becker keine Familie hinterließ und ihr Vermögen demnach an den Staat fiel, was ein Nachlassverwalter bestimmen würde. Köhler erfuhr erst Wochen später von ihrem Ableben. Zu dem Zeitpunkt befanden sich die Sennefelds bereits in Untersuchungshaft.

Aufseß hatte Wort gehalten und detailreich ausgesagt, nachdem er die Zusage zum Zeugenschutzprogramm erhalten hatte. Seine Frau hatte die Nachricht nicht gerade mit Begeisterung aufgenommen. Als Aufseß sie jedoch darauf hinwies, dass sie einen klaren Schnitt in ihrem Leben machen und ganz neu anfangen konnten, widerstand sie dem Abenteuer nicht. Nicht zuletzt die Möglichkeit eines Drogenentzugs stimmte sie schließlich um, mit ihrem Ehemann den schweren Weg zu gehen und zu ihm zu halten. Ihre Entscheidung wurde allerdings von der Tatsache begünstigt, dass sie gerade die Affäre mit ihrem Nachbarn beendet und er daraufhin gedroht hatte, das alles ihrer Familie zu erzählen. Sie wollte ihre Verhandlungsposition gegenüber ihrem kriminellen Mann nicht schwächen und stimmte unter einigen Bedingungen zu. Auch die Kinder waren nicht böse angesichts des Neuanfangs, hatten sie doch gerade beide Probleme in der Schule. Der Sohn, weil er beim Dealen mit Gras und Ecstasy erwischt worden war, die Tochter, weil sie versucht hatte, ihre Noten mithilfe von sexuellen Avancen gegenüber ihrem Chemielehrer zu verbessern. Beide hätten daraufhin mit Sicherheit einen Schulverweis kassiert. In der neuen Schule würde der Sohn sein kleines Nebengeschäft neu aufziehen können, und die Tochter freute sich auf neue Lehrer, die sie mit ihren offensichtlichen körperlichen Vorzügen zu manipulieren gedachte. Beide würden dabei aus den Fehlern der Vergangenheit wunderbar gelernt haben.

Aufseß packte komplett aus. Im Branchenjargon würde man sagen, dass er gesungen habe wie eine Nachtigall. Mit Fortschreiten der Vernehmung wurde er immer gesprächiger. Es schien ihm stellenweise sogar Spaß zu machen. Die Firma Sennefeld war eigentlich nur Umschlagplatz für eine enorme Menge Kokain gewesen. Eingeweiht waren neben Herrn Sennefeld und seiner Tochter er selbst und noch zwei weitere Mitarbeiter der Firma, von denen einer zunächst entkam, nach kurzer Flucht an der dänischen Grenze jedoch bei einem Auffahrunfall, den er noch nicht einmal selbst verursacht hatte, geschnappt wurde. Der andere wurde zu Hause am Frühstückstisch verhaftet und packte ebenfalls aus, um das Strafmaß zu verringern.

Das System war einfach, aber simpel. Nachts waren die Kokainpakete bei der Metzgerei Sennefeld in Rödermark angeliefert und in Schweinehälften eingearbeitet worden. Diese hatte man am nächsten Tag zu Phantommetzgereien in Polen geliefert. Dort war das Kokain portioniert und für den Straßenverkauf vorbereitet worden. Mittels kleinerer Transporter hatte man es dann in ganz Europa verteilt. Dank der fehlenden Grenzkontrollen im Schengener Raum war das Risiko, erwischt zu werden, relativ gering gewesen. Durch Aufseß' Aussage war ein Stein ins Rollen geraten, mit dem der komplette Drogenring zerschlagen werden konnte, da auch die Sennefelds bereitwillig einen Deal mit der Staatsanwaltschaft eingingen. Sie versuchten sich damit der Mordanklage zu entziehen. Stein hatte sterben müssen, weil er eines Tages mit seinem Gabelstapler eine mit Kokain gefüllte Schweinehälfte aufgeschlitzt hatte. Da nur Eingeweihte diesen Unfall mitbekommen hatten, war das zunächst kein Problem gewesen. Stein hatte einen Batzen Geld bekommen und hatte geschwiegen. Zunächst. Denn dann war er gierig geworden. Er hatte immer mehr von dem Kuchen gewollt, bis schließlich Ohnesorg Pamfil Badea engagiert hatte. Dies war der juristische Knackpunkt. Hatte Ohnesorg den Mörder von sich aus beauftragt oder auf Geheiß der Sennefelds? Diese Fragen galt es zu klären.

Köhler und Grotewohl würden den Prozess als leitende Ermittler und Zeugen begleiten. Ihre eigentliche Arbeit war nun aber getan und sie konnten sich neuen Fällen widmen. Außerdem spielte Köhler mit der SG Harheim um den Aufstieg in die Kreisoberliga. Da hatte er wenig Zeit und Lust, sich mit Gerichtsverfahren herumzuschlagen, die er ohnehin nicht beeinflussen konnte. Man musste schließlich Prioritäten setzen.

ENDE

Weitere Regio-Krimis bei edition krimi

kartoniertes Buch
300 Seiten, Band 6
12,0 x 19,0 cm
13,00 EUR
ISBN 978-3-946734-59-8
ET: März 2020

Ebook epub
8,99 EUR
ISBN 978-3-946734-60-4

Andreas M. Sturm

Blutrausch. Ein Dresden-Krimi mit Wolf und König

Der Mord an einem windigen Anwalt gibt Karin Wolf und ihrem Team Rätsel auf. Waren es seine unsauberen Geschäfte oder seine perversen Umtriebe, die ihm zum Verhängnis wurden? Doch der Täter hat eine Nachricht hinterlassen. Die Parallelen zu einem weiteren Verbrechen legen den Verdacht nahe, dass es sich um einen Serientäter handelt. Geht in der Stadt ein Mörder um, der scheinbar wahllos und mit unvorstellbarer Grausamkeit tötet?

kartoniertes Buch
280 Seiten
12,0 x 19,0 cm
13,00 EUR
ISBN 978-3-946734-63-5
ET: April 2020

Ebook epub
8,99 EUR
ISBN 978-3-946734-64-2

Franziska Franz
Das Geheimnis des Roten Hauses

Über Jahre hinweg war der Wiederaufbau der Frankfurter Altstadt eine umstrittene Großbaustelle – nun ist Frankfurts historisches Zentrum wieder bewohnt. Doch nicht jeder Einwohner hat eine reine Weste. Als ein Geheimnis droht, enthüllt zu werden, kommt es zu einem brutalen Verbrechen. Kommissar Weigand übernimmt die Ermittlungen ohne zu ahnen, dass er damit nicht nur sich, sondern auch seine Familie in Gefahr bringt.

kartoniertes Buch
280 Seiten
12,0 x 19,0 cm
13,00 EUR
ISBN 978-3-946734-61-1
ET: April 2020

Ebook epub
8,99 EUR
ISBN 978-3-946734-62-8

Peter Eckmann

Mord mit Absicht. Ein Schleswig-Holstein-Krimi

Es soll seine letzte Reise werden, eine Fahrt mit dem Wohnmobil entlang der Deutschen Fährstraße. Alexander Finkel hat Krebs und weiß, dass er ihn nicht besiegen kann. Vor der Fahrt regelt er seine persönlichen Angelegenheiten, seine letzten Papiere finden in einem Aktenkoffer Platz. Doch ausgerechnet dieses Koffermodell nutzt auch ein Dieb für den Transport seiner Beute. Im Hamburger Hauptbahnhof werden beide Kofferversehentlich vertauscht und so reist nun Finkels Nachlass mit dem Kriminellen und dessen Schatz verstaubt mit Finkels Eigentum in einem Lager. Unglücklichnur, dass das Geld in dem Koffer der Mafia gehört und diese es unbedingt wieder haben möchte …

kartoniertes Buch
250 Seiten
12,0 x 19,0 cm
13,00 EUR
ISBN 978-3-946734-25-3
lieferbar

Ebook epub
8,99 EUR
ISBN 978-3-946734-27-7

Iris Rösner
Das Lächeln der Hexe. Ein Taunus-Krimi

Thea Wagner, ehemalige Top-Ermittlerin der Darmstädter Kripo, führt seit zwei Jahren als Leiterin der Polizeistation ein entspanntes Leben im beschaulichen Idstein. Das ändert sich, als im Verlies des sogenannten Hexenturms eine Frauenleiche gefunden wird. Der einzige Zugang zum Turm ist ein enges Loch, wie kam die Tote dort hinein? Gerüchte um einen Fluch machen die Runde. Und der Polizei fehlt es an Personal, weswegen Theas Spürnase wieder zum Einsatz kommen muss. Die ruhigen Zeiten sind sehr schnell vorbei, nicht nur für Thea.